MW00981608

WIGGINS
ET LA NUIT
DE L'ÉCLIPSE

COURANTS NOIRS

Une collection dirigée par Thierry LEFÈVRE

Dans la même collection

Ami, entends-tu...,
Béatrice NICODÈME, 2008

Attaques nocturnes,
Thierry LEFÈVRE, 2008

Fleurs de dragon,
Jérôme NOIREZ, 2008

L'Empire invisible,
Jérôme NOIREZ, 2008

Zoo criminel,
Nicolas CLUZEAU,
Thierry LEFÈVRE,
Béatrice NICODÈME,
Jérôme NOIREZ,
Patrick WEBER, 2009

Rouges Ténèbres,
Nicolas CLUZEAU, 2009

Le Shôgun de l'ombre,
Jérôme NOIREZ, 2009

Le Marteau de Thor,
Patrick WEBER, 2009

Noire Lagune,
Charlotte BOUSQUET, 2010

L'Œil de Seth,
Béatrice ÉGÉMAR, 2010

Chasses olympiques,
Nicolas CLUZEAU, 2010

L'Étoile noire,
Lilian BATHELOT, 2010

Les Gentlemen de la nuit,
Béatrice NICODÈME, 2010

Princesses des os,
Charlotte BOUSQUET, 2010

Les Noces vermeilles,
Béatrice ÉGÉMAR, 2011

Lame de corsaire,
Nicolas CLUZEAU, 2011

Le Bouclier de Gergovie,
Gérard STREIFF, 2011

Desolation Road,
Jérôme NOIREZ, 2011

Les Poisons de Versailles,
Guillemette RESPLANDY-TAÏ, 2011

Les Profanateurs,
Martial CAROFF, 2012

Kabylie Twist,
Lilian BATHELOT, 2012

Du même auteur

Chez Hachette
Les Poisons de Rome, 2011
Défi à Sherlock Holmes, à paraître

Chez Syros, rééd. 2012
Wiggins et le perroquet muet
Wiggins et la ligne chocolat
Wiggins et Sherlock contre Napoléo
Wiggins chez les Johnnies
Wiggins et les plans de l'ingénieur

Illustration de couverture : Aurélien POLICE

© Gulf Stream Éditeur, Saint-Herblain, 2012
ISBN : 978-2-35488-155-9
Loi 49-956 du 16 juillet 1949 sur les publications destinées à la jeunesse

COURANTS NOIRS

Béatrice Nicodème

WIGGINS ET LA NUIT DE L'ÉCLIPSE

Gulf Stream Éditeur

« *Les filets sont tous tendus,
la pêche va commencer.* »

Sir Arthur Conan Doyle,
Le Chien des Baskerville

CHAPITRE 1

Dans un grondement de fin du monde, les chutes d'eau se précipitaient le long des rochers déchiquetés, dévalaient vers le gouffre où elles tourbillonnaient comme la vapeur d'une locomotive. Wiggins en eut le souffle coupé, mais très vite il se reprit et porta de nouveau les yeux vers la longue silhouette maigre qui cheminait près de deux cents mètres devant lui, progressant d'un pas assuré de montagnard suisse malgré sa cape et son *deerstalker*[1] terriblement britanniques. Wiggins ne put s'empêcher de sourire. Sherlock Holmes était un citadin habitué à battre le pavé de Londres et peu attiré par les charmes de la nature, et pourtant nulle part il n'était déplacé. Égaré chez les Zoulous, il ne lui eût pas fallu une semaine pour parler leur langue et être reconnu comme le meilleur sorcier à des lieues à la ronde.

Le sourire de Wiggins s'effaça lorsqu'il vit surgir au tournant, venant au-devant du détective, un homme également grand et mince, pâle, le regard perçant. La ressemblance s'arrêtait là. Loin d'avoir la prestance de Sherlock Holmes, l'autre se tenait légèrement voûté, la tête projetée en avant, ce qui lui

---

[1] Chapeau à double visière que les Anglais portent à la campagne, et en particulier pour la chasse (*deer* = daim, *stalker* = traqueur).

donnait l'allure sournoise d'un serpent. De ce reptile, il possédait la ruse et l'habileté, la cruauté et la perversité. Wiggins le reconnut avec certitude car il l'avait déjà aperçu à plusieurs reprises. C'était un des plus brillants mathématiciens de sa génération, un collectionneur d'art raffiné, mais également un infâme criminel régnant sans partage sur la pègre londonienne. Cet homme s'appelait Moriarty et son plus cher désir était d'éliminer Sherlock Holmes.

Wiggins se félicita d'avoir suivi le détective. Il accéléra le pas sans quitter des yeux les deux adversaires qui discutaient maintenant avec véhémence. Face à Moriarty, Sherlock Holmes lui-même serait sûrement heureux de voir arriver du renfort. Seulement le jeune homme s'aperçut soudain avec horreur que ses jambes refusaient de se mouvoir. Paralysé, le cœur battant à tout rompre, il vit Moriarty empoigner le détective. Celui-ci était bon boxeur et expert en *baritsu*[2], mais, sur ce sentier étroit, le moindre faux pas pouvait être fatal. Les deux silhouettes sombres s'agitaient, se tordaient, tressautaient, ne formant plus qu'un monstre bicéphale à huit pattes. Wiggins voulut crier, mais sa voix ne lui obéit pas davantage que ses jambes. Et soudain, avec un spasme d'horreur, il vit les deux hommes basculer lentement dans le vide. Au même moment, un coup de feu claqua, couvrant le vacarme des cataractes.

Wiggins se dressa dans son lit, oppressé, la gorge sèche, le front brûlant. Il reprit peu à peu conscience de l'endroit où il se trouvait et se laissa retomber sur son oreiller en poussant un gémissement. Ce cauchemar cesserait-il un jour de le torturer ? Il y avait bientôt trois ans que Sherlock Holmes s'était abîmé dans les chutes de Reichenbach avec l'abominable Moriarty[3]. Depuis lors, combien d'heures Wiggins n'avait-il passées avec

[2] Art martial japonais qui s'est développé en Angleterre à la fin du XIXᵉ siècle.
[3] Voir : *Le Dernier Problème*, de sir Arthur Conan Doyle.

le docteur Watson, le confident et mémorialiste du détective, lui demandant inlassablement de lui raconter les dernières heures à Meiringen, le piège tendu par Moriarty pour éloigner Watson et attirer son ennemi sur le sentier fatal, les recherches vaines pour retrouver les corps, et le retour à Londres, la mort dans l'âme. L'amitié qui unissait John Watson et Wiggins s'était encore renforcée, soudée par le deuil et la nostalgie partagés. À maintes reprises, lorsqu'un meurtre particulièrement horrible était commis à Londres, tous deux tentaient d'appliquer les méthodes de leur maître, et il leur était parfois arrivé d'aider efficacement Scotland Yard. Mais, alors que le médecin considérait cette activité comme un simple plaisir de l'esprit, elle représentait bien davantage pour Wiggins puisqu'il s'était juré d'égaler un jour Sherlock Holmes. Devenir détective-consultant était ce qu'il désirait le plus au monde. Pour ne plus devoir vendre des journaux dans le froid et la pluie, pour manger à sa faim et dormir dans une chambre bien chauffée, pour permettre à sa mère de ne plus se tuer à la tâche au service d'aristocrates hautains. Et enfin parce qu'échouer serait trahir la mémoire de l'homme qu'il avait admiré entre tous. Seulement la route était longue… Aujourd'hui, à vingt ans, la clientèle de Wiggins se limitait à des logeuses dont les locataires étaient partis à la cloche de bois et à des prêteurs sur gages dont on avait dévalisé la boutique. Son plus grand titre de gloire était d'avoir démantelé un trafic de chiens volés dans les squares et revendus pour leur fourrure.

Cependant la chance allait peut-être enfin tourner, s'il parvenait à résoudre l'affaire qu'on venait de lui confier. Une affaire pour le moins insolite ! Qui eût imaginé que le pauvre gamin de Whitechapel[4], qui

---

[4] Quartier pauvre de l'est de Londres.

avait appris à lire en déchiffrant les noms des rues et les gros titres des journaux, irait à l'école à vingt ans ! Et qui plus est dans un collège fréquenté par des fils de juges, de militaires et de banquiers !

Il bâilla et se pelotonna sous sa couverture, impatient de se rendormir. Mais son cauchemar l'intriguait. D'habitude, il ne s'achevait pas de cette façon. Le docteur Watson le rattrapait et tous deux trouvaient ensemble le message laissé par le détective : *Je suis satisfait à la pensée que je vais délivrer la société de sa présence, bien que je craigne que ce ne soit au prix d'un sacrifice qui attristera mes amis et vous spécialement, mon cher Watson…* Alors, pourquoi cette fois avait-il entendu un coup de feu ? Et si celui-ci avait appartenu à la réalité et non au cauchemar ?

Wiggins repoussa sa couverture et chercha à tâtons la boîte d'allumettes de sûreté pour l'approcher de la chandelle. Il alla se poster un instant dans le couloir à l'entrée de sa chambre. Un silence absolu régnait sous les hauts plafonds. Wiggins haussa les épaules. S'il y avait eu un coup de feu, les autres garçons aussi l'auraient entendu. Il s'apprêtait à retourner se coucher lorsqu'il prit conscience simultanément de deux anomalies : le silence aurait dû être rythmé par les ronflements du jeune Lowell Summerfield, et la flamme de la chandelle aurait dû monter tout droit au lieu de vaciller dans le courant d'air. Wiggins se précipita vers la chambre de Lowell, dont il entrouvrit la porte. Le lit du garçon était vide ! Quant au courant d'air, il provenait de la fenêtre étroite qui, au bout du couloir, donnait vers l'ouest en direction des bois. Wiggins y courut sur la pointe des pieds, et comprit enfin avec horreur d'où était venu le claquement sec. Sous la fenêtre se trouvait un grand coffre. À l'un des quatre pieds, on avait noué une corde qui montait jusqu'au rebord et pendait à l'extérieur le long du mur. En s'enfuyant avec leur victime, les ravisseurs du jeune garçon avaient sans doute par mégarde soulevé le couvercle du coffre et celui-ci était retombé avec bruit.

Tout était calme au-dehors, Wiggins était arrivé trop tard. Cependant il pouvait peut-être encore rattraper les criminels. Il n'était pas question de courir jusqu'à la porte principale, qui à cette heure serait fermée par de lourdes barres de fer. Le temps qu'il réveille le portier, il n'aurait plus aucune chance de sauver le jeune Summerfield. Et puis il voulait agir seul. Il retourna en courant jusqu'à sa chambre, s'habilla à la diable tout en enfilant ses chaussures, et partit à la recherche d'une lanterne sourde[5], car la nuit était particulièrement noire, sans le moindre rayon de lune. Il en trouva une sous l'escalier du grenier. Il l'alluma, parcourut le couloir en sens inverse et grimpa sur le rebord de la fenêtre. Pourquoi les ravisseurs avaient-ils choisi celle-ci, plus étroite que celles des chambres ? Par crainte de se tromper de chambre ? Y faire passer le garçon, même profondément endormi et sans aucun doute assommé d'un coup à la tête, n'avait pas dû être facile. Un doigt passé dans le crochet de la lanterne, Wiggins enroula la corde autour de ses mollets et se laissa glisser sans bruit. Ce ne fut qu'une fois arrivé en bas qu'il comprit pourquoi on avait préféré passer par la petite fenêtre du couloir : celles des chambres étaient visibles depuis les communs où logeaient domestiques et jardiniers. Et puis la route de Londres se trouvait du côté ouest du parc. Wiggins courut dans cette direction.

À son arrivée au collège, quelque dix jours auparavant, il avait exploré de fond en comble les bâtiments

---

[5] Lanterne munie de volets qui permettent à celui qui la porte de voir sans être vu.

et le parc, suivant ainsi une des recommandations de Sherlock Holmes : en cas de difficulté, une connaissance parfaite des lieux pouvait faire toute la différence. Il avait donc parcouru les bois qui entouraient le collège au nord et à l'ouest, et savait à quel endroit trouver une sente qui débouchait sur la route de Londres. Il ne mit pas longtemps à la repérer. Il s'y engagea, n'osant se risquer à avancer trop rapidement car elle était obstruée çà et là par des branches tombées lors d'une récente tempête. Il détestait marcher sous les arbres, à plus forte raison par une nuit aussi noire. C'était étrange de n'entendre que le halètement de sa propre respiration et le martèlement léger de ses pas sur le sol.

Mais, soudain, d'autres bruits vinrent déchirer le silence. Des bruits de lutte, des cris de colère et de peur, des supplications, des menaces, le hennissement d'un cheval énervé… Wiggins ne s'était pas trompé. On était en train de faire monter Lowell de force dans une voiture ! Il bondit en avant et courut à s'en faire éclater le cœur. Un instant plus tard, une trouée s'ouvrit entre les arbres. La route ! Plus il en approchait, plus les arbres se faisaient rares, et bientôt il aperçut, dans le halo lumineux que dispensait une lanterne, la silhouette sombre d'une carriole. Il vit un homme se pencher vers une forme affalée sur le sol, la soulever avec un grognement et la balancer dans la carriole. Puis l'homme s'écarta de quelques pas et s'arrêta net, tournant sur lui-même.

– Tiens bon, Lowell, on arrive ! hurla Wiggins en espérant faire croire qu'il n'était pas seul.

L'homme s'immobilisa, interdit, puis bondit dans la carriole et fouetta le cheval qui s'ébranla aussitôt. Wiggins banda toute son énergie pour accélérer encore sa course. Il lui semblait qu'il allait s'envoler, mais une douleur atroce le foudroya soudain et il fut précipité à terre, le tibia parcouru de violents élancements. Il parvint néanmoins à se relever.

Lorsqu'il atteignit la route, la carriole était loin. C'est à peine s'il percevait encore les claquements de sabots du cheval lancé au grand trot.

CHAPITRE 2

La première lettre de menaces était arrivée le 9 mars. Lord Edward Summerfield, septième comte de Brigham, l'avait trouvée chez lui en rentrant de l'*Old Bailey*[6] après une journée couronnée de succès, puisqu'il avait obtenu la peine de mort pour une crapule qui avait trucidé sa riche épouse à coups de hache.

Le texte était bref mais explicite.

Prépare-toi au pire si le jeune Cooper est condamné. Œil pour œil, dent pour dent.

Lord Edward se laissait rarement impressionner. On n'embrasse pas la carrière de juge sans savoir qu'on sera souvent détesté. Mais la haine s'accompagne généralement de crainte, et lord Edward aimait qu'on le redoute. Pour cela, il n'avait nul besoin d'élever la voix. Sa haute stature, son maintien militaire, son nez en bec d'aigle et son regard perçant sous des sourcils qui, avec les années, avaient pris l'apparence d'un balai-brosse, en disaient long sur sa personnalité. Il n'avait qu'à prononcer quelques mots d'une voix mesurée pour que le silence s'abatte sur la salle d'audience. Les avocats de la défense étaient tout miel

---

[6] Cour centrale de justice de Londres qui traite les grandes affaires criminelles.

avec lui et aucun accusé ne se risquait à croiser son regard. Chez lui, son épouse approuvait chacune de ses décisions, bien sûr. Quant à Lowell, qui avait parfois montré des velléités de résistance, lord Edward s'en était débarrassé en l'envoyant au collège de Midhurst. Son expérience lui avait appris que le principal passe-temps des garçons de quatorze ans était de faire sentir à leur père qu'il n'était qu'un dinosaure se dirigeant lentement mais sûrement vers la tombe. Les professeurs se chargeraient de remettre ce rebelle dans le droit chemin. La devise gravée au-dessus de la porte du collège était tout à fait prometteuse : *Sine labore non erit panis in ore*[7]. Pas de pain pour ceux qui ne travaillent pas.

Lord Edward sonna pour ordonner qu'on lui serve un verre de porto dans son bureau. Le vendredi était le jour de visite de lady Summerfield, et les péronnelles qui venaient la voir avaient une fâcheuse tendance à s'attarder. Heureusement, leurs jacassements ne traversaient pas la porte capitonnée du bureau.

Le juge relut avec attention les lignes écrites d'une main malhabile. Même dans un message aussi abject que celui-ci, chaque mot pouvait avoir son importance. Pourquoi avait-on écrit *le jeune Cooper* et non pas simplement *Cooper* ? Cooper, dont le procès se tenait une quinzaine de jours plus tard, était un docker qui avait étranglé son petit frère avec un lacet de chaussure sous prétexte que ses pleurs l'empêchaient de dormir. L'auteur de la lettre tenait-il à rappeler que l'accusé n'avait que dix-sept ans ? Et, dans ce cas, *œil pour œil, dent pour dent* ne signifiait-il pas que la pendaison de Cooper devrait être payée par la mort d'un autre adolescent ? Lord Edward ne pouvait négliger cette éventualité. S'il arrivait quelque chose à Lowell, et si

---

[7] (Latin) Mot à mot : sans travail, il n'y aura pas de pain dans la bouche.

la rumeur courait qu'il avait une part de responsabilité dans le drame, sa réputation en pâtirait gravement. Et sa situation serait tout aussi inconfortable s'il épargnait la potence à Cooper et qu'on apprenait qu'il avait cédé à des menaces.

Il avala son porto cul sec et reposa son verre en soupirant. Il allait devoir consacrer une partie de sa journée du lendemain à un aller et retour jusqu'à Midhurst. Depuis Londres, il fallait compter plus d'une heure et demie de train, après quoi, s'il ne trouvait pas de voiture à la gare, il aurait à parcourir à pied près d'un mile[8] pour atteindre le collège. Si on y ajoutait l'entrevue avec le directeur et peut-être un bref moment avec Lowell, c'était toute sa journée de samedi qui y passerait. Il n'avait malheureusement pas le choix.

[8] Environ 1,6 kilomètre.

CHAPITRE 3

Robert Baring-Gould suivit du regard la silhouette sombre qui traversait majestueusement la cour du collège, se dirigeant vers le porche. Il passa une main du haut en bas de son visage comme pour effacer les convulsions nerveuses que son entrevue avec lord Edward Summerfield avait déclenchées. La situation était plus qu'embarrassante. Elle était inquiétante.

— Et même angoissante, conclut à haute voix le directeur.

Le juge lui était profondément antipathique. C'était un homme inflexible, fier de ses origines aristocratiques, convaincu de sa supériorité et dépourvu de générosité. Les dons substantiels qu'il faisait au collège n'étaient qu'un moyen habile de s'assurer que Lowell ne serait jamais mis à la porte. Lord Edward ne semblait guère aimer son fils, mais il nourrissait de grandes ambitions pour celui qui portait son nom. Rien ne devait arriver au huitième comte de Brigham.

— Que comptez-vous faire, monsieur Baring-Gould ? avait-il demandé après avoir exposé la situation.

— Affecter quelqu'un à la protection de Lowell et

renforcer les mesures de sécurité du collège qui, comme vous le savez, sont déjà parfaitement…

– À qui pensez-vous ? avait coupé le juge.

– Cela demande réflexion.

– Ne réfléchissez pas trop longtemps. Inutile de préciser qu'il faut un individu d'une fiabilité exemplaire et d'une discrétion parfaite. Si cet individu exige d'être payé, je suis prêt à participer aux frais. Une fois de plus.

Cet *une fois de plus* était une manière comme une autre de rappeler qu'il avait pris en charge la restauration de la chapelle moins d'un an auparavant… en échange, il est vrai, de la pose d'une plaque rendant grâce à ses bienfaits. Le directeur avait répliqué qu'il avait les moyens de rémunérer *l'individu* en question, après quoi il avait proposé de faire appeler le jeune Lowell pour qu'il voie son père.

– Inutile de troubler ses études, avait répliqué le comte avec agacement. Je ne dois à aucun prix manquer le train de seize heures cinquante, mon épouse et moi-même sommes invités à souper chez le lord Chancelier[9].

Et moi j'ai rendez-vous avec la reine Victoria, avait été tenté de répondre Robert Baring-Gould pour rabattre le caquet du juge.

– Personne d'autre que vous ne doit être informé de cet incident, avait ajouté lord Edward au moment de quitter le bureau du directeur.

– Il faudra pourtant que la personne affectée à la protection de votre fils sache de quoi il retourne.

Le juge avait levé un sourcil excédé.

– Il n'est pas nécessaire qu'elle connaisse avec précision le contenu de cette ignoble lettre.

Robert Baring-Gould n'avait rien promis. Maintenant que le bienfaiteur du collège était en route pour

---

[9] Président de la Chambre des lords et chef du pouvoir judiciaire.

Londres, il allait s'empresser de demander conseil aux professeurs qui résidaient au collège. Il leur fit donc savoir par le portier qu'il souhaitait les voir dans son bureau à cinq heures.

Roland Verneuil, toujours ponctuel, arriva le premier. Malgré la maladie de la colonne vertébrale qui l'obligeait à se tenir voûté comme un vieillard, il marchait toujours très vite et semblait être partout à la fois. Ses yeux brillaient d'intelligence derrière son pince-nez, et les mauvais élèves redoutaient ses remarques acérées.

— Un problème ? demanda-t-il avec son léger accent français.

— Oui, et de taille, répondit le directeur.

— Il ne saurait en être autrement après une visite de lord Edward Summerfield.

— Cette fois, c'est vraiment grave. Asseyez-vous, monsieur Verneuil.

Ce disant, le directeur approcha trois chaises pour les disposer face à son bureau. En se retournant, il se trouva nez à nez avec le professeur de mathématiques.

— Monsieur Bell ! s'écria-t-il. On ne vous entend jamais venir, c'est à croire que vos chaussures ont des semelles de coton.

— Je suis désolé de vous avoir surpris, monsieur le directeur, bredouilla Charles Bell en rougissant. Vous m'en voyez terriblement confus.

Très à l'aise en classe et adoré par ses élèves, Charles Bell, un homme de petite taille, fluet comme un adolescent et doté d'une voix à peine audible, se répandait en excuses dès qu'il se trouvait en présence d'adultes et marchait le plus souvent en rasant les murs.

Tel n'était pas le cas du professeur de latin et

d'histoire, qui avait une voix tonitruante et ne cessait de couper la parole à ses interlocuteurs. Fergus Kinloch, un Écossais né dans les Highlands, avait été dans sa jeunesse champion de cornemuse et de lancer de tronc d'arbre. C'est dire s'il avait du coffre.

— Je vois que vous m'attendez tous, claironna-t-il en bombant le torse. On dirait que j'ai failli être en retard, mais je suis sûr que vous ne m'en voudrez pas. Cicéron n'a-t-il pas dit : *Ab amicis honesta petamus*[10] ?

— Les Romains disaient aussi : *Qui bene amat bene castigat*[11], rétorqua Roland Verneuil.

Charles Bell gloussa discrètement dans sa barbiche tandis que le directeur se passait la main dans les cheveux avec perplexité, se demandant sans doute ce qui lui avait pris d'engager en même temps un Écossais et un Français.

— J'ai un très grave souci, déclara-t-il finalement en s'asseyant.

Les trois professeurs l'imitèrent et écoutèrent son exposé avec attention.

— Voilà où nous en sommes, conclut-il enfin, le visage agité de spasmes d'angoisse.

— Où est le problème ? tonna Fergus Kinloch. Les garçons ne sont jamais seuls, l'école est fermée la nuit… Que craignez-vous ? Une flèche empoisonnée lancée pendant un match de rugby ? De l'arsenic dans le thé de ce garçon ?

— Il y a mille moyens plus discrets pour un criminel astucieux, remarqua Roland Verneuil. Lisez les quotidiens, monsieur Kinloch, la page des faits divers est fort instructive. Un complice dans l'enceinte du collège, et tout est possible. Si les amis du fameux Cooper sont prêts à tout… Monsieur le directeur a raison, la situation est préoccupante.

---

[10] (Latin) À un ami, on ne doit demander que ce dont il est capable.
[11] (Latin) Qui aime bien châtie bien.

— Et même dramatique, renchérit le directeur tout heureux d'avoir trouvé un soutien.

— Ne pourrait-on affecter quelqu'un à la protection du garçon ? suggéra Charles Bell d'une voix timide.

— Et qui donc ? s'esclaffa Fergus Kinloch. Vous imaginez l'un de nous s'installant dans sa chambre et le suivant aux lavabos ? À moins qu'on ne charge un autre gamin de lui coller aux semelles, un pistolet à la ceinture ?

— Ce n'est pas exactement à cela que je pensais, murmura le professeur de mathématiques. Mais vous avez raison, mon idée était sotte. Ce qu'il faudrait, c'est prendre le problème à la racine...

— À la racine carrée ? plaisanta Roland Verneuil.

L'Écossais éclata d'un rire retentissant, tandis que Charles Bell lançait un regard suppliant à son directeur.

— Pardonnez-moi mon mauvais esprit, monsieur Bell, s'excusa le professeur de français. Vous avez tout à fait raison, c'est en devançant les projets des criminels que nous protégerons le mieux Lowell Summerfield. Il nous faut quelqu'un capable de les démasquer avant même qu'ils agissent. La difficulté est que nous ne pouvons guère faire appel à la police tant qu'aucun incident ne s'est produit.

Robert Baring-Gould toussota, Charles Bell fourragea dans sa barbiche, Fergus Kinloch se racla la gorge avec bruit. Ce fut finalement le directeur qui rompit le silence.

— Je sais qui il nous aurait fallu. Un de mes anciens camarades de classe. Je l'ai perdu de vue depuis des lustres, mais j'ai suivi ses activités de loin. C'était un homme étonnant qui se serait passionné pour cette situation insolite et l'aurait démêlée en un tour de main.

— Pourquoi parlez-vous de lui au passé ? demanda Roland Verneuil.

Les traits subitement affaissés, le directeur répondit d'une voix sépulcrale :

— Parce qu'il est mort il y aura bientôt trois ans. Avez-vous entendu parler de Sherlock Holmes ?

Ce nom déclencha une explosion de commentaires. Tous, bien sûr, avaient suivi les exploits du détective. Depuis sa disparition, en mai 1891, sa légende s'était enrichie de mille anecdotes réelles ou imaginaires. On allait jusqu'à prétendre qu'il avait résolu des meurtres commis dans l'Antiquité romaine, ou qu'il lui suffisait d'imposer les mains sur la victime pour connaître le nom de son assassin. La seule certitude était qu'aucune énigme ne lui résistait.

— Malheureusement, il est mort, rappela Roland Verneuil. Ce qui incite d'ailleurs à se poser des questions sur son invincibilité.

— Je m'y attendais ! éclata Fergus Kinloch. Vous, les Français, vous êtes incapables de reconnaître le talent d'un Britannique ! Ce n'est pas nouveau, d'ailleurs. Vous n'avez qu'Austerlitz et Iéna à la bouche, vous oubliez un peu trop Waterloo et Trafalgar !

— Assez ! intervint Robert Baring-Gould. Ne gaspillons pas notre énergie à ces querelles de clocher, nous avons d'autres soucis.

— J'ai peut-être une idée, risqua timidement Charles Bell.

Tout le monde se tourna vers lui.

— Sherlock Holmes ne travaillait-il pas de concert avec un ami médecin ? J'ai oublié son nom, mais…

— Le docteur Watson, s'exclama le directeur. Bien sûr ! J'ai lu les extraordinaires récits qu'il a tirés de leurs enquêtes. Vous venez d'avoir une idée de génie, monsieur Bell. Le docteur connaît les méthodes du détective, il l'a suivi pas à pas durant des années, il pourra sûrement nous conseiller. Je doute qu'il refuse son aide à un ancien camarade de classe de Sherlock Holmes. Et comme il est médecin, ce sera facile d'imaginer un prétexte pour justifier sa présence au collège. Nous sommes le 10 mars, Cooper doit être jugé le 23. Cela laisse assez de temps au docteur Watson pour découvrir qui veut du mal au fils de lord Edward.

— Rien ne dit, d'ailleurs, que l'auteur de la lettre veuille s'attaquer au petit Lowell, fit remarquer Roland Verneuil. Il a peut-être de tout autres projets. Quant à moi, je doute que votre docteur Watson soit prêt à abandonner ses patients pour venir s'enterrer dans un collège du Sussex. Nous ferions mieux de régler cette affaire entre nous.

— Décidément, protesta Fergus Kinloch, vous avez l'esprit de contradiction, mon cher Verneuil. Essayons toujours, et nous verrons bien. *Audaces fortuna juvat*[12] !

— Bien parlé ! fit le directeur. J'irai à Londres dès demain. Je suis certain que le docteur Watson ne m'en voudra pas de le déranger un dimanche. Au moins, je ne prendrai pas sur le temps qu'il consacre à ses malades.

Mais soudain, l'œil sombre et le visage de nouveau ravagé par l'inquiétude, il se tourna vers Charles Bell :

— S'il accepte de nous aider, pensez-vous qu'il demandera un dédommagement financier ?

Les heures de mathématiques étant beaucoup moins nombreuses que celles consacrées à l'enseignement des lettres, Charles Bell remplissait également la fonction d'économe.

[12] (Latin) La chance sourit aux audacieux.

— En cas de nécessité, répondit-il, on pourrait peut-être retarder de quelques semaines la réfection de la salle de réunions.

— Bien sûr, fit le directeur. Il n'est pas question de mettre en danger un de nos élèves.

— Et d'indisposer le si généreux comte de Brigham ! ajouta Fergus Kinloch avec un gros rire.

Le directeur plissa le nez et cligna nerveusement des yeux, mais ne fit aucun commentaire.

CHAPITRE 4

Roland Verneuil avait vu juste. Débordé par une épidémie d'angine et dans l'attente de deux accouchements imminents, le docteur Watson déclina la proposition de Robert Baring-Gould. Devant le désarroi du directeur, il eut soudain une illumination : il connaissait quelqu'un qui serait enchanté de le remplacer. Un certain Wiggins, un jeune homme tout à fait exceptionnel qui avait lui aussi assisté Sherlock Holmes dans de nombreuses enquêtes.

— Il en a lui-même résolu tout seul et avec une perspicacité étonnante, expliqua le médecin. Il fera beaucoup mieux l'affaire que moi. Comment justifieriez-vous mon petit séjour au collège ? Un garçon de vingt ans attirera beaucoup moins l'attention.

— Peut-être, admit le directeur. On pourrait le faire passer pour un nouvel arrivant dont les parents viennent de rentrer de l'étranger. S'il a vingt ans, je peux difficilement le mettre dans la même classe que Lowell Summerfield, mais il rejoindrait les grands et on le logerait dans la même maison[13] que Lowell. Ainsi il pourrait veiller sur le garçon même la nuit.

---

[13] Dans les collèges, les élèves sont regroupés en « maisons », chacune d'entre elles réunissant des garçons de tous les âges (voir *Annexes*, page 254).

Le directeur commençait à trouver l'idée du docteur Watson excellente. Mais celui-ci refroidit son enthousiasme.

– Ce ne sera peut-être pas aussi simple, objecta-t-il. Comment vous dire... Wiggins n'a pas reçu exactement la même éducation que vos élèves. Il vient de Whitechapel et a longtemps vécu dans la misère. C'est un garçon plein de cœur, d'énergie, d'intelligence et d'habileté. Mais pour ce qui est de l'éducation... Disons qu'il a gardé une certaine... spontanéité. Pour ne pas parler de rusticité.

Robert Baring-Gould blêmit.

– J'espère qu'il n'est pas vulgaire !

Un soupçon d'ironie brilla dans le regard du médecin.

– Rassurez-vous, il saura se tenir. C'est juste que les règles de la bienséance ne sont pas son fort, et qu'il a parfois son franc-parler. Par ailleurs, il n'a pas eu la chance d'aller à l'école. Il sait lire et écrire, il compte mieux que moi, mais je le vois mal suivre des cours avec des garçons de seize ou dix-sept ans. En revanche, qui vous empêche de l'engager comme une sorte d'homme à tout faire ? Ne lui demandez pas d'entretenir le gazon ou de tailler les rosiers, il ne connaît que le bitume de Londres. Mais il pourrait s'occuper des feux, veiller sur le stock de chandelles, aider au réfectoire, que sais-je ?

– Je vois, fit le directeur un peu déçu. Oui, j'imagine que ce serait possible. Seulement il faudra trouver une bonne raison de le loger à proximité du jeune Lowell, car il y a fort à craindre que les scélérats profitent de la nuit pour agir. Quand pourrai-je voir ce jeune homme ?

Le docteur Watson leva les épaules en hochant la tête.

– J'aimerais pouvoir vous répondre. Wiggins, c'est du vif-argent. Rapide comme le lévrier, vif comme l'éclair, il est insaisissable… Retournez à Midhurst, je vous l'enverrai dès que j'arriverai à mettre la main sur lui. Il faudra bien sûr lui donner quelque compensation. Il me semble que deux livres par semaine…

Le directeur ouvrit une bouche démesurée.

– Deux livres par semaine ! C'est le salaire d'un ouvrier qualifié !

– C'est aussi celui d'un inspecteur de police ou d'une nurse. N'est-ce pas à peu près ce que vous recherchez ?

Le directeur ne trouva rien à répliquer. Il n'avait guère le choix, il faudrait bien que ce Wiggins fasse l'affaire, aussi mal élevé fût-il. Puis, se rendant compte qu'il se montrait aussi méprisant que lord Edward Summerfield, il mit le poing devant sa bouche comme pour ravaler ses paroles malheureuses.

– C'est entendu, dit-il enfin. Faites-lui savoir que nous l'attendons de pied ferme et qu'il sera bien reçu. D'ici là, je vais réfléchir à la meilleure façon d'expliquer sa présence.

– Marché conclu ! se réjouit le docteur Watson. Vous ne regretterez pas votre décision, monsieur Baring-Gould.

Une fois son visiteur parti, il se demanda s'il avait eu raison de se montrer aussi affirmatif. Comme Sherlock Holmes, Wiggins ne se sentait à l'aise qu'à Londres et appréciait modérément la campagne et les voyages. Lorsque le détective l'avait chargé d'une mission en France, il avait rendu tripes et boyaux pendant la traversée de la Manche et ne s'était jamais habitué aux mœurs des mangeurs de grenouilles[14]. Il ne restait plus qu'à espérer qu'un salaire d'inspecteur de police aurait raison de ses réticences.

[14] Voir, du même auteur : *Wiggins et les plans de l'ingénieur* (Éditions Syros).

Ce fut heureusement le cas. L'idée de quitter Londres n'enthousiasmait pas Wiggins, celle de partager l'existence de fils de snobs encore moins, mais le docteur Watson l'assura que les chambres étaient chauffées et qu'il aurait trois repas par jour.

— D'ailleurs je ne pense pas qu'il arrive quoi que ce soit à Lowell Summerfield, ajouta le médecin. On n'entre pas dans un collège comme dans un moulin. Vous serez bien payé, vous n'aurez pas grand-chose à faire et, en prime, vous vous frotterez à la bonne société, ce qui ne pourra que servir votre future carrière.

Présentée comme cela, l'affaire était assez tentante. Le lundi 12 mars, trois jours après l'arrivée de la lettre anonyme, Wiggins débarquait au collège de Midhurst, un balluchon sur l'épaule et le trac au ventre.

— Holà ! cria une voix derrière lui dès qu'il eut passé le porche. On n'entre pas sans montrer patte blanche ! T'es qui, toi ?

Wiggins se retourna. L'homme qui lui faisait face était revêtu d'une veste militaire rapiécée qui devait dater des guerres contre Napoléon. Sans doute pour compenser une calvitie naissante, il avait laissé pousser jusqu'au col les maigres cheveux qui lui restaient et arborait une moustache luxuriante en forme de crocs de boucher.

— Je viens pour un emploi, répondit Wiggins. Monsieur Baring-Gould m'attend.

— C'est bon, fit l'homme, j'suis au courant. Tu peux y aller. La petite porte, là-bas à droite, c'est les bureaux. Mais avant, autant que j'te mette au parfum. Mon nom c'est Habakkuk, j'suis portier. Pas la peine de prendre cet air effaré ! Ici, les portiers ont des noms de l'Ancien Testament. Avant moi, c'était Nahum, et quand je serai dans la tombe, ça s'ra Zephaniah. Je trie l'courrier et j'fais des tours de garde la nuit. La porte est fermée entre onze heures et demie du soir et sept heures et demie l'matin. J'te garantis qu'il est pas encore né, çui qu'arrivera à la forcer. Vise-moi un peu ce mastodonte !

Taillée dans le chêne, la porte faisait au moins quatre pouces d'épaisseur[15]. Outre deux énormes verrous, elle était munie d'une grosse barre de fer qui entrait dans le mur une fois les battants tirés.

— C'est moi qui hisse le drapeau du directeur quand il est là, poursuivit Habakkuk en montrant du doigt le drapeau qui flottait au-dessus de l'arche de la porte. Le jour de l'anniversaire d'la reine ou d'son couronnement, j'le remplace par l'Union Jack[16]. J'suis l'gardien d'toutes les clés, on peut m'trouver dans ma loge à toute heure du jour et d'la nuit. Ah oui, j'oubliais ! Une des punitions des cancres, c'est d'se présenter à moi à sept heures et demie du matin pendant une semaine, habillés pour les cours. Tiens-le toi pour dit !

— Je ne suis pas un élève, répliqua Wiggins.

— C'est pas une raison, faudra quand même marcher droit. Bon, tu peux aller trouver m'sieur Baring-Gould.

— C'est exactement ce que je comptais faire, dit Wiggins en se dirigeant avec nonchalance vers le bâtiment qu'on lui avait indiqué.

Il n'avait pas fait trois pas qu'une chouette hulula derrière lui. Il se retourna : le portier le regardait d'un air goguenard en se lissant la moustache. Imiter les cris d'oiseau devait être sa blague favorite.

— Très drôle, fit Wiggins.

Sa mission commençait bien ! Il leva les yeux vers la maison du directeur. C'était une élégante demeure de brique qui tranchait avec l'austérité des locaux dans

[15] 1 pouce = 2,54 centimètres.
[16] Drapeau du Royaume-Uni.

lesquels logeaient probablement les élèves. L'ensemble des bâtiments du collège formait un rectangle autour d'une grande cour. Au milieu du plus petit côté, qui faisait face à la porte, une chapelle rappelait qu'on élevait ici les fils d'anglicans bien-pensants. Dans une des salles du rez-de-chaussée, sur la gauche, des élèves ânonnaient d'un seul chœur une table de multiplications. Wiggins fut à deux doigts de faire demi-tour, mais c'était trop tard. La petite porte que lui avait indiquée Habakkuk s'était déjà ouverte, livrant passage à un homme au teint pâle. Il était vêtu de gris et portait sous sa veste un gilet de lainage ajusté. Il alla au-devant de Wiggins, les bras tendus en signe d'accueil.

– Vous voici donc ! dit-il. Entrez, jeune homme.

Wiggins traversa à sa suite une pièce sombre où un homme de petite taille feuilletait avec attention des cahiers aussi épais que les registres de l'état-civil.

– Je vous présente monsieur Bell, notre économe et professeur de mathématiques, dit le directeur. C'est un peu grâce à lui que vous êtes là, bien que j'aie été le premier à prononcer le nom de Sherlock Holmes.

Le petit homme émergea de ses registres et inclina la tête.

– Bienvenue chez nous, dit-il.

– Bonjour, dit Wiggins.

Remarquant le froncement de sourcils du directeur, il ajouta :

– … monsieur.

Rasséréné, le directeur l'entraîna dans son bureau, contigu à celui de l'économe.

– Une personnalité remarquable, dit-il en faisant signe à Wiggins de s'asseoir.

– J'espère surtout qu'il est honnête ! tenta de

plaisanter celui-ci. Ça vaut mieux, pour un économe !

Le visage du directeur fut secoué d'un tic nerveux.

— Je parlais de Sherlock Holmes. J'ai été en classe avec lui autrefois, il était déjà tout à fait extraordinaire. Vous avez travaillé avec lui, n'est-ce pas ?

— Oui, répondit simplement Wiggins.

— Jouait-il encore du violon ?

— Oui.

— Et était-il toujours passionné par la chimie ?

— Oui.

— Je me souviens qu'il était excellent à l'escrime.

— Oui.

— En revanche, la littérature le laissait totalement indifférent.

— Oui.

Le directeur soupira. Sans doute avait-il espéré obtenir des réponses moins lapidaires, mais aujourd'hui encore Wiggins était incapable de parler du détective sans que les larmes lui montent aux yeux. Sherlock Holmes avait été un modèle, un idéal, une ancre à laquelle s'arrimer dans les moments difficiles, le père que Wiggins n'avait pas eu puisque le sien avait disparu dans un naufrage. Lorsque le détective était mort, Wiggins avait cru ne jamais surmonter son désespoir. Heureusement, le docteur Watson était là pour partager son chagrin.

Comprenant qu'il était inutile d'insister, le directeur l'emmena visiter les lieux. À côté des bureaux se trouvait la maison Ben Jonson.

— Chaque maison a un nom, expliqua M. Baring-Gould. Plusieurs, en réalité, car elles ont aussi une initiale et une abréviation, et les élèves qui la composent ont également un surnom. Celle-ci, qui vient à droite après les bureaux, porte le nom du célèbre poète Ben

Jonson. Ben, en abrégé. Ensuite, à droite de la chapelle, nous avons la maison John Constable. De l'autre côté de la chapelle, la maison Thomas Tallis[17], ou Tom. C'est celle de Lowell Summerfield. Le préfet est toujours un des grands. Pour Tom, c'est Stanley Croft, le fils d'un pharmacien de Southampton, et le chef de maison est Fergus Kinloch, notre professeur de latin et d'histoire. Sa couleur... je veux dire la couleur de Thomas Tallis... ou du moins celle de la maison, c'est le brun. Celle de la maison J ou John Constable ou encore John est le vert. On surnomme les élèves de cette maison les Johnnies. Ceux de la maison B comme Ben Jonson sont les Bennies, et ceux de la maison T comme Tallis, ou Thomas si vous préférez, sont les Tommies. Simple, non ?

Wiggins ne répondit pas. Cet embrouillamini lui donnait le vertige.

— Les élèves portent une cravate de la couleur de leur maison, poursuivit le directeur. Cela évite le désordre, en particulier au réfectoire. Il y a deux tables par maison, le préfet s'assoit en bout de table. Pareil à la chapelle, ils sont toujours groupés. Le préfet veille au respect de la discipline dans les dortoirs, mais aussi en classe. Le chef de maison supervise la vie de la maison, mais surtout du point de vue des études, ce qui n'est pas le cas du préfet. Le système fonctionne parfaitement, il a fait ses preuves depuis des siècles.

Wiggins n'en doutait pas. Les élèves groupés en troupeaux et tout le monde surveillant tout le monde, les risques de débordements étaient limités. Au point qu'il se demandait si les deux livres que le directeur allait lui verser chaque semaine n'étaient pas du gaspillage. Mais ce n'était pas son problème. L'essentiel, dans l'immédiat, était d'essayer de démêler l'écheveau

---

[17] Ben Jonson (poète, 1572-1637) ; John Constable (peintre, 1776-1837) ; Thomas Tallis (compositeur, 1505-1585).

d'explications que le directeur venait de lui assener et auquel il n'avait pas compris grand-chose.

— Vous avez l'air un peu perdu, remarqua celui-ci non sans une certaine gentillesse. Pour l'instant, rappelez-vous seulement que Lowell Summerfield fait partie de la maison Thomas Tallis, ou Tom, ou T, que c'est donc un Tommy et qu'il porte une cravate brune. D'ailleurs vous le verrez à l'heure du dîner. Vous aiderez au service, cela vous familiarisera avec nos garçons. Continuons la visite...

Les salles de classe occupaient les rez-de-chaussée des trois maisons. Cuisine, réfectoire et buanderie se trouvaient dans la partie gauche du bâtiment, face à la maison du directeur et aux bureaux. Les chambres étaient au premier étage.

— Il y a de deux à huit élèves par chambre. Les dortoirs de huit sont affectés aux boursiers, il y en a un par maison.

— Les boursiers ? répéta Wiggins qui n'avait jamais entendu ce mot. Si leur père travaille à la Bourse, ils doivent rouler sur l'or. Pourquoi est-ce qu'ils ne demandent pas des chambres individuelles ?

Le directeur le regarda avec effarement.

— Les boursiers sont au contraire des élèves plus ou moins nécessiteux qui ont obtenu une bourse de Sa Majesté. On ne peut tout de même pas les traiter comme des fils de généreux donateurs !

— Sûr, approuva Wiggins avec un grand sérieux. Ils peuvent déjà s'estimer heureux d'avoir le droit d'apprendre à lire.

Le directeur toussota en jetant à Wiggins un regard mi-figue mi-raisin.

— Lowell Summerfield partage sa chambre avec William Hodson. Famille de militaires, excellent milieu bien qu'un peu gêné financièrement, mais le rejeton n'est guère brillant.

Après avoir risqué un œil dans la chapelle, ils parcoururent chambres et dortoirs en insistant sur la maison Tallis et sur la chambre de Lowell et de son copain William. Il y flottait une odeur indéfinissable où se mêlaient le parfum de la cire et des relents de chaussures de sport. Les deux lits étaient en bois massif. Les murs, lambrissés, assombrissaient la pièce, mal éclairée par une fenêtre profondément enfoncée dans des murs épais. Au pied de chacun des deux lits, un coffre en bois renfermant sans doute le linge pouvait également servir de siège. Au-dessus des têtes de lit, des rayonnages aussi sombres que les murs croulaient sous le poids des livres et des cahiers. La cheminée se trouvait du côté opposé à la fenêtre.

– Les élèves font leurs devoirs dans la salle d'étude, expliqua le directeur. Il y en a une par maison, au même étage que les chambres. Nous allons repasser dans mon bureau, monsieur Bell vous a préparé une feuille avec toutes les informations qui pourraient vous manquer, et bien sûr l'emploi du temps des élèves. Maintenant, le plus important : votre place ici. Vous êtes en principe embauché pour donner un coup de main partout où ce sera nécessaire. Cela signifie qu'on peut vous demander d'allumer le feu dans une salle de classe, d'aider à la buanderie ou de monter sur le toit pour remettre des ardoises en place. Vous avez le vertige ?

– Il m'est arrivé de me balader sur les toits de Londres, un anarchiste à mes trousses[18], répondit Wiggins.

Le directeur s'arrêta un instant, interdit, se demandant si c'était du lard ou du cochon. Un bruit de

[18] Voir, du même auteur : *Wiggins et la ligne chocolat* (Éditions Syros).

cavalcade dans l'escalier le remit en mouvement. Il consulta sa montre de gousset.

— Les cours sont terminés, ils vont en salle d'étude. Je vais vous présenter aux autres membres du personnel. Bien entendu, Lowell Summerfield ignore qu'il est peut-être en danger et nous ne tenons pas à ce qu'il l'apprenne. Il ne saura donc pas plus que les autres pourquoi vous êtes ici. Ah, j'oubliais ! Vous dormirez dans une ancienne chambre inoccupée près de l'escalier. Si les autres employés s'étonnent qu'on ne vous ait pas installé dans les communs avec des domestiques, vous répondrez que vous serez ainsi à pied d'œuvre pour sonner les cloches à la chapelle le matin. J'espère que vous ne dormez pas comme un loir !

— Je suis comme les canards, je ne dors que d'un œil. L'œil gauche les jours pairs, l'œil droit les jours impairs.

— Tant mieux, approuva le directeur qui semblait s'être résigné aux bizarreries de son nouvel employé. Votre chambre se trouvant près de l'escalier, vous serez aux premières loges si on tente quelque chose de nuit. À vrai dire, je me demande comment des criminels pourraient tromper la vigilance d'Habakkuk.

— Des criminels astucieux ont plus d'un tour dans leur sac, répondit Wiggins.

— C'est aussi ce que prétend Roland Verneuil, le professeur de français. Puissiez-vous tous les deux vous tromper !

CHAPITRE 5

Le réfectoire, situé dans la partie la plus ancienne du collège, avait été celui des moines installés là dès le XIIIe siècle. Les fenêtres s'ouvraient du côté de la cour, tandis que le mur donnant sur le parc était aveugle.

– La vue aurait distrait les moines des lectures sacrées qui agrémentaient les repas, expliqua le directeur.

– Pauvres gars ! laissa échapper Wiggins.

Les épaules du directeur tressaillirent.

– Je vais vous présenter à la cuisine et suggérer que vous aidiez pour le service.

Wiggins se retrouva bientôt face à d'immenses récipients remplis de ragoût qu'on le chargea de déposer sur chaque table, en terminant par celle qui se trouvait sur une estrade, à une extrémité du réfectoire. C'était là que s'asseyaient le directeur et les professeurs, qui ne tenaient pas à manger des plats refroidis.

– Les Tommies occupent les deux tables les plus proches de la porte, sur la droite, chuchota le directeur avant de quitter la cuisine. Le préfet est chargé de la discipline à celle des seniors, et choisit chaque semaine un junior pour l'autre table. Par chance, cette semaine, c'est Lowell Summerfield. Vous n'aurez donc aucun mal à le repérer.

À six heures tapantes, une centaine de garçons se ruèrent dans la salle en criant et en se bousculant, mais l'agitation se calma dès que le directeur frappa dans ses mains. Chaque élève se posta debout devant sa place et tous hurlèrent en chœur les grâces[19]. Les trois préfets des trois maisons passèrent ensuite entre les tables, une balle de cricket à la main, pour inspecter les vêtements des élèves. Certains juniors reçurent deux ou trois coups sur la tête avec la balle sous prétexte que leur ceinture était détachée ou leur veste mal boutonnée. Wiggins apprit par un des cuisiniers que cette inspection survenait n'importe quel jour et à n'importe lequel des trois repas, ce qui était censé inciter les garçons à être toujours impeccables. Il se demanda ce que monsieur Baring-Gould pensait de sa veste élimée et de ses croquenots crottés.

Il retourna près du passe-plat des couverts et observa les élèves en train d'engloutir d'énormes bouchées de ragoût comme s'ils n'avaient rien mangé depuis une semaine. Wiggins les aurait bien envoyés en excursion à Whitechapel ! Après avoir fait durer une saucisse pendant deux jours et chassé les mouettes de la Tamise, ils comprendraient ce qu'était la faim. À une table de juniors, il vit un garçon aux joues rebondies et à la mine florissante profiter de ce que son voisin tournait la tête pour piquer un morceau dans son assiette. Wiggins faillit s'approcher de lui pour lui raconter que, dans les asiles pour indigents de Londres, on pouvait recevoir un coup de couteau pour avoir volé un hareng saur à son voisin. Mais il n'était pas là pour jouer les redresseurs de torts.

---

[19] Prières récitées avant le repas.

Il situa facilement les trois maisons, chacune occupant deux tables, et les rebaptisa en riant sous cape : B comme Blaireaux, J comme Jambons à pattes, et T comme Têtes de lard. Il se tourna vers les Têtes de lard juniors. Il ne lui fallut pas longtemps pour repérer le fils du juge, car il mangeait du bout des lèvres en se levant à chaque instant pour vérifier qu'il n'y avait pas de grabuge à sa table. Un responsable de tablée incapable de faire régner l'ordre était sûrement sévèrement puni.

Lowell Summerfield tranchait sur la plupart des autres garçons par la douceur de sa physionomie. Il avait un visage aux traits réguliers et de grands yeux rêveurs. Ou bien étaient-ce ses sourcils très arqués qui lui donnaient cet air perpétuellement étonné ? Il avait bien du mal à maintenir l'ordre, car quelques fiers-à-bras s'empressaient de faire des gestes plus ou moins obscènes et de mettre la pagaille dès qu'il ne les regardait pas. Wiggins était en train de découvrir que, même pour ces gamins riches qu'attendait un avenir tout tracé de propriétaires, de banquiers et d'hommes de loi, la vie pouvait recéler une certaine forme de violence. Il était troublé à l'idée que le destin d'un gamin innocent, pour lequel il n'avait aucune raison d'éprouver de la sympathie, était suspendu à l'issue d'un procès et que lui, Wiggins, pouvait peut-être lui épargner un sort effroyable. En dépit de sa méfiance et de ses préventions contre ces garçons privilégiés, il se promit de tout faire pour que Lowell Summerfield s'en sorte indemne. Cela le rassura de remarquer que le garçon semblait avoir un allié. Son voisin, qui, lui, ne semblait ni naïf ni rêveur, ne perdait pas une occasion de voler à son secours.

À l'autre bout de la table, un autre élève attira l'attention de Wiggins. Il était le seul à n'ouvrir la bouche que pour manger et ne semblait frayer avec aucun de ses camarades. Ce n'était pas très difficile de deviner pourquoi. Au milieu des têtes blondes parmi lesquelles flamboyait çà et là une tignasse rousse, celui-là avait les cheveux aussi noirs que le plumage d'un corbeau. Il avait également le teint basané et le regard sombre comme la nuit. À Whitechapel, Wiggins était habitué à croiser des gens venus des quatre coins du monde. Des Irlandais, des Allemands, des Polonais ou des Juifs d'Europe centrale, des femmes drapées dans des loques multicolores, des enfants aux cheveux crépus ou aux yeux bridés. Il ne s'étonnait de rien, mais il n'avait pas imaginé trouver un jeune Indien dans un collège anglais. Cependant cet Indien-là ne ressemblait en rien à ses compatriotes de Whitechapel. Quelque chose de noble et de digne se dégageait de sa personne pourtant fluette. Et puis une autre différence frappa Wiggins : à Whitechapel, on était trop soucieux d'assurer sa subsistance pour regarder la couleur de la peau d'un voisin ou critiquer ses habitudes. Ici, Wiggins eut l'impression que personne ne tenait à se lier avec ce camarade étranger. Ou était-ce le gamin qui se tenait volontairement à l'écart ?

Après le dîner, les élèves montaient dans leur chambre et pouvaient s'occuper comme ils l'entendaient à condition de respecter le calme. Wiggins rejoignit les domestiques qui prenaient leur repas dans la cuisine après les élèves. Comme il s'y était attendu, il dut répondre à un feu roulant de questions. Sans doute s'en tira-t-il assez bien, puisqu'on l'oublia bientôt pour parler de tout et de rien, de l'avancement des poireaux dans le potager et des mérites comparés de l'eau de cuisson des pomme de terre et de celle du riz comme désherbant. Se sentant presque aussi peu à son aise avec ces gens de la campagne qu'avec les fils de notables, Wiggins demanda à son voisin, un garçon placide qui semblait avoir à peu près son âge, depuis combien de temps il travaillait au collège et ce qu'il y faisait.

— Je suis arrivé à la rentrée de septembre, répondit le garçon. Godfrey, je m'appelle. Godfrey Gibbs. Je m'occupe de la voiture du directeur, c'est moi qui la conduis quand il a à se déplacer. À part ça je donne un coup de main quand il faut tailler un arbre ou zigouiller des taupes. Pas trop crevant, dans l'ensemble. On n'est pas malheureux, ici, c'est juste un peu trop calme. Avant, je travaillais à Southampton, sur le port. Nettement plus mouvementé ! Mais faut bien aller là où y a du travail, non ?

Wiggins approuva.

— Mon père est mort depuis une éternité, et ma mère a fait toutes sortes de métiers, depuis le marché aux poissons jusqu'au rempaillage de chaises, expliqua-t-il. Maintenant, elle est cuisinière. Moi, à part vendre les journaux et porter des messages... Je peux te dire que j'ai plus souvent mangé des rats que du poulet ! Alors quand j'ai entendu parler d'un collège où on avait besoin de quelqu'un, j'ai pris mes cliques et mes claques et j'ai débarqué. C'est drôle, ici, non ? Tous ces gamins qui n'ont jamais rien vu de la vraie vie... Mais tu as raison, quand on en a bavé, on y regarde à deux fois avant de refuser un boulot.

Les autres avaient déjà presque tous quitté la table.

— Il paraît que tu dors pas avec nous, fit le dénommé Gibbs. Dommage, on aurait pu taper la causette un moment. J'ai un peu de tabac.

— Un autre soir, promit Wiggins. J'arrive tout juste, j'ai le tournis de tout ça... Faut que je m'habitue !

– Comme tu veux.

Wiggins s'assura que personne n'avait plus besoin de lui. Avant de regagner la maison des Têtes de lard, il fit le tour des bâtiments pour en fixer le plan dans sa mémoire. Aux fenêtres des chambres tremblait la lumière douce de chandelles, tout comme chez monsieur Baring-Gould. Wiggins repéra ensuite celle du bureau de l'économe au rez-de-chaussée du bâtiment de l'administration : Charles Bell veillait, lui aussi. Mais à l'étage, dans la bibliothèque, Wiggins crut voir également une lueur. Intrigué, il alla se poster dans l'obscurité, là où la maison du directeur formait une avancée. Un moment plus tard, il vit une petite silhouette sortir dans la cour et s'éloigner sans bruit en rasant les murs. Elle longea la maison des Blaireaux, puis celle des Jambons à pattes, contourna la chapelle, et disparut finalement dans celle des Têtes de lard. Wiggins courut sur la pointe des pieds, pénétra à son tour dans le bâtiment et grimpa l'escalier en prenant garde de ne pas faire craquer les marches. Il arriva sur le palier juste à temps pour voir le jeune Indien refermer la porte de sa chambre, voisine de celle de Lowell Summerfield et de son copain. Qu'était-il allé faire dans la bibliothèque et pourquoi semblait-il vouloir passer inaperçu ?

À peine arrivé et déjà un mystère à éclaircir, se dit Wiggins. Finalement, je ne vais peut-être pas m'ennuyer dans cette prison.

CHAPITRE 6

Wiggins consacra les deux journées suivantes à s'imprégner de ce à quoi Sherlock Holmes attachait une si grande importance et qu'il appelait pompeusement le *genius loci*[20]. Autrement dit l'atmosphère. Avant d'agir, mieux valait savoir où on mettait les pieds. Le directeur lui avait donné l'autorisation de circuler partout à son aise, d'entrer discrètement dans les salles de classe pendant les cours, d'y rester un moment s'il en avait envie, et même de monter dans les chambres en l'absence des élèves. L'essentiel était qu'il paraisse toujours affairé. Wiggins n'était pas à cours d'imagination pour inventer des prétextes. Il prit goût à observer cette fourmilière, en particulier aux heures des repas et dans les salles d'étude. À condition d'oublier uniformes et cravates, hiérarchie et règles, le collège de Midhurst n'était au fond pas si différent de Whitechapel. Ici aussi, chacun luttait pour la survie, ce qui signifiait obtenir de bonnes notes sans se fatiguer et échapper à la surveillance des professeurs pour se ménager des moments de liberté. Tout comme à Londres, la jalousie suscitait des conflits, les forts brimaient les faibles, les plus intelligents manipulaient les plus naïfs.

---

[20] (Latin) Mot à mot : l'esprit du lieu.

Lowell Summerfield faisait partie de cette dernière catégorie. En revanche, le garçon qui partageait sa chambre et qui s'appelait William Hodson appartenait à la race des futés, mais aussi à celle des protecteurs, ce qui garantissait à Lowell une certaine tranquillité. Wiggins eût bien aimé se faire un ami dans cet endroit perdu, mais ces garçons étaient encore des gamins, et d'ailleurs ils vivaient à des années-lumière de lui. Le voyaient-ils seulement ? Quant aux seniors, les chances de nouer des liens avec eux étaient encore plus minces. Wiggins les classa très vite en trois espèces : les boutonneux qui échangeaient des plaisanteries à voix basse en gloussant comme des filles, les taciturnes à lunettes qui se baladaient un livre à la main et semblaient toujours naviguer dans le brouillard, et les futurs ministres qui articulaient d'une façon très bizarre, comme s'ils souffraient d'un abcès dentaire ou avaient trop de salive dans la bouche.

Stanley Croft, le préfet de la maison des Têtes de lard, faisait partie de cette dernière catégorie. Il s'adressait aux professeurs avec respect, volait au secours des juniors face à la brutalité de certains seniors, et poussait l'affabilité jusqu'à regarder Wiggins comme un être humain et non comme une créature de rang inférieur. Il avait le visage émacié, un long nez aussi fin qu'une lame de couteau, des mains pâles et décharnées, des yeux d'un gris délavé. Doté d'une autorité naturelle, il n'avait pas besoin d'élever la voix pour faire régner l'ordre, ce qui n'était pas le cas du préfet des Blaireaux et de celui des Jambons à pattes. Wiggins le trouvait un peu trop parfait pour être honnête. Il soupçonnait cette tête de lard-là d'être aussi un caméléon doublé d'un cafard. Les professeurs et le directeur, en revanche, rêvaient sûrement d'un collège rempli de Stanley Croft.

Ce n'était pas non plus du côté des professeurs que Wiggins pouvait se tourner. Ceux qui enseignaient l'anglais, le sport, le dessin et la musique avaient femme et enfants et rentraient chez eux aussitôt leurs cours terminés. Quant au trio Bell-Kinloch-Verneuil, Wiggins le trouvait amusant et plutôt sympathique, mais il n'avait rien à dire à ces intellectuels. Enfin, il se méfiait des domestiques qui par nature étaient curieux et bavards. Si l'auteur de la lettre anonyme avait besoin de s'assurer des complicités au collège, c'était parmi eux qu'il avait dû les chercher. Méfiance, donc ! Godfrey Gibbs, qui venait de la ville, semblait un peu à part et avait sans doute des points communs avec Wiggins. Mais celui-ci ne le croisait guère qu'aux repas car Gibbs pénétrait rarement dans les bâtiments du collège.

Le plus étonnant était que tous ces hommes ne semblaient pas souffrir le moins du monde du manque de présence féminine. Wiggins n'avait vu que trois femmes. Une aide-cuisinière quasi muette et deux personnes qui travaillaient à la buanderie : madame Watkins, un laideron qui piquait des fous rires à tout bout de champ, et Gracie, une jeune fille à l'air furieux qui portait bien mal son prénom.

Tu n'es pas là pour batifoler, se dit Wiggins, mais pour empêcher un crime. Assassinat ? Enlèvement ? Il ignorait ce qui attendait Lowell Summerfield, en admettant que le projet des amis de Cooper concerne bien le fils du juge. Persuadé que les choses se passeraient la nuit, il ne dormait que d'un œil, comptant les heures au clocher de la chapelle et croyant à chaque instant entendre grincer une latte de parquet.

Le jeudi après-midi était réservé au sport, activité d'une importance capitale durant laquelle les maisons s'affrontaient dans des matchs impitoyables. Chambres et salles d'étude étaient alors désertes. Wiggins en profita pour aller examiner de plus près la chambre de Lowell et de son ami William mais, en chemin, il eut l'idée de commencer par celle du jeune Indien, contiguë à celle des deux garçons.

Il grimpa l'escalier sans bruit et tourna le loquet, redoutant vaguement de se trouver face à des statuettes de dragons dans une épouvantable odeur d'encens. Il savait que l'Indien occupait seul une chambre pour deux, ce qui en soi était suspect. Il poussa la porte avec précaution, risqua une tête, et entendit un cri. L'Indien était allongé sur son lit, tout habillé, un livre encore ouvert tombé par terre.

— Désolé, fit Wiggins. Je... voulais m'assurer...

Il ne savait quoi inventer, mais l'occupant du lit lui coupa la parole.

— Ce n'est pas grave, monsieur, c'est juste que je somnolais et que vous m'avez surpris.

Il parlait un anglais impeccable, sans le moindre roulement de « r ».

— Tu es malade ? demanda Wiggins.

— Oui, monsieur.

— Laisse donc tomber le monsieur. Tu as besoin de quelque chose ? Je peux aller te chercher une tasse de thé.

— Ce n'est pas la peine, mons... Ce n'est pas la peine. J'ai juste attrapé froid ce matin à la chapelle. Je ne suis pas en forme pour le rugby, mais pas assez malade pour être à l'infirmerie. On m'a autorisé à rester dans ma chambre. Je voulais réviser mes leçons et je me suis endormi.

— Je peux m'asseoir ? fit Wiggins en refermant la porte derrière lui et en s'approchant de la chaise.

— Bien sûr. Si vous avez le temps, vous me tiendrez compagnie.

Wiggins fourragea dans son épaisse tignasse qui ne rencontrait pas souvent un peigne.

— Tu trouves que j'ai l'air d'un monsieur ? Si tu veux que je reste, tu ferais mieux de me parler comme à un de tes camarades. D'accord ?

L'Indien sourit.

— D'accord.

— Tu te plais, ici ? J'ai l'impression que tu n'as pas beaucoup d'amis. Pourquoi tu es seul dans ta chambre ? Tu préfères ça ?

Le beau visage se rembrunit.

— Personne n'a voulu se mettre avec moi. Mais ça m'est égal. Au moins, je suis tranquille pour dormir ! Enfin, quand Lowell ne ronfle pas derrière le mur. Et puis je préfère être au calme pour réviser mes leçons. Il faut que j'aie de très bonnes notes si je veux aller étudier à Oxford ou à Cambridge.

Wiggins poussa un sifflement d'admiration.

— Eh bé, tu m'en bouches un coin ! Oxford, ce n'est pas là qu'est allé monsieur Primrose[21] ? Tu veux devenir Premier ministre ?

— Pas forcément, répondit très sérieusement le garçon.

— Pas forcément ! Dis donc, toi, on peut dire que tu as de l'ambition ! Ou bien ce sont tes parents qui t'obligent ?

— Pas du tout, c'est mon idée à moi ! En fait, je voudrais entrer au Congrès national indien et lutter pour l'autonomie de mon pays[22].

— Tu es né en Inde ?

— Oui, mais mon père a voulu que je fasse mes études ici, comme lui.

[21] Archibald Philip Primrose, cinquième comte de Rosebery, fut Premier ministre du 5 mars 1894 au 22 juin 1895.

[22] Parti démocratique créé en 1885, dont le but était principalement de faire en sorte que les Indiens d'un certain niveau culturel participent au gouvernement (voir *Annexes* page 257).

Il baissa soudain la voix et murmura :

– Il est mort l'été dernier. Je dois me montrer digne de lui.

– Je comprends, fit Wiggins ému. Moi aussi j'ai perdu mon père, il y a très longtemps. Il était marin, il a disparu dans un naufrage. Ma mère et moi, on a dû se débrouiller tout seuls, c'est pour ça que je ne suis jamais allé au collège. Je l'ai échappé belle !

Au fond de lui, Wiggins n'en était pas tout à fait convaincu. S'il avait fait des études, peut-être aurait-il pu quitter Whitechapel et avoir un vrai métier… Mais peut-être aussi n'aurait-il jamais connu Sherlock Holmes. On ne savait jamais vraiment ce qui était bien pour vous ou pas. Dans un sens, c'était presque mieux de ne pas avoir le choix.

Comme le garçon restait silencieux, Wiggins lui dit comment il s'appelait et lui demanda son nom.

– Param Trishna. Param veut dire le meilleur, et Trishna, c'est le désir.

Il semblait très fier de son nom. Wiggins le trouvait touchant et se demandait s'il n'avait pas trouvé là l'ami qu'il cherchait, en dépit de son jeune âge. Un garçon qui comme lui voulait réussir, même si leurs ambitions à tous deux étaient bien différentes, un orphelin de père, un solitaire qui ne se sentait probablement pas à l'aise au milieu de ces fils de vieilles familles anglaises. Mais il se rappela les conseils de Sherlock Holmes. L'émotion était dangereuse quand on ne savait pas à qui on avait affaire. Se reprenant, il posa sur Param Trishna un regard inquisiteur.

– Alors c'est pour étudier que tu vas à la bibliothèque quand les autres sont dans leur chambre ? Pourquoi tu te caches ?

Le visage soudain fermé, Param baissa la tête, buté.

— Tu peux être tranquille, je ne dirai rien à personne, reprit Wiggins. Pas même à tes camarades ! C'est juste de la curiosité. Qu'est-ce que tu es allé faire à la bibliothèque lundi soir ? Je te jure que je garderai le secret.

Wiggins ne croyait pas un instant que cette équipée secrète pût avoir un quelconque rapport avec Lowell Summerfield, mais il savait qu'il ne fallait jamais négliger un incident bizarre.

— Tu le jures? demanda Param en relevant la tête.

— Je le jure. Alors ?

— Eh bien… Chez les juniors, on a formé un club. C'est monsieur Verneuil qui nous en a donné l'idée, mais il tient à ce qu'on garde le secret. Il aime bien le mystère, et nous aussi. Le club s'appelle *Le Millionnaire manquant*, c'est le titre d'une énigme qui est parue dans *The Halfpenny Marvel*.

Wiggins connaissait ce journal. Il ne l'avait jamais lu, mais ses camarades en avaient vendu dans les rues.

— C'est un journal pour les enfants, expliqua Param d'une voix excitée. Dans cette histoire, il y a un détective génial qui s'appelle Sexton Blake[23]. Il habite dans une grande maison où il reçoit les pauvres gens à qui il est arrivé quelque chose d'étrange, et il lui suffit de poser quelques questions pour résoudre le mystère. On se doute bien que ça n'est pas très vraisemblable, ce genre d'homme n'existe sans doute pas dans la réalité, mais ces histoires sont formidables !

— Tu es sûr que ça n'est pas possible ? répliqua Wiggins. J'ai vaguement entendu parler d'un type qui s'appelait Sherlock Quelquechose et qui était aussi génial que ton Sexton Truc. Mais bon, tu as peut-être raison, sa réputation à lui aussi devait être un peu exagérée.

---

[23] La première aventure, signée Hal Meredith, fut publiée le 20 décembre 1893. Les aventures de Sexton Blake eurent un tel succès qu'on créa un hebdomadaire spécialement consacré à ce détective imaginaire et intitulé *Union Jack*.

Pardon, Sherlock, s'excusa Wiggins en son for intérieur.

— Sûrement ! approuva Param. En tout cas, monsieur Verneuil nous propose des énigmes et le premier qui la résout a droit au titre de Sexton Blake jusqu'à la réunion suivante.

— Génial ! Et il y a combien de millionnaires ?

— Oh, on n'est même pas une demi-douzaine.

— Les deux garçons d'à côté en font partie ? demanda Wiggins avec un mouvement de la tête en direction de la chambre voisine. Lowell et William, c'est ça ?

— Ah non, pas eux ! protesta fermement Param.

— Bah dis donc, on dirait que tu ne les portes pas dans ton cœur !

L'Indien haussa les épaules.

— Pourquoi ? insista Wiggins. Ils t'ont fait un sale coup, c'est ça ?

Param préféra révéler son secret que répondre à cette question.

— Avant-hier soir, j'ai trouvé la solution de l'énigme qu'on devait résoudre. Mais il fallait que je vérifie quelque chose et je ne voulais pas que les autres voient quel livre je feuilletais. Tu comprends, mon rêve, c'est d'avoir le titre de Sexton Blake à chaque fois. Ça en boucherait un coin aux autres ! Ils me regardent de haut sous prétexte que je ne suis pas anglais, et ils me traitent de fayot parce que je suis toujours le premier de la classe. Si je pouvais épater ceux du club, peut-être que ça changerait.

— À mon avis, tu te fais des illusions ! S'ils sont jaloux de tes bonnes notes, ils seront aussi jaloux que tu remportes toujours le Sexton Truc.

— Tu crois ?

— Mais c'est évident enfin !

— Alors je n'ai aucune chance de me faire un ami, soupira Param.

— Tu veux vraiment être ami avec un autre élève ? Tu en as assez d'être tout seul dans ta chambre ?

— Non, ça, ça m'est égal.

— Alors tu pourrais chercher un ami ailleurs. Un garçon plus vieux que toi, un garçon qui ne sait pas toujours ce qu'il faut dire et ce qu'il faut faire, un garçon qui n'est jamais allé à l'école mais qui pourrait t'aider à résoudre les énigmes du club des millionnaires.

Param leva vers Wiggins ses grands yeux sombres. Des yeux si expressifs que Wiggins pouvait y lire les pensées qui l'agitaient. Un ami, oui, c'était tentant. Un ami qui l'aiderait à résoudre les énigmes, un ami sans préjugés, un garçon un peu à part comme lui, et qui paraissait savoir ce que pensaient ses camarades…

À ce moment s'élevèrent de la cour des rugissements d'excitation à peine couverts par la voix forte du professeur de sport.

— Les voilà, ils vont remonter ! chuchota Param. Je préfère que tu t'en ailles.

— Tu as peur de quoi ?

— Va-t'en, je suis censé être malade.

Mais ce n'était sûrement pas la seule raison qui le poussait à mettre Wiggins dehors.

— Tu réfléchiras, promis ? insista Wiggins en se levant et en se dirigeant vers la porte.

Comme il quittait la chambre sans avoir obtenu de réponse, il crut entendre la voix ironique de Sherlock Holmes lui souffler à l'oreille. *L'émotivité contrarie le raisonnement, Wiggins, ne l'oubliez jamais !*[24]

C'est juste que j'ai intérêt à me faire un ami dans la classe de Lowell, marmonna Wiggins. Et je vous

[24] *L'émotivité contrarie le raisonnement clair et le jugement sain.* (*Le Signe des quatre*, de sir Arthur Conan Doyle).

rappelle que j'ai vingt ans. Vous comptez me donner des conseils jusqu'à quel âge ? J'ai le droit d'avoir mes méthodes, non ?

CHAPITRE 7

Param Trishna avait été dispensé de sport mais on ne l'avait pas jugé suffisamment malade pour manquer le cours de français. Il n'allait d'ailleurs pas s'en plaindre, car il aimait les langues et savait qu'elles étaient importantes pour sa future carrière. Tandis que ses camarades se ruaient dans leurs chambres pour se changer, il s'approcha de l'étagère pour y prendre son cahier de français. Il avait passé tout l'après-midi du dimanche sur sa rédaction alors que la plupart de ses camarades de classe s'étaient lancés dans une chasse à l'écureuil. Un sport répugnant. Armés de boules de bois attachées à de longs manches, les garçons se glissaient comme des voleurs sous les arbres et s'attaquaient à de malheureux animaux pacifiques. Certains faisaient un véritable carnage, et William Hodson n'était pas le dernier. Param détestait William, et pas seulement à cause de son goût pour la chasse.

L'étagère du jeune garçon était toujours dans un ordre impeccable, les cahiers empilés avec soin et les livres classés par matière. Pourtant, il eut beau passer en revue chaque cahier l'un après l'autre, impossible de trouver celui de français. Incrédule, il alla vérifier qu'il ne traînait pas sur son bureau puis, affolé, mit son coffre à vêtements sens dessus dessous. En vain. Le cahier s'était tout simplement volatilisé ! Qu'avait-il bien pu en faire ? L'avait-il emporté à la bibliothèque ? Impossible ! Tandis qu'il retirait fébrilement livres et cahiers dans l'espoir que celui qu'il cherchait avait glissé derrière les autres, quatre heures sonnèrent à la chapelle. S'il arrivait en retard, il était bon pour devoir se présenter à la loge du portier tous les matins pendant une semaine. Comme il ne pourrait montrer sa rédaction, il aurait peut-être même droit en prime au balayage de la cour ou au récurage des éviers. Et si Stanley Croft, le préfet de la maison Tallis, apprenait la chose, il se ferait un plaisir de lui infliger des coups de règle avant le repas du soir, debout devant tout le monde sur l'estrade des professeurs.

Param prit son livre de français, se précipita hors de la chambre et dévala l'escalier pour rejoindre ses camarades dans la salle de classe. Il arriva juste à temps, Roland Verneuil était sur le point de fermer la porte.

— Je vous avais donné une rédaction, n'est-ce pas ? demanda ce dernier quand tout le monde fut assis. Qui veut bien relire le sujet à haute voix ?

Ashley Lawrence leva la main, ce qui déclencha quelques rires. Élève médiocre, il tentait de compenser sa nullité en saisissant toutes les occasions de briller à peu de frais et d'attirer la bienveillance des professeurs. Il se précipitait pour leur tenir la porte, les saluait en se courbant jusqu'à terre et n'ouvrait la bouche que lorsqu'il était interrogé. Le reste du temps, il somnolait en attendant la fin des cours.

— Je vous écoute, monsieur Lawrence, dit Roland Verneuil en rajustant son lorgnon. Vous allez le traduire en français, bien entendu.

Ashley s'étrangla. Il n'avait pas prévu ce piège. Non seulement la grammaire française lui était totalement impénétrable, mais monsieur Verneuil lui avait déclaré un jour que son accent exécrable donnait l'impression d'entendre un anthropopithèque apprenant à parler.

— *Racontais…* commença-t-il de sa voix de fausset. *Racontant, raconta… quoi vous senti, sentez… un des premiers temps… vous vais… irons sur le côté de mer.*

— *Absolument époustouflant !* s'exclama Roland Verneuil en français tout en réprimant d'un geste les gloussements moqueurs.

Ashley le regarda, interdit, se demandant si c'était vraiment un compliment.

— Je préfère ne pas vous demander de me lire votre devoir, poursuivit le professeur. Je crains que vos camarades ne soient dépassés par la richesse de votre vocabulaire. Voyons… Monsieur Hodson, vous paraissez bien excité. Allons, nous vous écoutons. Venez près de moi, et tâchez de donner autant de voix que lorsque vous jouez au cricket !

Écarlate, William Hodson s'avança avec son cahier. Il jeta un regard nerveux vers son ami Lowell, un autre vers Roland Verneuil, puis se lança dans sa lecture, articulant vigoureusement et haussant les sourcils sur chaque mot difficile. Après quelques phrases cahotantes, il retrouva confiance en lui. Il racontait un voyage qu'il avait fait, enfant, alors que son père était en poste à Cape Town en Afrique du Sud. Avec un vocabulaire riche et des formules poétiques, il décrivait les teintes changeantes de la mer, la forêt luxuriante et dense plongeant jusque dans l'eau, la moiteur de l'air qui faisait vibrer la surface de l'océan et donnait l'impression de flotter dans un rêve, la chaleur étouffante et la survenue d'une pluie apocalyptique qui lui avait donné le sentiment de se trouver embarqué sur l'arche de Noé. Lorsqu'il fut arrivé à la fin de son texte, un silence absolu régnait dans la classe.

— Magnifique, dit enfin Roland Verneuil. Vous me surprenez beaucoup, monsieur Hodson. Avez-vous écrit cela tout seul, ou bien êtes-vous allé chercher l'inspiration dans les livres de la bibliothèque ?

— Je ne vais pas beaucoup à la bibliothèque, monsieur, avoua William d'un air confus. Mais des souvenirs comme ceux-là, on ne peut pas les oublier.

— Assurément. J'ignorais que vous aviez voyagé hors de notre vieille Angleterre. La prochaine fois que votre père viendra à Midhurst, je serai ravi de parler avec lui des années qu'il a passées en Afrique du Sud. J'ai moi-même pas mal voyagé. À vrai dire, j'ai davantage été attiré par l'Asie, où j'ai vécu des expériences étonnantes. J'étais alors beaucoup plus jeune qu'aujourd'hui, comme vous pouvez l'imaginer !

En parlant, il s'était mis à parcourir l'allée centrale, de la démarche un peu incertaine que lui donnait son dos voûté. Quant il eut atteint le fond de la salle, il revint lentement en arrière et s'arrêta au niveau de Param.

— Mais je ne suis jamais allé en Inde, dit-il gentiment en se penchant vers lui. À mon grand regret, d'ailleurs !

Il reprit sa marche.

— En revanche, poursuivit-il, je lis beaucoup de récits de voyages. C'est une autre façon d'explorer le monde, et ce que fait entrevoir l'imagination est souvent encore plus beau que la réalité. N'est-ce pas, monsieur Hodson ?

William Hodson, qui n'avait pas osé aller se rasseoir sans autorisation, était toujours planté face à ses camarades. Son visage vira à l'écarlate.

— Je le suppose, monsieur, murmura-t-il.

Le professeur de français eut un petit rire plein de malice.

— Encore faut-il pour cela être capable de faire preuve d'imagination. Jusqu'à présent, monsieur Hodson, je n'ai jamais remarqué que vous en ayez beaucoup.

William Hodson se mit à danser d'un pied sur l'autre, triturant son cahier qu'il avait roulé en cylindre.

— J'ai donc peine à croire que vous ayez imaginé tout cela, continua Roland Verneuil. La pluie torrentielle, la moiteur de l'air, la forêt plongeant jusque dans l'eau… Savez-vous comment on appelle ce type de forêt, monsieur Hodson ? Votre père vous l'a sûrement dit !

William resta coi.

Param, qui depuis un moment se sentait tantôt brûlant de fièvre, tantôt glacé, hésita. Il lui semblait que monsieur Verneuil avait déjà tout compris. Mais comment réagirait-il si ce n'était pas le cas ? N'allait-il pas punir Param pour son effronterie ? Cependant, alors qu'il hésitait encore, son professeur se tourna légèrement vers lui et… Était-ce possible ? Oui, malgré l'épaisseur des lorgnons, Param crut voir briller dans les yeux du Français une étincelle complice. Alors, prenant son courage à deux mains, il respira profondément, se redressa et dit :

— Cela s'appelle la mangrove, monsieur. On en trouve dans les pays tropicaux.

Il s'arrêta, scruta le professeur, et ce qu'il lut dans son regard l'incita à continuer :

— Je ne savais pas qu'il y en avait aussi en Afrique du Sud. Et je suis très étonné qu'il y tombe des pluies ressemblant à celles de la mousson. J'ai entendu dire qu'il régnait là-bas un climat chaud, mais tempéré et non humide.

— Tout à fait exact, monsieur Trishna ! applaudit Roland Verneuil. C'est pourquoi le sublime récit de votre camarade me plonge dans la plus grande perplexité. Il nous a décrit — admirablement, je dois le dire — des paysages qu'on s'attendrait à trouver en Birmanie ou peut-être dans votre pays à vous, l'Inde, mais en aucun cas en Afrique du Sud. Pourtant vous n'êtes jamais allé en Inde, n'est-ce pas, monsieur Hodson ?

— N-non, m-monsieur, bafouilla William.

— C'est bien ce qu'il me semblait, et c'est la raison de ma perplexité... Ce sera tout, monsieur Hodson, vous pouvez retourner à votre place. Vous comprendrez certainement pourquoi je ne vais pas vous attribuer de note. Quelqu'un d'autre aimerait-il nous lire son texte ? À condition, bien sûr, qu'il en soit lui-même l'auteur !

Personne ne s'y risqua. Certains élèves n'avaient pas parfaitement saisi de quoi il retournait. William avait sans aucun doute brodé un récit imaginaire, ou, plus probablement, l'avait recopié dans un livre. Mais quel rôle jouait Param Trishna dans cette histoire ? Pourquoi avait-il pris plaisir à étaler son savoir et à humilier William ? D'autres, en revanche, avaient deviné la vérité : William avait simplement recopié, peut-être en le transformant légèrement, le devoir de son camarade indien. Roland Verneuil apaisa les esprits en se lançant dans une explication grammaticale complexe et ne mentionna plus l'incident. Param, le cœur au bord des lèvres, se demandait quel serait son sort à la fin du cours. Il regrettait maintenant d'avoir répondu à la question du professeur, démasquant pour ainsi dire William. Mais comment laisser passer une telle tromperie sans rien dire ? William lui avait volé son cahier pour s'inspirer sans vergogne de son devoir ! Ce garçon n'était qu'une canaille, une abjecte vermine. Comment aurait-il pu en être autrement, d'ailleurs, étant donné ce que Param savait sur lui ?

Un moment plus tard, lorsque cinq heures sonnèrent et que les garçons se précipitèrent hors de la salle, Param traîna pour laisser aux autres le temps de s'éloigner. Mais, comme il le craignait, William revint en arrière dès que le professeur eut disparu.

— Tu m'as humilié, fit William. Tu me le paieras très cher, crois-moi !

— Je n'ai pas voulu t'humilier, répliqua Param. J'ai juste répondu à une question de monsieur Verneuil ! Toi, par contre, tu m'as volé mon cahier et tu as recopié ma rédaction pour avoir une bonne note. Eh bien tu as perdu, tu as été démasqué. Quand on vole, il faut faire preuve d'un minimum d'habileté.

— « Démasqué ! Faire preuve d'un minimum d'habileté ! » répéta William avec mépris. Ma parole, tu causes comme un vrai Anglais ! Pour commencer, je n'ai pas touché à ton cahier minable. Je me suis juste rappelé ce que nous a raconté un ami de mon père qui est allé en Inde.

— Alors pourquoi est-ce que tu ne l'as pas expliqué à monsieur Verneuil ?

— Il ne m'aurait pas cru, tu le connais ! De toute façon, ça ne te regarde pas.

— Si, justement, ça me regarde ! J'ai reconnu mes mots, mes tournures de phrases… Et comme par hasard mon cahier a disparu. Tu me prends pour un imbécile ?

— Et alors ? Même si j'ai touché à ton cahier minable, ce n'est pas un crime ! Tu ne vas pas me tuer pour ça !

Param regarda son camarade avec un mépris infini et répondit d'une voix tranquille :

— Non, pas pour ça. Si je te tuais, ce ne serait pas pour cette raison.

— Quel culot ! Et pourquoi est-ce que tu voudrais me tuer ? J'aimerais bien le savoir !

— Réfléchis un peu, *William Hodson* ! Creuse-toi la tête, cherche bien… Tu devrais interroger ton père, je suis sûr qu'il pourra t'aider.

— Mon père ? Qu'est-ce qu'il vient faire dans cette histoire ?

Param partit très vite sans répondre.

— Espèce de saleté d'Indien ! cria William.

CHAPITRE 8

Une heure. Ashley Lawrence avait entendu sonner toutes les heures depuis qu'il était couché. Il partageait le dortoir avec sept autres garçons dont l'un ronflait comme un feu de forge et un autre grinçait des dents en dormant. Mais ce n'était pas cela qui l'empêchait de trouver le sommeil. Une fois de plus, il s'était rendu ridicule en proposant de lire le sujet de rédaction française et ensuite, au cours de mathématiques, il avait déclenché un véritable chahut en confondant *hypoténuse* et *hypothèse*. Sa vie au collège était un cauchemar. Dès le jour de la rentrée il avait su qu'il ne s'y habituerait jamais. Il avait bien vu que sa mère était toute retournée de l'abandonner dans cette prison, mais elle n'avait rien osé dire devant son père.

— Il est grand temps que tu commences à te montrer digne de la lignée des Lawrence, avait déclaré celui-ci au moment des adieux. J'espère que tu ne me feras pas regretter le coût exorbitant de la pension.

En réalité, monsieur Lawrence, associé à la *Capital & Counties Bank*, n'avait nul besoin de se serrer la ceinture pour mettre son fils au collège. Cependant il détestait investir à perte. L'indolence et la paresse d'Ashley le rendaient malade, et il comptait sur Midhurst pour faire de lui un homme. C'est pourquoi il avait exigé qu'il dorme dans un dortoir de huit et non dans une douillette chambre à deux. Côtoyer de jeunes boursiers travailleurs et habitués à une vie difficile lui ferait le plus grand bien.

Les compagnons de chambre d'Ashley n'avaient pas mis deux jours à comprendre que ce gosse de riche était la tête de Turc idéale, et les brimades avaient commencé. Un jour, ils renversaient son encrier dans son coffre. Une autre fois, ils profitaient de ce qu'il était profondément endormi pour le ficeler bien serré à son lit et, lorsque le préfet tapait aux portes pour annoncer que c'était l'heure de se lever, le pauvre Ashley devait supplier ses camarades pour qu'ils le détachent. Ils ne finissaient par céder à ses prières qu'en échange de promesses effroyables. Ashley devait courir jusqu'au bout du couloir, nu comme un ver, au moment où on entendait approcher un professeur venant inspecter les chambres ; ou bien il devait se proposer pour lire les prières à la chapelle et y glisser le gros mot qu'on avait choisi. Tous les garçons du dortoir n'étaient pas aussi impitoyables, mais aucun d'eux ne se serait risqué à intervenir, car le code d'honneur du collège voulait qu'on ne dénonce jamais un camarade.

Prêt à tout pour quitter Midhurst, Ashley avait fait plusieurs tentatives. Sans le moindre succès. Pendant les mois les plus froids, quand ses camarades lisaient ou jouaient à des jeux tranquilles après le dîner, il s'éclipsait pour aller se poster un long moment au bout du couloir devant la fenêtre grande ouverte. Hélas doté d'une santé de fer, il ne tombait jamais très malade. Au mois de novembre, lorsqu'il y avait eu une épidémie de scarlatine, il était allé traîner à l'infirmerie dans l'espoir de l'attraper, mais il n'avait pas été suffisamment mal pour qu'on le renvoie chez lui. Et il avait beau prendre des risques insensés sur le terrain de sport, il récoltait tout au plus quelques égratignures. Une seule fois, il s'était foulé le poignet, mais on ne rentrait pas chez soi pour un poignet foulé. Comment les autres parvenaient-ils à s'adapter à un collège où il ne fallait être ni trop riche ni trop pauvre, ni cancre ni trop bon élève, ni trop gros ni trop maigre, n'avoir ni le teint basané ni les cheveux poil de carotte — ce qui hélas était son cas… Et il restait encore plus de deux mois et demi avant les vacances d'été !

Malgré tout, Ashley ne désespérait pas totalement de voir son sort s'améliorer un jour. Une idée avait germé depuis peu dans son imagination. Ses camarades étaient loin d'être des petits saints. Si seulement il pouvait découvrir quelque secret inavouable, il disposerait d'un pouvoir qui le préserverait certainement des moqueries et des mauvaises blagues.

Voilà pourquoi cette nuit-là, lorsqu'il entendit des chuchotements et des pas légers dans le couloir, il se dit qu'il allait peut-être avoir enfin l'occasion de montrer qu'il n'était pas une poule mouillée. Aucun élève ayant bonne conscience ne fût sorti de sa chambre au milieu de la nuit en veillant à ne pas attirer l'attention. Et encore moins un groupe d'élèves ! Or ils étaient au moins deux, peut-être même trois ou quatre. Dans quelle équipée interdite étaient-ils en train de se lancer ? L'idée de le découvrir et de les menacer de les dénoncer était terriblement tentante. Un peu effrayante aussi, mais comment ne pas saisir pareille chance, aussi infime fût-elle, de découvrir un secret qui lui donnerait un pouvoir sur ceux qui le tarabustaient ?

Ashley se leva avec mille précautions et gagna la porte sur la pointe des pieds. Le ronfleur ronflait toujours, berçant les autres dans un bienheureux sommeil. Il tourna le loquet, tira doucement la porte puis la repoussa sans la fermer. Une lueur, du côté de l'escalier, lui confirma qu'il n'avait pas rêvé. Il s'avança à pas de loup et se risqua jusque sur le palier. Il aperçut une chandelle et… oui, trois garçons descendaient l'escalier. Des seniors. Effrayé, Ashley faillit rebrousser chemin, puis se dit qu'il ne risquait pas grand-chose à voir au moins où ils allaient. Il était pieds nus, personne ne l'entendrait marcher. Il craignit un instant que sa chemise de nuit blanche ne le fasse repérer dans l'obscurité, mais les garçons avançaient sans hésiter et sans se retourner. Arrivés en bas de l'escalier, il y eut encore quelques chuchotements, puis ils ouvrirent la porte qui donnait dans la cour. Ashley regretta amèrement de ne pas avoir enfilé ses chaussettes, mais, au point où il en était, il n'était pas question de remonter et de risquer de perdre de vue ses camarades.

Les garçons n'allèrent pas très loin. La maison Thomas Tallis jouxtait la chapelle, si bien qu'il n'y avait pas plus de vingt pieds[25] entre les deux entrées. Ils y furent en quelques enjambées. Ashley les vit soulever la barre de fer qui maintenait le portail fermé et se glisser l'un après l'autre à l'intérieur. Le dernier repoussa la porte mais la laissa entrouverte, sans doute pour éviter des grincements intempestifs. Ashley ne pouvait imaginer aucune explication à cette incroyable équipée. Il gagna à son tour la chapelle et risqua une tête dans l'embrasure de la porte.

Les garçons, chuchotant toujours, étaient maintenant assis devant l'autel. L'un d'eux se leva et disparut un

---

[25] Un peu plus de six mètres (1 pied = environ 30,5 centimètres).

moment, la chandelle à la main, puis revint vers ses camarades avec une poignée de cierges. Ils les allumèrent en riant sous cape et, après avoir fait couler un peu de cire sur les dalles de pierre, les fixèrent au sol. Leurs visages éclairés étaient maintenant faciles à reconnaître. Il y avait le préfet et deux autres seniors à qui on aurait donné le bon Dieu sans confession. Stanley Croft tira de sa besace deux flacons et trois gobelets d'étain. Il les posa devant lui et prépara un mélange des liquides contenus dans les flacons. Puis, solennellement, il tendit un gobelet à chacun de ses deux compagnons.

– Je jure solennellement de garder le secret sur cette cérémonie et de ne rien en dévoiler, pas même sous la torture. *Memento audere semper !*[26]

Chacun porta le gobelet à ses lèvres, puis ils s'allongèrent, les pieds réunis au centre du cercle de sorte que les trois corps formèrent une sorte d'étoile. Un silence de tombeau régnait dans la chapelle. Ashley regardait de tous ses yeux, se demandant ce que signifiait cette cérémonie. Il allait sûrement se passer quelque chose, Stanley Croft allait probablement réciter une incantation et déclencher des phénomènes ésotériques. C'était la grande mode depuis quelques années. On se réunissait dans l'obscurité pour faire parler les esprits des personnes décédées. Des ectoplasmes apparaissaient, frôlaient les participants, des coups retentissaient dans les murs, les tables bougeaient… Ashley ne se sentait pas le courage d'assister à ce genre de phénomènes, mais il était comme paralysé, incapable de s'éloigner sans en savoir davantage.

Soudain, un des garçons se mit à chantonner. Plutôt qu'un chant, c'était une sorte de gémissement modulé, un soupir dont on ne savait s'il exprimait le plaisir ou la douleur. Puis un autre commença à rire, doucement

[26] (Latin) Souviens-toi de toujours oser !

d'abord, puis de plus en plus fort. Son rire sonna bientôt dans la chapelle comme une trompette. Il se redressa, porta les mains de chaque côté de son crâne, et se mit à se balancer d'avant en arrière, en proie à la plus grande hilarité. Stanley Croft se joignit à lui avec un rire joyeux, gazouillant, comme le trille d'un rossignol, et soudain, bondissant sur ses pieds, poussa un de rugissement en levant haut les bras comme pour acclamer un sportif. Mais, aussi vite qu'il s'était mis debout, il se précipita vers le banc du premier rang et s'y affala.

Ils étaient tous en train de perdre la raison ! Ashley ne voulait pas en voir davantage. Il était terrifié et frigorifié. Quelle lubie l'avait pris, de suivre ces fous ! Il allait remonter au plus vite dans sa chambre et essayer d'oublier cette scène diabolique. Il recula doucement et tira la porte de la chapelle.

Au moment où il se retournait pour regagner la maison, quelqu'un lui empoigna le cou et une voix chuchota dans son oreille :

– Ça t'intéresse, hein ! Tu aimerais y goûter, toi aussi ! Viens, Ashley, viens donc rejoindre mes amis. Quelle chance que je me sois endormi et que j'aie laissé passer l'heure de notre rendez-vous... Si je n'étais pas arrivé maintenant, tu n'aurais jamais connu les délices que tu vas découvrir. Viens, Ashley, n'aie pas peur !

Le garçon le poussa devant lui avec une force incroyable. Ashley essaya de crier, mais l'autre l'en empêcha en posant une main sur sa bouche.

– Tu aurais tort de résister, tu ne sais pas ce que tu manquerais.

Ashley fut propulsé en avant comme un mouton qu'on mène à l'abattoir.

— Voici un nouveau membre pour notre noble confrérie, annonça le garçon.

Stanley Croft fut le seul à réagir, les deux autres semblant toujours dans un état second. Le préfet se leva à grand-peine et s'approcha d'Ashley.

— On dirait que tu as peur, mais ce n'est pas vrai, n'est-ce pas ? demanda-t-il d'une voix pâteuse. Ashley Lawrence n'est ni une chiffe ni un dégonflé. C'est un homme, un vrai, il veut goûter à tout. Allons, viens, ne fais pas ta mijaurée !

Tiré par les deux garçons, plus mort que vif, Ashley fut assis de force sur un banc. Tandis que Croft le tenait fermement, l'autre prépara un mélange dans son propre gobelet et le lui tendit. Mais Ashley, emprisonné dans l'étreinte de son préfet, ne put le saisir.

— Allons, bébé, bois ton lolo ! chantonna le nouveau venu en l'obligeant à ouvrir la bouche pour avaler le liquide. Bois, bébé, et tu seras un homme !

Ashley comprit qu'il ne sortirait pas vivant de la chapelle s'il n'obéissait pas. Après tout, que risquait-il en buvant ? De se mettre à chanter ou d'être pris de fou rire ? Ce n'était sûrement pas la première fois que les autres se réunissaient, or ils paraissaient en pleine santé. L'alternative était claire : ou il cédait et il avait une chance de gagner la considération, et peut-être la protection des seniors, ou il résistait et il pouvait s'attendre au pire. En tant que préfet, Croft aurait toute liberté pour transformer sa vie en enfer.

Il but. Le breuvage était fort mais bon. Alcoolisé, comme il s'y était attendu, avec un arrière-goût amer, un peu comme du foin. Ashley éprouva presque aussitôt une sensation de douce chaleur et d'ivresse.

— Tu vois que ce n'est pas si terrible, fit Stanley Croft

en retournant près des autres. Tu devrais t'allonger, toi aussi, tu te sentiras beaucoup mieux.

Ashley se dit qu'il pouvait encore s'enfuir, mais il ne s'en sentait plus la force, et il comprit bientôt pourquoi les garçons étaient affalés par terre. Ses mains se mirent à trembler, son cœur à battre la chamade, et ses jambes semblaient ne plus pouvoir le porter. Il laissa son buste glisser sur le banc et leva les jambes avec difficulté pour les allonger. Il haletait doucement et se sentait de plus en plus faible, mais toute crainte l'avait quitté. Malgré ses yeux fermés, une lumière bleutée l'environnait maintenant, d'où surgirent des milliers de petits traits étincelants, comme des flèches venues de l'au-delà. Elles se précipitaient vers Ashley et il essaya de crier, mais sa bouche était totalement engourdie. Au moment où les pointes fulgurantes allaient l'atteindre, elles éclatèrent toutes en même temps, déclenchant un fabuleux feu d'artifice. Puis le silence se fit et Ashley se sentit happé par l'espace infini. Il se mouvait aussi légèrement qu'une libellule au milieu d'une féerie de couleurs. Malgré lui, sans effort, une voix séraphique sortit de sa bouche et entonna le plus beau chant qu'eût jamais perçu oreille humaine, des harmonies si sublimes que les larmes se mirent à couler sur son visage. Il était mort, sûrement, et monté au paradis. Il avait enfin atteint la félicité parfaite. Plus jamais on ne se moquerait de lui, plus jamais il n'aurait peur. Peu à peu, les couleurs s'affadirent et il se sentit plus lourd. Qu'importe ? L'extase imprégnait toutes les fibres de son corps et de son cerveau, il savait qu'elle ne le quitterait plus jamais. Il se laissa sombrer dans un sommeil profond.

Ce fut le froid qui le réveilla. En quelques instants, il se rappela son aventure. Évoquant la beauté qu'il avait entrevue et la béatitude parfaite qu'il avait éprouvée, il eut envie de pleurer d'émotion. Il se redressa, regarda autour de lui, et fut tout étonné de voir que les cierges n'avaient brûlé qu'aux trois quarts. Il n'avait donc pas dormi si longtemps. Deux des garçons étaient assoupis, marmonnant de temps à autre des paroles incompréhensibles. Stanley Croft, assis sur un banc la tête renversée en arrière, contemplait la voûte de la chapelle, la bouche grande ouverte. En entendant bouger Ashley, il se tourna vers lui.

— Alors, ça t'a plu ?

— C'était incroyable, répondit Ashley.

— Je parie que tu aimerais recommencer.

Ashley n'osa pas avouer qu'il ne songeait qu'à cela.

— Oui, bien sûr, s'esclaffa le préfet. Une fois qu'on y a goûté, on ne peut plus y renoncer.

Il se leva, s'approcha d'Ashley et se pencha vers lui en le scrutant. Ses yeux, d'habitude si pâles, semblaient presque aussi sombres que ceux de Param Trishna.

— Seulement il faut payer. Tu sais ce qu'il y a dans les flacons ? Alcool dans l'un, laudanum dans l'autre. Heureusement, mon père est pharmacien et il est du genre distrait. Seulement, si j'en pique trop, il risque de s'en apercevoir, alors on est obligés d'en acheter ici ou là. Idem pour l'alcool.

— Du laudanum ? s'exclama Ashley. Mais c'est un médicament !

Il y en avait un flacon dans la chambre de ses parents, car le médecin en prescrivait parfois à sa mère lorsqu'elle avait mal au ventre. Elle le rangeait avec un tel soin que la curiosité avait poussé Ashley à aller regarder le flacon de près. L'étiquette indiquait que c'était un mélange d'opium et d'alcool.

— Ça dépend, expliqua le préfet. En petite quantité, ça supprime la douleur. En grande quantité, c'est mortel. Mélangé à de l'alcool dans les bonnes proportions, c'est sublime. Alors, prêt à rejoindre notre confrérie ? Prêt à risquer la mort et le renvoi en échange de la délicieuse extase ?

Présenté ainsi, c'était terrifiant, et Ashley n'était pas d'une nature à prendre des risques. Si on le renvoyait, son père le mettrait dans un collège encore plus dur et il n'y survivrait pas. Et pourquoi Stanley Croft parlait-il de risquer la mort ?

— De toute façon tu n'as plus le choix, ricana Croft. Maintenant que tu sais, tu es forcément avec nous. Un Midcolliste[27] ne dénonce jamais un camarade, surtout s'il n'est qu'un minable junior, un cafard tellement facile à réduire en poussière.

Il posa ses deux mains sur les épaules d'Ashley.

— Bienvenue parmi nous, Ashley Lawrence ! Il y a juste une condition : verser ta quote-part.

— Ma quote-part ? Mais je ne sais pas où trouver du laudanum !

— Dans ce cas, il suffira que tu paies. La cotisation est élevée, mais ton père est banquier, non ? Voyons… Tu es plus jeune que nous, je veux bien te faire un prix. Disons six livres.

Ashley eut l'impression qu'un gouffre s'ouvrait sous ses pieds. Six livres ! Le prix d'un souper pour six personnes dans un grand restaurant de Londres ! Où trouverait-il pareille somme ?

— Non, j'exagère, reprit Croft. Je pourrais me contenter de quatre… Oui, quatre livres, ce serait équitable.

— C'est impossible, bredouilla Ashley. Jamais je ne trouverai cette somme.

---

[27] Élève du collège de Midhurst (voir *Annexes*, page 253).

– *Impossible* ! Qui es-tu donc pour refuser pareille offre ? Je te rappelle que tu n'as pas le choix. La curiosité coûte cher, tu dois bien le comprendre. Extrêmement cher.

– Mais mon père ne me donnera jamais quatre livres ! Je t'assure, Stanley, avec la meilleure volonté du monde c'est impossible.

Le préfet s'assit près d'Ashley et le prit par l'épaule.

– Pauvre gosse… Je comprends, la vie de fils unique d'un banquier est sûrement très difficile. Les cordonniers sont les plus mal chaussés, c'est bien connu. Mais il y a peut-être une solution. Tu veux nous montrer que tu es aussi brave qu'un senior, n'est-ce pas ? Que tu es capable de relever les défis, de prendre des risques ? Hein ? Réponds !

– Oui, souffla Ashley d'une voix mourante.

– Parfait. Je vais tirer mes camarades de leur douce léthargie, et nous allons décider ensemble des conditions de ton admission.

CHAPITRE 9

À Londres, Wiggins détestait la pluie. À Midhurst, il reconnaissait qu'elle avait un certain charme. Il passa un long moment à la fenêtre du couloir, au premier étage de la maison Thomas Tallis, à observer les bois qui moutonnaient vers l'ouest, noyés dans la brume comme sous un édredon géant. Par un tel temps, personne ne prendrait le risque de s'aventurer jusqu'au collège pour enlever ou assassiner le jeune Summerfield. Les criminels se méfiaient trop des sols détrempés qui retenaient si facilement les empreintes de pas. Oui, au collège de Midhurst, la pluie était presque une bénédiction.

Wiggins changea d'avis à l'heure du déjeuner, lorsqu'il apprit qu'une des gouttières de la chapelle était bouchée et que l'eau se déversait en cataractes sur le toit de la maison T du côté nord, menaçant de pénétrer dans les combles par un vasistas. Comme par hasard, personne d'autre que lui n'était disponible pour grimper sur une échelle glissante et aller récurer le magma visqueux constitué de feuilles pourries et de déjections d'oiseaux.

— Il est d'ailleurs indispensable que vous soyez très occupé, lui dit à voix basse le directeur. Il ne faudrait pas que votre présence ici incite à se poser des questions.

– Rien ne dit que l'auteur de la lettre ait un complice au collège, répliqua Wiggins.

– On ne peut négliger cette hypothèse, fit monsieur Baring-Gould en se grattant furieusement l'oreille.

Wiggins faillit lui demander s'il aurait imposé la même corvée au docteur Watson. Finalement, le directeur devait être bien content que le docteur lui ait envoyé un jeune, alerte et corvéable à merci !

– J'ai promis à Godfrey Gibbs de l'aider à réparer une roue de la voiture, mentit Wiggins dans l'espoir que la pluie finirait pas cesser. J'irai aussitôt après.

Mais aucune accalmie ne se profila à l'horizon. Vers dix-sept heures, après avoir avalé un thé bouillant, il se munit donc d'une louche de cuisine, alla caler l'échelle contre la chapelle et y grimpa aussi vite qu'il le pouvait sans se rompre le cou, les cheveux lui gouttant dans les yeux. Une fois en haut, il eut le plaisir de découvrir que la gouttière était parsemée d'amas brunâtres sur toute la longueur de la maison Têtes de lard. Il en aurait pour une bonne heure et terminerait l'opération à l'état d'éponge.

Arrivé aux trois-quarts de sa tâche, alors qu'en descendant de l'échelle il jetait un regard machinal par une des fenêtres, il aperçut un garçon qui sortait subrepticement d'une des chambres comme s'il avait peur d'être surpris. Il compta les fenêtres. Cette chambre était celle de Lowell Summerfield ! À cette heure, un vendredi, tous les élèves se trouvaient en principe à la chapelle pour la répétition de chœur. Il fallait avoir un motif bien sérieux pour sécher la séance et traîner dans les chambres. Sans hésiter, Wiggins dévala au bas de l'échelle. Mais il se trouvait du côté du parc. Pour rentrer dans l'enceinte du collège, il devait contourner le réfectoire et les cuisines, la buanderie et enfin la loge du portier. Lorsqu'il arriva enfin à la porte de la maison, le silence y régnait, à peine troublé par les échos lointains des voix dans la chapelle voisine. Il courut directement dans la chambre de Lowell Summerfield. Les affaires du jeune garçon semblaient en ordre : coffre fermé, couvre-lit impeccable, livres et cahiers rangés correctement sur l'étagère. En revanche, du côté de William Hodson, plusieurs cahiers étaient tombés sur le lit, l'un d'eux ouvert et corné. Qu'était venu y chercher le mystérieux visiteur ? Wiggins ouvrit les cahiers un à un, les secouant pour s'assurer qu'aucun document n'en tombait. Frissonnant car il était trempé, il décida d'abandonner. Après tout, l'incident concernait William Hodson et non Lowell Summerfield. Machinalement, il remit les cahiers un à un sur l'étagère. C'est alors qu'il en aperçut un, plus épais que les autres et relié en cuir, calé contre le mur et dissimulé en partie par les livres. Pourquoi était-il ainsi caché au lieu d'être mêlé aux autres ? Wiggins comprit pourquoi dès qu'il l'eut ouvert. C'était le journal de William. Était-ce cela que le visiteur était venu chercher ? Dans ce cas, il n'avait pas eu le temps de le trouver.

Les pensées du jeune Hodson n'intéressaient guère Wiggins, mais il devait tout de même s'assurer que son journal ne recelait pas quelque indice du danger qui menaçait le fils du juge. Il ouvrit le cahier et le feuilleta jusqu'à la dernière page écrite.

15 mars
J'ai piqué le devoir du basané et ce lèche-bottes s'en est rendu compte. Verneuil et lui ont tout fait pour m'humilier. Je sais très bien qu'ils me détestent. « Monsieur Trishna

par-ci, monsieur Trishna par-là », qu'est-ce que le Français lui trouve donc à ce faux-jeton ? Qu'est-ce qu'ils peuvent bien mijoter tous les deux ? Tout à l'heure, P m'a dit qu'il aurait de bonnes raisons de me tuer. Il est complètement piqué ! Lowell prétend que je suis jaloux parce que P est premier dans toutes les matières. S'il savait à quel point je me fiche des notes !

Lowell est vraiment naïf. Quand je lui ai dit qu'on ferait mieux de demander à changer de chambre, il m'a ri au nez. Comment est-ce qu'il peut oublier tous les trucs bizarres qui se sont passés depuis les vacances de Noël ? En repensant à tous ces incidents et au regard mauvais que m'a jeté P quand il a dit qu'il aimerait me tuer, je commence vraiment à me poser des questions.

Pourquoi William Hodson voulait-il changer de chambre ? Wiggins tourna fébrilement quelques pages en arrière.

5 janvier
Hier soir, après l'extinction des feux, on s'est tous retrouvés dans le dortoir pour un gueuleton. On avait piqué un canard à la cuisine et on l'a fait rôtir dans la cheminée. Croft a pioché dans sa réserve secrète de bière, et Lowell avait rapporté des tonnes de chocolat de Noël. À un moment, on a entendu du bruit. C'était Bell qui débarquait, soi-disant qu'il avait oublié un livre. Tu parles ! Il était sûrement envoyé par le directeur ! On n'a eu que le temps de filer dans nos chambres et de faire semblant de dormir. Mais Bell a senti l'odeur. Quand il est entré dans le dortoir, il a demandé pourquoi ça sentait si fort le rôti. Un des garçons a répondu que c'était l'odeur des cuisines qui remontait. Le futé avait eu l'idée de glisser un morceau de canard dans sa manche. « Ça arrive de

temps en temps, monsieur, parfois ça sent jusque dans la salle d'étude. Venez voir, monsieur ! » Il s'est levé et a conduit Bell dans la salle d'étude en s'arrangeant pour mettre sous son nez la manche dans laquelle il avait fourré la viande. « En effet, a dit Bell. C'est étonnant, je n'avais jamais remarqué. » Et il est reparti avec son air ahuri ! Alors on s'est tous relevés et on a repris notre festin.

Seulement je me suis tellement empiffré que j'ai été malade toute la nuit. J'ai passé la journée suivante au lit et on m'a dispensé de répétition. C'est là, quand ils étaient tous à la chapelle, qu'il s'est passé quelque chose de bizarre. J'étais en train de somnoler, et tout à coup il y a eu un bruit du côté de la fenêtre. Quand j'ai tourné la tête, j'ai vu une ombre disparaître. Comme si quelqu'un avait mis une échelle contre le mur pour venir m'observer ! Le temps que j'ouvre la fenêtre, il n'y avait plus personne. J'ai juste aperçu quelqu'un qui s'enfuyait en traînant une échelle. Lowell n'a jamais voulu me croire. C'est mon meilleur copain, mais il est parfois vraiment amorphe. D'après lui, j'avais juste fait un cauchemar. Il s'est penché à la fenêtre et s'est fichu de moi. Il n'y avait pas la moindre marque sur le sol, pas la moindre trace de pas ! Seulement moi, je sais bien ce que j'ai vu…

Wiggins feuilleta le cahier, lisant des bribes, parcourant rapidement les pages sans intérêt. Au bout d'une demi-heure, il eut la certitude que William et Lowell étaient en butte à une surveillance inquiétante. Les incidents étranges s'étaient multipliés depuis la rentrée de Noël. Exception faite de la silhouette apparue derrière sa fenêtre, William les rapportait la plupart du temps comme de simples farces. Une paire de chaussures de Lowell avait disparu… les deux garçons avaient été malades après avoir mangé des biscuits retrouvés dans un des deux coffres et qu'aucun des deux ne se souvenait y avoir déposé… ils avaient trouvé leur fenêtre percée d'un petit trou, le verre fissuré en étoile autour de l'impact. William avait mis la perte des chaussures sur le compte de la distraction de Lowell, mais Wiggins pensa tout de suite à l'utilisation qu'on pouvait en faire si on possédait un chien dressé à tuer… L'intoxication n'avait pas outre mesure traumatisé les deux garçons, mais quelqu'un avait fort bien pu glisser des biscuits empoisonnés dans le coffre… La vitre brisée, quant à elle, pouvait s'expliquer par le goût de certains élèves pour la chasse aux moineaux à l'aide d'une fronde, comme elle pouvait avoir une tout autre cause… Si William n'avait pas de raison de soupçonner une conspiration dirigée contre son ami, Wiggins, lui, trouvait cette accumulation de faits insolites pour le moins étrange.

Devait-il aller trouver le directeur et lui raconter ce qu'il venait d'apprendre ? Après réflexion, il se dit que ce n'était peut-être pas une bonne idée. Monsieur Baring-Gould demanderait sans doute à lire le journal, et apprendrait alors que Param Trishna haïssait William et l'avait quasiment menacé. Or Wiggins n'était pas du tout convaincu que William n'ait pas inventé les prétendues menaces de Param. Était-il possible qu'un garçon de quatorze ans rêve d'éliminer un camarade de classe ? Wiggins ne parvenait pas à croire que le jeune Indien au regard doux fût capable de tels sentiments. S'il rapportait ces paroles au directeur, celui-ci ne se priverait pas de charger le jeune Indien pour qui la vie au collège ne semblait déjà pas simple. Param saurait-il se défendre ? Wiggins préférait découvrir la vérité avant de déclencher une tempête.

Il décida de reporter sa décision. Il remit le cahier en place et ramassa les autres qui se trouvaient sur le lit. Il était maintenant persuadé que la silhouette qu'il avait vue s'enfuir de la chambre était celle de Param Trishna, venu tenter de récupérer son cahier de français. Sans doute ne l'avait-il pas trouvé, car William avait sûrement pris soin de le détruire ou de le cacher ailleurs que dans sa chambre.

L'heure tournait, la répétition allait s'achever et Wiggins devait terminer le récurage de la gouttière. Il se dirigea vers la porte et tourna le loquet. Il sentit alors une résistance, comme si quelqu'un essayait d'entrer. Que dirait-il, si c'était Lowell ou William ? Il verrait bien, l'essentiel était de ne pas prendre un air coupable. D'un geste ferme, il tira la porte violemment.

Il se trouva nez à nez avec une jeune fille ravissante.

CHAPITRE 10

— Vous m'avez fait peur, dit-elle sans paraître autrement impressionnée.

Elle était très jeune, dix-sept ans ou guère plus, fine comme une liane mais potelée là où il fallait, avec un visage au teint délicieusement pâle dans lequel ses yeux bleu sombre évoquaient une nuit tiède de printemps. Wiggins resta sans voix. Elle lui montra la pile de taies d'oreiller qu'elle tenait dans les bras.

— Je travaille à la lingerie, expliqua-t-elle.

— Je ne vous ai encore jamais vue, parvint tout de même à articuler Wiggins.

— Pas étonnant, je suis arrivée il y a une heure. Madame Watkins s'est fait un tour de rein, elle peut à peine lever le petit doigt, alors elle m'a appelée à la rescousse. Je suis sa nièce, j'habite à Selham. Et vous ?

Tout en parlant, elle avait déposé une taie d'oreiller sur chaque lit et s'affairait à présent à retirer les anciennes. Maintenant qu'elle lui tournait le dos, Wiggins sentit revenir son aplomb.

— Je suis arrivé lundi pour donner un coup de main. C'est Baring-Gould qui m'a fait venir de Londres, je le connais un peu.

C'était à peine un mensonge.

– Ça n'a pas l'air d'un trop mauvais endroit, à ce que dit ma tante, dit la jeune fille. Mais c'est sûr que pour un gars de la ville… Je ne suis jamais allée à Londres, il faudra tout me raconter. Vous faites quoi ? Je veux dire à Londres ?

Il n'avait aucune envie d'avouer qu'il vivait le plus souvent de petits boulots, mais ne pouvait pas davantage révéler qu'il avait travaillé avec Sherlock Holmes et espérait devenir détective-consultant. Il pensa à son ami Oscar Osborne, le journaliste.

– Je travaille pour des journaux, j'enquête un peu partout pour récolter des informations.

Ce n'était pas non plus tout à fait un mensonge. La tâche d'un détective n'était-elle pas de glaner des renseignements ?

– Ça doit être passionnant ! s'exclama-t-elle pleine d'admiration. Alors en fait c'est pour ça que vous avez accepté de venir ici. Vous allez écrire un article sur Midhurst, c'est ça ?

– Sur les collèges en général. Mais il faut me promettre de garder ça pour vous. Si les autres apprennent que je suis journaliste, ils inventeront des histoires farfelues pour m'épater, ils feront leur numéro, vous voyez ce que je veux dire.

Elle promit en riant. Sa gaieté était bien le seul point commun qu'elle partageait avec sa tante. Pour le reste, elle était aussi adorable que madame Watkins était laide.

– Je dois continuer ma tournée, reprit-elle en montrant la pile de taies. Vous venez avec moi ?

La gouttière pouvait bien attendre. Wiggins laissa passer la jeune fille et la suivit dans la chambre voisine.

— Je m'appelle Wiggins. Et vous ?

— Watkins, comme ma tante. Sarah Watkins. J'ai quatre petites sœurs, je suis l'aînée. Et vous ?

— J'avais un petit frère, mais il est mort il y a très longtemps. Mon père aussi est mort il y a une éternité. Dans un naufrage.

— Vous avez dû être horriblement malheureux, dit-elle gentiment. Moi, c'est ma mère. Elle est morte quand ma dernière sœur est née. J'avais huit ans, j'ai pleuré tous les jours pendant des mois… Mais on s'entend bien, toutes les cinq, et mon père nous adore. La vie est plus facile quand on s'aime, non ? Au fait, pourquoi est-ce que vous ressemblez à une serpillière qui a passé la nuit sous une gouttière ?

Wiggins faillit prétendre qu'il aimait marcher sous la pluie. Mais accumuler les mensonges n'était sûrement pas le meilleur moyen…

Le moyen de quoi, mon cher Wiggins ? lui chuchota la voix qui se manifestait toujours aux moments les plus inopportuns. *Vous êtes ici en mission, je vous le rappelle, et vous devriez savoir que le cœur et la raison ne font pas bon ménage. Je vous ai pourtant mis en garde assez souvent !*

— Vous ne croyez pas si bien dire, répondit-il. Je suis en train de déboucher une gouttière, et d'ailleurs il faut que j'aille terminer.

— Eh bien allez-y !

Elle le regardait d'un air malicieux.

— Je peux tout de même vous aider pour le linge.

— Jusqu'à présent, vous vous êtes surtout contenté de me suivre en me regardant m'affairer. Allez, au travail !

Elle lui fourra les taies dans les bras et ils rirent tous les deux. Quand ils arrivèrent dans la dernière chambre, Wiggins savait qu'elle avait une peur panique des chiens, adorait faire la grasse matinée et fabriquait les meilleurs scones[28] de tout le Sussex. Quant à lui, il avait évoqué pour elle la beauté de Hyde Park au printemps, les criaillements des mouettes sur la Tamise et les ritournelles des joueurs d'orgue de Barbarie dans les rues, mais aussi les mendiants couverts de fausses pustules pour attirer la pitié, les pickpockets et les pubs où se tramaient des affaires louches. Il avait également dit que sa mère était cuisinière chez un comte, et fini par lâcher qu'il avait un jour aidé à retrouver une pierre précieuse volée[29].

Quelle imprudence ! souffla la voix. *Futée comme paraît l'être cette jeune fille, elle va rapidement additionner deux et deux et comprendre que vous n'êtes pas plus journaliste que moi. Vous êtes incorrigible, mon pauvre Wiggins !*

— Cette fois il faut que vous retourniez sur le toit, fit Sarah quand il n'y eut plus une seule taie à distribuer. De toute façon on se verra au dîner, n'est-ce pas ?

Oui, ils se verraient au dîner, et demain, et après-demain, et les jours suivants… Mais le tour de rein de madame Watkins pouvait disparaître du jour au lendemain, et sans doute renverrait-elle alors sa nièce à Selham. De toute façon, on était déjà le 16 mars et le procès Cooper se tenait le 23. Quelle que soit l'issue de l'affaire, Wiggins ne pouvait guère espérer prolonger son séjour au-delà de la fin du mois de mars. Il avait intérêt à s'arranger pour passer le plus de temps possible avec Sarah. Tout en évitant à tout prix de parler de sa mission, et sans pour autant lui mentir.

Et marcher sur un fil avec des semelles enduites de beurre, avez-vous déjà essayé ? persifla la voix moqueuse. *Bonne chance, Wiggins !*

---

[28] Petits pains ronds qu'on déguste généralement à l'heure du thé.
[29] Voir, du même auteur : *Wiggins et le perroquet muet* (Éditions Syros).

CHAPITRE 11

Ashley Lawrence était tellement épuisé qu'il faillit s'endormir et manquer l'heure du rendez-vous. Le lendemain de son incroyable aventure à la chapelle, il avait passé une nuit quasiment blanche. Tantôt il évoquait avec délices les moments que lui avaient fait vivre Stanley Croft et ses amis, tantôt il prenait la ferme décision d'annoncer au préfet qu'il refusait ses conditions. S'il promettait de garder secret ce qu'il avait découvert, il devrait en être quitte pour essuyer le mépris des seniors et récolter quelques brimades. Et alors ? Il y était habitué ! Mais au fond de lui il savait que le châtiment ne se limiterait pas à quelques mauvaises blagues. Ashley ne pouvait oublier le regard qu'avait eu Croft en lui disant qu'il n'avait plus le choix. Ce n'était pas par hasard qu'il était devenu préfet de maison. Il aimait le pouvoir, et il était assez habile pour présenter aux enseignants une face lisse et polie qui les trompait tous. Ashley ne se faisait aucune illusion. En se rendant à la chapelle l'autre soir, il était tombé dans un engrenage dont il ne sortirait jamais. Il avait donc fait ce que Croft lui avait ordonné, et il allait se rendre à la chapelle à minuit, comme prévu.

Il se couvrit chaudement et glissa sa contribution sous sa veste. La porte de la chapelle était entrouverte lorsqu'il y arriva. Les quatre garçons étaient déjà là et Ashley ne les avait même pas entendus passer dans le couloir quand ils étaient partis. Une façon comme une autre de lui rappeler qu'il n'était pas encore des leurs.

Il se glissa vers le petit groupe, éclairé comme la fois précédente par des cierges fixés au sol.

— Voici notre auguste candidat, dit Stanley Croft d'une voix narquoise. Approche, Ashley, viens nous montrer ce que tu tiens si bien caché sous ta veste. Nous espérons tous que tu as tenu ta promesse. N'est-ce pas, mes amis ?

Les autres rirent. Ashley fut tenté de répliquer qu'il n'avait rien promis, mais au lieu de cela il gagna le chœur de l'église. Les garçons étaient assis en tailleur, aucun ne fit mine de se lever. Ashley dut se pencher pour remettre à leur chef le flacon qu'il avait eu tant de peine à obtenir.

— Bravo ! fit Stanley tandis que les autres poussaient des soupirs de plaisir qui mirent Ashley mal à l'aise.

Le préfet déboucha le flacon et le respira longuement, les yeux fermés.

— Magnifique, dit-il enfin. Tu vas nous raconter comment tu t'y es pris. Nous sommes pour ainsi dire amis, maintenant, on doit tout partager. Assieds-toi parmi nous, viens !

Ashley s'empressa d'obéir. Jamais de sa vie il n'avait éprouvé une telle angoisse, sauf, bien sûr, quelques heures plus tôt.

— J'ai fait ça ce matin, commença-t-il à voix basse. À la fin du cours de français, j'ai dit que j'étais malade, qu'il fallait que j'aille à l'infirmerie.

Les autres s'esclaffèrent.

— Alors tu y es allé au vu et au su de tout le monde, dit l'un des seniors. Quelle audace, mon gaillard !

— Je savais que tu ne nous décevrais pas, renchérit Stanley Croft avec ironie.

Ashley eut l'impression qu'il pensait tout le contraire, qu'il aurait jugé beaucoup plus courageux de se glisser à l'infirmerie pendant la nuit, en y pénétrant par la fenêtre comme un voleur.

— Mais dis-moi, reprit le préfet, comment as-tu réussi à tromper le vieux Reynolds ? Il n'est pas né de la dernière pluie, le gaillard, ça fait des lustres qu'il connaît les symptômes de la flemme !

— J'avais avalé du savon et des mines de crayon dissous dans un verre d'eau salée, expliqua Ashley en espérant impressionner ses aînés. J'ai cru mourir tellement j'avais mal au ventre, mais ça a marché. Reynolds m'a donné des pilules Carter[30], m'a forcé à avaler une infusion et m'a envoyé au lit. J'ai fait celui qui dormait et guetté le moment où il sortirait. À la récréation de onze heures, il va toujours boire son thé avec les profs. Je le sais parce que j'ai passé plusieurs jours à l'infirmerie cet hiver quand j'ai eu la scarlatine. Avant de descendre il est venu me voir, ça l'a rassuré de voir que je dormais… enfin, de le croire…

— Merci, Ashley, on avait compris, coupa Stanley.

— Dès qu'il est parti, je suis allé fouiller dans l'armoire à pharmacie. J'ai versé le laudanum dans un des vieux flacons vides que Reynolds garde dans un placard et je l'ai caché sous mon matelas.

Stanley poussa un long sifflement admiratif.

— Très très fort ! Tu as juste oublié une chose, mon petit Ashley, c'est que le père Reynolds vérifie son stock de médicaments tous les soirs avant de fermer l'armoire à clé. À l'heure qu'il est, il s'arrache les

---

[30] Les petites pilules Carter contre les crises de foie existaient déjà au XIXe siècle.

cheveux en se demandant où est passé le laudanum, ce divin liquide qui peut être mortel.

— Quand tu retourneras te coucher tout à l'heure, je te parie que tu trouveras Reynolds t'attendant de pied ferme dans ton dortoir ! renchérit un des garçons.

Ashley se sentit reprendre de l'assurance. Il allait les épater, ils n'en reviendraient pas.

— Vous ne m'avez pas écouté ! répliqua-t-il en s'efforçant de prendre un air condescendant. Ce soir, quand Reynolds a compté ses flacons, il a vu celui du laudanum à sa place comme tous les soirs puisque j'ai versé le liquide dans un autre flacon.

Un fou rire inextinguible secoua les quatre seniors.

— L'imbécile ! glapit finalement l'un d'eux. À moins d'avoir trop bu, Reynolds verra tout de suite qu'il est vide, ou presque !

C'était le moment de remettre ces ordures à leur place. Ashley attendit que leurs rires s'éteignent pour préciser :

— Pour qui est-ce que vous me prenez ? Le flacon n'est pas vide. J'ai pissé dedans !

Ashley sentit qu'il avait enfin marqué un point. Les quatre garçons se figèrent un instant, avant de repartir dans un rugissement de rires chevalins.

— J'espère qu'il ne s'en prend pas une petite lampée tous les soirs ! gloussa Stanley, ce qui déclencha de nouveaux hennissements.

— Mélangé à la bière, il n'y verra que du feu !

— Excellent ! Enfin… je parle de ton idée, pas du laudanum amélioré !

Après avoir encore ri un bon moment, Stanley fit signe aux autres de se calmer, pencha la tête en arrière en fermant les yeux comme pour réfléchir intensément, et dit enfin :

— C'est bien, Ashley. Tu as franchi honorablement la première étape.

— La première étape ? murmura Ashley d'une voix blanche.

— Bah tiens ! Tu ne penses tout de même pas qu'un malheureux flacon va nous permettre de tenir jusqu'aux vacances d'été ! Il nous en faut beaucoup plus, et c'est au nouveau de fournir. Juste un dernier effort, et tu pourras goûter de nouveau au paradis. Je vais t'expliquer.

Ce qu'il exposa à Ashley le remplit d'effroi. Voler le laudanum à l'infirmerie lui avait fait vivre des moments angoissants. Ce qu'on exigeait maintenant de lui le plongeait dans une terreur sans nom. Il ne pouvait faire pareille chose, sous la menace de la torture il en eût été incapable.

— Alors ? conclut Stanley. Te sens-tu capable de cette dernière épreuve, ou bien est-ce que tu te dégonfles comme un poltron ? Tu es un homme, ou une lavette ?

— C'est impossible, répondit Ashley d'une voix mourante. Vous ne pouvez pas me demander ça.

— On ne te le demande pas, espèce de cloporte, on l'exige ! Comme je te l'ai dit la dernière fois, tu n'as plus le choix. Maintenant que tu connais notre secret, on ne peut plus revenir en arrière.

— Bien sûr que si, on peut ! protesta Ashley. On en reste là, je vous laisse le laudanum que j'ai volé pour vous et je vous promets de tout oublier. Même si on découvre que c'est moi qui l'ai piqué, je prendrai tout sur moi, je vous le jure !

— Regardez-moi cette abnégation ! « Je prendrai tout sur moi, je vous le jure… »

Stanley avait prononcé cette dernière phrase en imitant la voix de fausset d'Ashley.

— Jeudi prochain à la même heure, poursuivit-il, implacable. Si d'ici là tu parles à qui que ce soit de nos activités, on est prêts à tout, tu m'entends, à tout pour t'empêcher de nuire. Quoi qu'il arrive, ne nous trahis *jamais* ! Tu te souviens de ce qui est arrivé à Jethro ?

Ashley n'arrivait plus à penser, sa tête était vide, son corps une enveloppe contenant le néant.

— Réponds, le rouquin, quand le chef te parle ! cria un des garçons en poussant du coude son voisin qui souriait méchamment.

— Jethro est mort des suites de la scarlatine, balbutia Ashley.

— Exact, approuva Stanley. Quoique, la scarlatine…

— Pauvre Jethro.

— Il n'a pas eu de chance.

— Vous vous souvenez, les gars, quand il nous a craché à la figure qu'on était des pervers décadents et qu'il ne voulait plus avoir affaire à nous ?

— Sûr qu'on s'en souvient.

— Là où il est, il ne nous gênera plus.

— Et maintenant, c'est au tour d'Ashley de faire des siennes, soupira Stanley. Ce serait bête qu'il lui arrive quelque chose. Mais on est sûrs qu'il fera son devoir, pas vrai ?

— Ça vaudrait mieux pour lui, répondirent en chœur les trois autres.

Ashley ouvrit la bouche pour protester, s'expliquer, parlementer, mais Stanley le chassa d'un geste de la main.

— Allez, va faire dodo, bébé. On a assez discuté pour cette nuit, on a mieux à faire, nous autres.

Ashley s'éloigna dans un gouffre de désespoir. Il était déjà presque à la porte quand la voix sarcastique résonna de nouveau dans la chapelle, déclenchant des échos effrayants :

– N'oublie pas… pas… pas, Ashley ! Tu as jusqu'à jeudi… di… di !

Ashley courut jusqu'à la maison, gravit l'escalier sur la pointe des pieds aussi vite que s'il avait été poursuivi par des flammes, se glissa dans le dortoir, s'effondra sur son lit tout habillé. Il remonta drap et couverture, et fondit en larmes.

CHAPITRE 12

— J'ai du courrier à terminer, annonça lord Edward à son épouse en tendant son haut-de-forme et sa redingote à son valet. Ne m'attendez pas.

— Comme vous voudrez, mon ami, dit lady Emmeline. C'était une belle soirée, n'est-ce pas ?

— Il faut bien de temps à autre se montrer en société, répondit le juge. Et j'ai au moins pu parler avec lord Monrose pendant l'entracte, cela m'évitera de devoir prendre rendez-vous. Mais nous n'aurions pas dû terminer par ce souper. *Le Café Royal* est décidément hors de prix.

Lady Emmeline se détourna pour gravir l'escalier, ce qui lui permit de dissimuler un haussement de sourcils exaspéré. Ce pauvre Edward ne saurait jamais profiter des plaisirs de la vie. Ce n'était pas par hasard qu'il avait choisi un métier consistant principalement à requérir la mort.

De son côté, lord Edward s'empressa de gagner son bureau. Il détestait ces soirées au théâtre inévitablement suivies d'un interminable souper. D'ailleurs tous les spectacles l'ennuyaient, même le grand Shakespeare ne parvenait pas à l'empêcher de bâiller.

Hélas, comme l'opéra à Covent Garden, les courses d'Ascot et les soirées à son club, le théâtre faisait partie des corvées auxquelles on ne pouvait échapper lorsqu'on appartenait à la fois à l'aristocratie et à la magistrature.

Il s'assit à son bureau et retira du fond d'un tiroir la lettre qu'un commissionnaire avait apportée dans l'après-midi. Bien entendu, aucun des domestiques n'avait songé à retenir le gamin pour lui demander qui l'envoyait. Le garnement avait disparu, laissant ce deuxième message, tout aussi répugnant que le premier.

N'oublie pas. La liberté pour l'innocent Cooper ou la mort pour un autre innocent. Ne t'avise surtout pas de prévenir la police.

Ces lignes ne faisaient que confirmer les craintes du juge. *La mort pour un autre innocent...* Cette fois il n'y avait plus guère de doute, c'était bien Lowell qui était visé. On était le 17 mars, et le procès Cooper se tenait le vendredi 23. Il restait six jours pour découvrir l'identité de celui qui exerçait cet odieux chantage et l'empêcher d'agir. Lord Edward songea un instant à se rendre de nouveau à Midhurst le lendemain. Mais il avait pris beaucoup de retard dans son travail, et le temps menaçant ne donnait guère envie de s'aventurer à la campagne. Une lettre au directeur du collège suffirait certainement à lui rappeler qu'il devait ouvrir l'œil. Lord Edward rechercha dans son courrier celle que lui avait adressée monsieur Baring-Gould au début de la semaine. *J'ai engagé quelqu'un de toute confiance pour veiller sur votre fils nuit et jour. Soyez assuré que rien ne lui arrivera, et que je vous tiendrai au courant du moindre incident alarmant.* Non, lord Edward n'allait pas gaspiller une journée de dimanche pour rappeler ses devoirs au directeur de Midhurst. La lettre partirait lundi matin et arriverait le mardi ou au plus tard le mercredi. De toute façon, rien ne se produirait avant l'issue du procès. Bien entendu, lord Edward n'avait pas l'intention de faire preuve d'indulgence à l'égard de Cooper. On déciderait à ce moment-là s'il fallait renforcer les mesures de sécurité autour de Lowell.

La pendule de marbre noir égrena les douze coups de minuit. Réprimant un bâillement, lord Summerfield prit une feuille de papier à lettre, dévissa le capuchon de son Waterman et, après avoir réfléchi quelques minutes, se mit à écrire de son écriture régulière et énergique.

Cher Monsieur Baring-Gould,

J'estime important de vous informer qu'un autre message m'est parvenu aujourd'hui. Le contenu en est assez voisin de celui du premier, sinon qu'il menace plus clairement mon fils. On y précise également que la police ne doit <u>en aucun cas</u> être prévenue, ce que d'ailleurs vous m'avez promis lors de notre dernier entretien. Lowell non plus ne doit rien savoir, cela risquerait de perturber son travail.

Bien que je doute que quelque chose se produise avant le procès Cooper – qui a lieu vendredi prochain –, il serait souhaitable que l'homme à qui vous avez confié cette affaire découvre d'ici là de quoi il retourne. Quoi qu'il en soit, mon fils doit être protégé <u>nuit et jour</u>. Si d'aventure il lui arrivait quelque chose, il va sans dire que je n'aurais plus le cœur à faire bénéficier votre collège de mon soutien.

Je vous prie de croire, Monsieur Baring-Gould, à l'expression de ma plus haute considération.

Lord Edward Summerfield,
Septième comte de Brigham

Lord Edward relut sa lettre. Elle était parfaite. Baring-Gould comprendrait où était son intérêt et ferait le maximum. Et il ne préviendrait pas la police, ce qui était essentiel. Le juge, qui avait déjà une médiocre confiance dans l'efficacité de Scotland Yard, préférait ne pas penser à celle de la police du Sussex. Elle était certainement composée de fainéants qui passaient leur temps au pub, à s'enivrer et à raconter leur vie. Pour peu qu'un pisse-copie[31] traîne par là, l'affaire Summerfield ferait la une des journaux et la situation du juge deviendrait intenable. Il aurait le choix entre innocenter Cooper et s'entendre dire qu'un juge qui cède au chantage n'est pas fiable, ou le condamner et être traité de père indigne. La justice en sortirait salie, sans parler de sa carrière.

Mais Baring-Gould avait trop besoin du soutien financier de ses bienfaiteurs, il ferait ce qu'on lui ordonnait. Lowell pouvait dormir sur ses deux oreilles, il ne lui arriverait rien.

[31] Journaliste.

CHAPITRE 13

Trois jours. Wiggins avait trois jours pour démasquer
l'auteur des lettres anonymes, et sans doute guère plus
pour que Sarah tombe amoureuse de lui.

C'était le vendredi qu'il s'était trouvé nez à nez
avec elle à la porte de la chambre de Lowell et William.
Au dîner, il était arrivé trop tard pour s'asseoir à côté
d'elle, et elle n'avait cessé de parler avec Godfrey
Gibbs dont le visage pourtant quelconque semblait la
fasciner. Wiggins avait regagné la maison des Têtes
de lard la mort dans l'âme, se préparant une fois de
plus à une nuit blanche, à l'affût du moindre bruit
insolite du côté de la chambre du fils Summerfield.
Bien entendu, il ne s'était rien passé.

Le samedi, il avait appris à l'heure du déjeuner que
Sarah avait dû retourner chez son père pour la journée,
une de ses petites sœurs ayant attrapé les oreillons.

— Elle risque de rentrer tard, avait expliqué Godfrey
d'un air malheureux tout à fait exaspérant. J'espère qu'il
va rien lui arriver. Il y a bien une heure et demie de
marche depuis chez elle. Je serais bien allé la chercher
mais elle a pas pu me dire à quelle heure elle quitterait
Selham.

Finalement, Sarah n'était rentrée que le dimanche en début d'après-midi. Entre-temps, le tour de rein de sa tante avait empiré, et Sarah, débordée de travail, était restée confinée dans la buanderie tout l'après-midi et toute la soirée. À la fin du dîner, Wiggins avait eu l'idée d'aller lui porter de quoi manger.

— Tu fais des provisions pour la nuit ? lui avait demandé Godfrey en le voyant disposer du pain et du fromage dans une assiette creuse.

— C'est pour Sarah, avait répondu Wiggins d'un ton sec.

— Te donne pas cette peine. Je lui ai apporté de quoi en fin d'après-midi. La pauvre ! Je lui ai tapé la causette un moment, ça lui a fait passer le temps plus vite.

— Et toi, tu n'avais pas de travail ? avait demandé Wiggins, énervé par l'après-midi qu'il avait passé à surveiller de loin les garçons lancés dans un jeu de piste à travers bois.

Un peu plus tard dans la soirée, après avoir ruminé un bon moment, Wiggins s'était risqué à retourner chercher une pinte de bière dans les cuisines. En arrivant à la buanderie, il avait trouvé porte close. Sans doute la jeune fille était-elle allée se coucher de bonne heure, épuisée par ces deux journées. Ou peut-être se promenait-elle dans un coin isolé du parc avec Godfrey ? Celui-ci allait sans doute lui raconter que le gars de Londres avait pensé avec trois fiacres de retard à lui apporter à manger, et elle éclaterait de ce rire malicieux qui tordait le ventre de Wiggins.

Le lundi, le directeur avait besoin de la voiture en début d'après-midi, si bien que Godfrey avait dû avaler son déjeuner sur le pouce. Wiggins s'était glissé près de la jeune fille dès que son rival avait eu le dos tourné, mais elle avait semblé beaucoup moins intéressée par ce que lui disait Wiggins que par les boniments de Godfrey. Et, au dîner, Godfrey avait repris sa place et s'était comporté comme en terrain conquis.

— On va s'en fumer une dehors ? proposa-t-il tout de même à Wiggins après le repas.

— Je ne fume pas, répondit Wiggins. J'ai arrêté il y a trois ans.

— Alors t'avais dû commencer drôlement jeune ! fit Godfrey.

— Pas tant que ça. Vers seize ans, j'ai fumé pendant un an et puis j'en ai eu assez.

Godfrey riboula des yeux en se livrant apparemment à un furieux calcul.

— Ça veut dire que t'en as vingt ? J'aurais pas cru, je t'en donnais dix-sept à tout casser.

Wiggins haussa les épaules et s'éloigna.

— On peut causer un bout même si je suis seul à fumer ! lui cria Godfrey.

— Des choses à faire, répondit Wiggins sans se retourner.

Il n'avait jamais été très grand, mais ce n'était pas sa faute s'il avait été mal nourri dans son enfance. Et il n'allait certainement pas raconter à ce Godfrey pourquoi la seule idée d'allumer une pipe le rendait malade. Il s'était mis à fumer pour imiter Sherlock Holmes, allant jusqu'à se priver de nourriture pour se procurer le même tabac que lui. Le jour où il avait appris la mort de son héros, il avait jeté sa pipe dans la Tamise car l'odeur du tabac refroidi lui faisait monter les larmes aux yeux. Pour la même raison, il ne supportait plus le son du violon et évitait obstinément de passer par Baker Street[32].

La journée de mardi fut beaucoup plus mouvementée que prévu. En fin de matinée, monsieur

[32] Sherlock Holmes habitait au 221B Baker Street.

Baring-Gould fit dire à Wiggins qu'il voulait le voir de toute urgence. Wiggins courut jusqu'à son bureau, redoutant de s'entendre annoncer que ses services étaient devenus inutiles. Il fut donc soulagé d'apprendre que l'affaire semblait au contraire s'aggraver. Le père de Lowell avait reçu une seconde lettre encore plus menaçante que la précédente.

— Il va vous falloir redoubler de vigilance, conclut le directeur dont le visage était plus ravagé que jamais. Habakkuk a reçu des consignes pour se montrer particulièrement rigoureux. De votre côté, je vous recommande de laisser la porte de votre chambre entrouverte pendant la nuit, de façon à entendre le moindre craquement de plancher. Une araignée pénétrant dans la chambre de Lowell Summerfield doit pouvoir vous réveiller instantanément !

C'était peut-être aller un peu loin, mais Wiggins assura le directeur que, lui vivant, rien n'arriverait au garçon.

— Je peux voir la lettre de Summerfield ? demanda-t-il.

— La lettre de *lord* Summerfield ? répéta le directeur en insistant lourdement sur le *lord*.

Il saisit la feuille d'une main tremblante et la tendit à Wiggins avec le même respect qu'un prêtre catholique tenant une hostie. Réprimant un fou rire, Wiggins lut le texte avec attention.

— C'est bien dommage que Summerfield n'ait pas joint le message anonyme, remarqua-t-il. C'est fou ce qu'on peut apprendre sur l'auteur d'une lettre rien qu'en observant le papier, l'écriture, la profondeur des sillons de la plume, l'odeur, le filigrane… Et puis Summerfield est drôlement vague. Pour un juge, il n'est pas très rigoureux. *Un autre message m'est parvenu aujourd'hui…* Qu'est-ce que ça veut dire, *m'est parvenu* ? S'il a été posté, on aimerait bien savoir quand et où. Et s'il a été déposé par un commissionnaire, il faudrait demander aux domestiques à quoi ressemblait le bonhomme. On ne peut pas dire que le père de Lowell se décarcasse pour nous aider !

Le directeur resta muet, mais l'agitation de ses sourcils et les vibrations spasmodiques de ses oreilles en disaient long sur l'état de choc dans lequel le plongeait l'insolence de Wiggins. Le docteur Watson l'avait bien averti que son protégé était… Quels mots avait-il employés, déjà ? Ah oui, *spontané*, voire *rustique*. C'était le moins qu'on puisse dire ! Il restait à espérer que lord Summerfield n'aurait jamais l'occasion de croiser la route de ce jeune insolent.

D'un autre côté, il fallait admettre que ce garçon ne manquait pas de perspicacité. À bien y réfléchir, il n'avait pas tort. Pourquoi le juge avait-il négligé de joindre la lettre anonyme ? Pensait-il qu'il lui suffisait de claquer des doigts pour qu'on lui apporte le coupable sur un plateau ?

— C'est en effet extrêmement regrettable, finit par admettre le directeur d'une voix radoucie. Mais le temps presse, puisque le procès a lieu ce vendredi. Il n'est pas question d'attendre que lord Summerfield se décide à nous envoyer la lettre. J'admets que votre tâche n'est pas des plus faciles.

Wiggins n'en revint pas. Quelle amabilité, soudain ! Au fond, le directeur n'était peut-être pas si rigide qu'il le paraissait. C'était le moment ou jamais de lui faire remarquer certaines choses qui lui avaient certainement échappé.

— D'ailleurs il aurait pu l'apporter lui-même, cette lettre ! reprit Wiggins. C'est à se demander s'il aime vraiment son fils. Le gamin est sans doute en danger, et tout ce que le père trouve à écrire, c'est qu'il ne faut rien lui dire parce que ça pourrait l'empêcher de travailler. Que le fils meure de peur, il n'en aurait rien à faire à condition qu'il continue à apprendre ses conjugaisons et les dates des foutus rois d'Angleterre !

— Voyons, Wiggins, vous déformez la pensée de lord Summerfield, protesta le directeur.

— Je ne déforme rien du tout ! s'écria Wiggins. Tout ce qui compte, pour lui, c'est sa réputation et les notes de son fils ! Si vraiment il tenait à Lowell, il y a longtemps qu'il l'aurait ramené à Londres pour veiller personnellement sur lui. Et puis je ne sais pas si vous avez bien lu… Vous trouvez ça correct de vous signaler que s'il arrive quelque chose à Lowell il ne donnera plus un penny pour le collège ? C'est ça, la haute considération dont il se gargarise ?

— Là, je dois dire… murmura monsieur Baring-Gould à qui cette menace avait dû tout de même rester en travers de la gorge.

Mais sans doute prit-il soudain conscience d'être en train de glisser sur une pente dangereuse, car il se leva pour indiquer que l'entretien était terminé.

— C'est tout pour l'instant, dit-il en essuyant d'un revers de main son front luisant de transpiration. Faites le maximum, mon garçon, et vous aurez ma reconnaissance éternelle… Outre votre rémunération, bien sûr.

Wiggins quitta le bureau tout ragaillardi. À la table du déjeuner, il s'assit d'office à côté de Sarah, sans un regard pour Godfrey qui se rongeait les ongles de dépit. Elle lui annonça qu'il y aurait une petite fête le lendemain soir dans le bâtiment des domestiques. Elle précisa en rougissant que c'était son anniversaire, puis fit la coquette pour lui avouer qu'elle aurait dix-huit ans. L'après-midi, il alla faire un tour dans le parc pour repérer les fleurs qu'il cueillerait pour elle, et au dîner il s'assit encore à côté d'elle. Elle se déridait peu à peu, redevenant la jeune fille joyeuse et confiante avec qui il avait distribué les taies d'oreiller.

Oui, il ne restait que trois jours, mais tout était possible durant ces trois jours. Le meilleur… comme le pire. Avant de se coucher, Wiggins ferma la porte de sa chambre en dépit des recommandations du directeur. Il était certain qu'il ne se passerait rien d'insolite à l'étage sans que son sixième sens en soit alerté. Araignée ou criminel, personne ne le prendrait en traître !

À deux heures du matin, il glissa doucement vers le sommeil, rêvant que Sarah l'entraînait dans le verger pour l'embrasser. Cependant, un bruit insolite l'arracha à son rêve au moment où leurs lèvres s'unissaient. Il se dressa dans son lit, l'oreille aux aguets. Le bruit recommença alors, une sorte de frottement lourd, comme si on traînait un corps. Il ne fit qu'un bond jusqu'à la porte sans prendre la peine de chercher à tâtons la chandelle et les allumettes. Il regretta amèrement sa négligence lorsqu'il heurta de plein fouet la chaise sur laquelle il posait ses vêtements. Se traitant intérieurement de tous les noms d'oiseaux, il se glissa dans le couloir en se frottant la cuisse. La lueur provenant de la fenêtre située au bout du couloir était faible, mais suffisante pour constater que personne n'était en train de tirer le corps inerte de Lowell. Cependant le bruit se répéta à plusieurs reprises, et Wiggins comprit alors qu'il ne provenait ni du couloir ni de la chambre, mais du plafond. Quelqu'un était caché dans le grenier ! Toujours à tâtons, il retourna dans sa chambre et partit à la recherche de la chandelle. Puis, après avoir fait un détour par la salle d'étude pour s'emparer d'un tisonnier, il gagna le petit escalier qui grimpait jusque sous les toits. Le bruit ne cessait plus maintenant, pour le moins insolite car quel criminel pouvait être assez fou pour attirer ainsi l'attention sur sa présence ? Ce devait être plutôt un chat égaré. Ou bien, corrigea Wiggins, un énorme chien, un molosse qui allait se jeter sur lui. Serrant bien fort le tisonnier, il posa la chandelle par terre et poussa lentement la porte du grenier, le cœur battant.

En chemise de nuit, Ashley Lawrence errait d'une démarche mécanique entre les chaises éventrées et les vieux cheval-d'arçons, les yeux grands ouverts et l'air terrifié.

– Ashley ! dit doucement Wiggins. Que fais-tu ici ?

Le garçon ne répondit pas et continua sa déambulation incertaine, heurtant violemment les vestiges poussiéreux sans paraître ressentir la moindre douleur. C'était la première fois de sa vie que Wiggins voyait un somnambule en pleine crise, mais il savait comment il fallait se comporter dans un tel cas. Il s'approcha du garçon et le prit gentiment par le bras.

– Viens, Ashley, c'est l'heure de te coucher, je vais te ramener dans ta chambre.

Ashley se tourna vers lui, les paupières écarquillées sur un regard de mort-vivant.

– Viens, répéta Wiggins. Il ne faut pas rester ici, tu vas attraper froid.

CHAPITRE 14

Wiggins n'arrivait pas à le croire. Elle l'avait embrassé !

La soirée d'anniversaire avait pourtant très mal commencé. Godfrey avait cueilli des brassées de fleurs sauvages pour en orner le bâtiment des domestiques, était allé jusqu'à Midhurst commander des kilos de moules et de crabes[33], avait harcelé les cuisiniers pour qu'ils préparent des tartes au citron et des *trifles*[34] en quantité. Il avait sorti de sa réserve personnelle de la bière au gingembre et même, luxe incroyable, une bouteille de cognac. Il était aux petits soins pour Sarah, remplissait son assiette dès qu'elle était vide, courait d'un bout à l'autre de la salle pour réaliser ses moindres désirs. Au bord de la crise de nerfs, Wiggins avait fini par renoncer à rivaliser et s'était rabattu sur la tante de Sarah à qui il avait tenté d'arracher des informations sur sa nièce. Mais le dos de la malheureuse la faisait tellement souffrir qu'elle répondait par monosyllabes en combattant la douleur à l'aide de tous les liquides alcoolisés qui tombaient à sa portée. Vers onze heures du soir, Wiggins lui avait fourré entre les mains un pichet de bière et était allé prendre

---

[33] Les coquillages étaient très abondants et donc d'un prix abordable même pour les classes peu aisées.
[34] Dessert typiquement anglais. Dans une coupe, on alterne des couches de génoise, de fruits, de crème pâtissière et de gelée de fruits.

l'air à l'extérieur. Le tohu-bohu qui régnait dans la salle lui écorchait les oreilles. Les voix étaient de plus en plus stridentes et des rires gras et sonores éclataient à tout bout de champ. Cette atmosphère échauffée n'était guère différente de celle d'un pub le samedi soir, mais à Londres Wiggins se sentait chez lui partout. Et les gens y parlaient comme lui. Ils ne disaient pas *voilet* pour *violet*, *baouche* pour *bouche*, et *oasse* pour *os*. Ils ne parlaient pas de plantes que Wiggins ne connaissait pas, ne discutaient pas pendant des heures des mérites comparés des vaches du Sussex et de celles du Hampshire.

C'était au moment précis où Wiggins s'apprêtait à s'éclipser sans dire au revoir à personne que Sarah l'avait rejoint.

— Il est bien gentil, Godfrey, mais il m'empêche de respirer ! Je ne devrais pas dire ça, il se met en quatre pour moi et il est plein de bonne volonté. Il est juste très, mais vraiment très lourd. Le pire, c'est que tous les gars du coin sont comme lui, ou presque. Parfois, je rêve de partir à Londres. Tu crois que je pourrais y trouver du travail ?

Wiggins avait saisi la balle au bond.

— Bien sûr ! Je pourrais t'y aider, je connais des gens un peu partout, et pas seulement à Whitechapel.

— Malheureusement, avait soupiré Sarah, je me vois mal quitter ma famille maintenant. Je vais devoir attendre que mes sœurs soient un peu plus grandes.

— À Londres, tu serais mieux payée qu'ici. Tu pourrais envoyer de l'argent à ton père.

— Quand même, il faut que je patiente encore quelques années. Oh, Wiggins, tu n'imagines pas la chance que tu as d'être né à Londres ! J'aimerais tellement… Tu vas rester combien de temps ici ?

— Je ne sais pas, ça dépend de plein de choses. C'est compliqué, je ne peux pas t'expliquer. Mais, même si je dois retourner à Londres, je reviendrai te voir. Maintenant que je te connais… enfin, que je te connais un peu, je ne peux pas imaginer…

L'émotion l'avait soudain submergé.

— Moi non plus, avait-elle murmuré, ajoutant après un petit silence : les fleurs que tu m'as offertes sont les plus belles de la soirée.

C'est à ce moment-là qu'elle s'était approchée et avait posé ses lèvres sur les siennes. Wiggins avait senti du feu lui parcourir tout le corps. Une rivière de feu, un soleil étincelant en même temps que la fraîcheur des ombrages. Et un parfum indéfinissable et entêtant.

Puis elle s'était écartée et s'était enfuie en courant mais, sur le seuil de la porte, elle s'était arrêtée un instant pour se tourner vers lui et lui faire un signe de la main avant de disparaître. Il était resté longtemps immobile, la tête renversée vers le ciel, les yeux fermés. Puis il avait couru jusqu'à la loge où Habakkuk, qu'il avait prévenu de cette sortie exceptionnelle, veillait.

— C'est pas trop tôt, avait bougonné le portier en agitant ses clés.

Moins de cinq minutes plus tard, Wiggins était dans son lit, ivre de bonheur, de fatigue et sans doute aussi de bière et de cognac. Négligeant pour la première fois sa mission, il avait sombré presque aussitôt dans un sommeil profond.

Le cognac y était-il pour quelque chose ? Au lieu de rêver de Sarah, il fit un horrible cauchemar dans lequel il voyait son ami Sherlock Holmes s'abîmer dans le gouffre de Reichenbach. Le claquement du couvercle du coffre lui fit reprendre pied dans la réalité, mais il se trouva alors plongé dans un autre cauchemar. Il se précipita dans la chambre de Lowell et trouva le lit vide. Et quand, après avoir dégringolé le long de la corde et avoir traversé le bois, il arriva enfin en vue de la route de Londres, il était trop tard…

– Nom d'une pipe ! jura Wiggins en continuant à courir, comme s'il avait une chance de rattraper la carriole.

Elle avait été avalée depuis longtemps par la nuit lorsqu'il atteignit enfin la route. Sa lanterne haut levée, Wiggins scruta l'horizon mais n'aperçut pas la moindre lueur. Le temps qu'il avertisse le directeur, qu'on réveille Godfrey et qu'on lance la voiture à la poursuite du ravisseur, celui-ci serait loin. Ou bien il aurait pris un chemin de traverse et serait terré dans un hameau d'où il serait impossible de le débusquer. Wiggins préférait ne pas imaginer la réaction de lord Summerfield lorsqu'il apprendrait que son fils avait été enlevé au nez et à la barbe de celui qui était payé pour le protéger !

Mais il n'était pas du genre à renoncer. Sherlock Holmes lui avait enseigné que le criminel le plus habile laissait toujours des traces. L'important était de ne pas attendre que la piste ait refroidi. Les minutes à venir pouvaient être décisives pour la vie du jeune Summer-field. Wiggins abaissa sa lanterne pour scruter le sol. Les traces de la carriole étaient nettement visibles sur le bas-côté. Il évalua avec soin la largeur des roues, examina chaque pouce de terrain et chaque brin d'herbe, souleva des cailloux qui paraissaient avoir été bousculés au cours de la lutte. Rien, il ne trouva rien d'intéressant. Cependant il se refusait à désespérer. Au matin, à la lumière du jour, peut-être verrait-il un détail qui lui avait échappé. Il prit le chemin du retour.

Comme il s'enfonçait de nouveau dans les bois, il sentit la brise se lever. Des gouttes de pluie s'écrasèrent autour de lui, de plus en plus grosses, de plus en plus serrées, pour se transformer bientôt en véritables cataractes. Il remonta sa veste sur sa tête et se mit à courir malgré sa jambe encore endolorie. Quand il arriva au pied de la corde qui pendait le long du mur, il était trempé comme une soupe. Il ne se passerait pas une demi-heure avant que toutes les traces soient effacées.

Son ascension jusqu'à la fenêtre du couloir, avec des mains glacées qui glissaient le long de la corde, fut un supplice. Il atterrit sur le plancher en se disant que le plus difficile restait à faire : aller frapper chez le directeur et lui annoncer la catastrophe.

En apprenant la nouvelle, monsieur Baring-Gould frôla l'apoplexie. Totalement désemparé, il se prit la tête dans les mains en poussant de petits gémissements. Wiggins crut un moment qu'il allait fondre en larmes, mais il finit par se ressaisir.

— Il faut avertir immédiatement messieurs Bell, Verneuil et Kinloch, décréta-t-il. La situation est d'une extrême gravité, je ne veux pas prendre de décision sans avoir leur avis. Allez, Wiggins, courez-y vite le temps que je m'habille ! Et revenez ici dès que vous les aurez prévenus.

Un quart d'heure plus tard, Wiggins se présentait de nouveau devant le directeur, bientôt suivi par un Bell aux yeux clignotants et un Kinloch pour une fois sans voix.

— Que fait donc Roland Verneuil ? s'impatienta le directeur. Vous l'avez prévenu ?

— Bien sûr, monsieur. Il va sûrement arriver.

— C'est très ennuyeux, se lamenta Charles Bell.

— Il ne va sûrement pas tarder, répéta Wiggins.

Le professeur de mathématiques eut un air égaré.

– Je ne parle pas de monsieur Verneuil, mais de mon plaid.

– Votre plaid ? demanda le directeur tandis que Fergus Kinloch portait discrètement son index à son front.

– Oui, un magnifique plaid en laine d'Écosse qui me tient chaud lorsque je travaille tard. Hier soir, impossible de le trouver. Ce serait terrible qu'on me l'ait volé, je ne pourrai jamais retrouver le même.

– Il me semble qu'il y a plus grave, répliqua sèchement monsieur Baring-Gould. Où diable est monsieur Verneuil ?

– *Voilà voilà !* entendit-on crier en français.

Roland Verneuil apparut de sa démarche claudicante.

– Nous avons failli attendre, fit remarquer le directeur.

– Mais je vous apporte une bonne nouvelle, répliqua Roland Verneuil. Lowell Summerfield se trouve actuellement dans son lit, dormant du sommeil du juste.

S'ensuivit un concert d'exclamations stupéfaites. Wiggins protesta que c'était impossible. Il avait trouvé le lit vide et avait vu un homme jeter le corps de Lowell dans sa carriole !

– Vous avez vu un homme jeter *un corps* dans la carriole, rectifia le professeur de français. Mais la nuit tous les chats sont gris, comme on dit en France. Je viens de faire un saut jusqu'à la chambre des deux garçons. Lowell Summerfield s'y trouve bien. Cependant les bonnes nouvelles vont rarement seules… Le lit de William Hodson, en revanche, est vide.

CHAPITRE 15

Les quatre hommes se mirent à parler tous à la fois. Wiggins, sous le choc de ce que venait de leur apprendre Verneuil, les écoutait sans mot dire. Il avait pourtant bien cru que le lit de Lowell était vide ! Était-ce possible qu'il se soit trompé ? L'évidence s'imposait en effet : on avait pris William pour Lowell. Dans l'obscurité, le ravisseur avait confondu les deux garçons et assommé le malheureux William pour le faire sortir du collège à l'aide de la corde. Ce qui prouvait qu'il ne connaissait pas Lowell, car les deux garçons n'avaient guère en commun que leur taille et la couleur indéfinissable de leurs cheveux. Les dents proéminentes de William Hodson et son absence de menton le faisaient ressembler à un rongeur, alors que Lowell rappelait davantage un chat débonnaire ronronnant à la moindre caresse.

— Il va falloir prévenir monsieur et madame Hodson, conclut le directeur. Cependant, rien ne nous oblige à tenir lord Summerfield au courant. Il aurait tôt fait d'en conclure que nous sommes incapables de protéger son fils. Il n'y a plus qu'à espérer que les parents des deux garçons ne se connaissent pas. C'est heureusement peu probable car monsieur et madame

Hodson vivent en Cornouailles. Je vais également signaler cette disparition à la police.

— Qui s'empressera de prendre contact avec Scotland Yard, intervint vivement Roland Verneuil. Et quand les policiers de Londres auront consulté la liste des élèves, ils courront avertir lord Summerfield par peur de se mettre mal avec un juge aussi réputé.

— Je ne vois pas pourquoi Scotland Yard devrait intervenir, objecta Fergus Kinloch de sa voix de stentor. La police du Sussex mettra certainement un point d'honneur à régler cette affaire sans l'aide de personne.

— La plupart de nos pensionnaires étant des fils de bonne famille, lui rappela le professeur de français, votre police voudra mettre toutes les chances de son côté. Si je puis me permettre un conseil, monsieur Baring-Gould, nous devrions garder cette disparition secrète au moins jusqu'à demain. Il sera bien assez temps d'agir lorsque monsieur et madame Hodson auront reçu votre message. Je suis certain que ce délai suffira au jeune Wiggins pour retrouver le petit Hodson, et nous éviterons ainsi un battage qui ne pourrait que nuire au collège.

Le *jeune Wiggins* se redressa, tout fier de la confiance du Français. Anxieux, aussi, car la mission qui lui incombait était bien lourde. Qu'il retrouve William Hodson et ce serait peut-être le coup d'envoi de sa carrière de détective. S'il échouait, en revanche, les notables qui avaient mis leur fils en pension à Midhurst se répandraient dans tout Londres sur son incompétence.

Monsieur Baring-Gould ne parut pas enthousiasmé par la suggestion de Roland Verneuil. Il se tordait les mains d'angoisse et son visage était aussi tourmenté qu'une mer agitée par une puissante houle.

— Lorsque les parents apprendront que nous avons laissé passer une journée sans avertir la police, ils feront un esclandre et je n'aurai plus qu'à fermer le collège.

— Monsieur le directeur a entièrement raison, approuva Charles Bell. Il n'est pas question de nous mettre dans notre tort.

— Comme vous voudrez, ronchonna Roland Verneuil. Mais vous pouvez me croire, la police du Sussex fera chou blanc, comme on dit en France.

— Je vous trouve bien dédaigneux ! s'énerva Fergus Kinloch. La police anglaise est sûrement aussi efficace que la police française, et probablement moins dilettante. Je suis certain qu'elle éclaircira très rapidement ce mystère. Comme l'a dit le grand Virgile, *labor omnia vincit improbus*. Un travail acharné vient à bout de tout.

Les yeux de Roland Verneuil étincelèrent derrière ses lorgnons.

— Merci pour la traduction, mon cher monsieur Kinloch. Moi aussi je connais mes classiques. Je vous rappelle que le même Virgile rappelait souvent que *fama volat*. La rumeur vole vite, et elle vole très vite…

— Je me fiche de ce qu'a dit Virgile ! explosa le directeur. Nous n'avons pas le choix, il faut appeler la police. Mais nous ne lui parlerons ni des menaces qui planent sur Lowell Summerfield, ni des fonctions de Wiggins. Vous m'avez bien compris, Wiggins ? L'absence de William Hodson va être découverte à l'heure du lever des garçons. C'est vous, monsieur Bell, qui irez réveiller les préfets. Vous remarquerez alors la corde. Inquiet, vous ouvrirez les portes de toutes les chambres. Vous demanderez au jeune Summerfield où est passé son camarade. Au fait, sait-on si ce garçon a le sommeil lourd ? Comment se fait-il qu'il n'ait pas entendu qu'on enlevait son camarade ?

Les trois professeurs s'esclaffèrent comme un seul homme.

— Si son sommeil est aussi lourd la nuit qu'après le déjeuner, il n'a pas dû entendre grand-chose ! tonna Fergus Kinloch. Il passe généralement la première heure de l'après-midi à ronfler comme un sonneur.

Wiggins se demanda comment Lowell pouvait dormir pendant les cours de l'Écossais, dont la voix eût réveillé un mort.

— Si seulement William Hodson pouvait réapparaître au réfectoire à l'heure du petit déjeuner, soupira Charles Bell. Peut-être a-t-il simplement fait une fugue et sera-t-il pris de remords ou découragé par la pluie ?

Quatre paires d'yeux stupéfaits se tournèrent vers lui.

— Il vaut mieux entendre cela qu'être sourd ! éclata Fergus Kinloch. Vous oubliez que Wiggins a vu quelqu'un lancer son corps dans la carriole ! Était-il mort ou seulement inanimé, on l'ignore encore, mais ce qui est sûr, c'est qu'il n'est pas près de *réapparaître*, comme vous dites, mon cher Bell !

— Désolé, bafouilla le professeur de mathématiques. J'oubliais le corps.

— Monsieur Bell n'est peut-être pas si éloigné de la vérité, intervint Roland Verneuil. Je ne parle pas de la réapparition, mais de la fugue. Réfléchissez un peu. Aussi endormi qu'ait été Lowell, je doute qu'on ait pu entrer dans la chambre, assommer William et traîner son corps dans le couloir sans qu'il s'aperçoive de quoi que ce soit. Pensez aussi à la corde : il a bien fallu l'attacher au pied du coffre. Or il n'y a pas assez d'aspérités à cet endroit de la façade pour grimper le long du mur.

— La corde a sûrement été fixée par un complice à l'intérieur du collège, suggéra Wiggins.

— Par un complice ou par William Hodson lui-même, s'il avait l'intention de s'enfuir du collège. Il a pu s'acoquiner avec un paysan du coin qui devait venir le chercher en carriole moyennant quelques livres. Tous deux se sont disputés, l'autre réclamant sans doute plus d'argent que William ne voulait ou ne pouvait en donner, et le tout s'est mal terminé.

— Pour une coïncidence, ce serait une sacrée coïncidence ! s'écria Wiggins. On menace Summerfield d'enlever son fils, et le garçon qui est dans la même chambre se fait assassiner ! Les coïncidences, moi...

Roland Verneuil haussa les épaules.

— Nous verrons bien lequel de nous deux a raison. Interrogez Lowell, et vous verrez ce que je vous dis : il vous confirmera que son ami rêvait de s'enfuir. À moins, bien sûr, qu'il ne se refuse à trahir ses confidences.

Depuis quelques minutes, le directeur ouvrait spasmodiquement la bouche comme un poisson hors de l'eau, tentant désespérément d'en placer une.

— Bien entendu ! fit-il enfin. Je compte interroger les élèves avant de faire appeler la police.

— Tous les élèves ? le taquina Roland Verneuil. Alors la police n'est pas près d'arriver !

Monsieur Baring-Gould lui lança un regard sévère. Il avait réuni les professeurs pour qu'ils lui confirment qu'il faisait le bon choix, pas pour qu'ils le contredisent.

— Je me limiterai aux proches du jeune Hodson. Et maintenant, monsieur Bell, préparez-vous pour votre entrée en scène. Vous, Wiggins, vous retournez vous coucher. Je compte sur vous pour jouer la stupéfaction lorsque les cris de monsieur Bell feront sortir les élèves de leurs chambres. Vous en profiterez pour observer les réactions de chacun.

Charles Bell tint son rôle à merveille. Ses cris d'effroi lorsqu'il « découvrit » la corde, la précipitation qui le fit courir de chambre en chambre en gémissant, l'horreur qui le saisit en trouvant le lit de William Hodson inoccupé, tout cela fut joué avec un grand art.

— Où est passé ton compagnon ? demanda-t-il d'une voix mourante à Lowell Summerfield.

Le fils du juge parut aussi effaré que son professeur. Bien entendu, il avait dormi comme un loir et n'avait pas eu conscience du départ de son camarade. Il poussa les hauts cris lorsque Charles Bell suggéra que William avait pu faire une fugue. Impossible ! Tous deux étaient très amis et ne se cachaient rien, William n'aurait pu mettre au point un tel projet sans se trahir.

Les autres garçons, que l'irruption du professeur avait fait émerger des brumes du sommeil, accoururent les uns après les autres et s'agglutinèrent à la porte de la chambre dans une pagaille que Stanley Croft, le préfet, eut le plus grand mal à endiguer. La disparition de leur camarade suscitait à vrai dire plus d'excitation que d'inquiétude.

— Il s'est fait enlever ? demanda un élève.

— Qui pourrait vouloir enlever ce nul ?

— Il est peut-être allé rejoindre une créature à Midhurst !

— Ou bien on l'a assassiné dans son sommeil, fit un autre d'une voix lugubre.

— Quelle horreur ! gloussa un des seniors.

— Alors où est le cadavre ?

— Dans les cuisines. On l'a noyé dans un tonneau de bière.

— Pas du tout. Habakkuk va s'en servir comme engrais pour son carré de légumes.

— Vous n'y êtes pas, les gars, on l'a égorgé sur l'autel de la chapelle.

— Mais qu'est-ce que tu... Au secours, faites quelque chose, Ashley s'est évanoui !

L'incident calma les élèves. On transporta Ashley jusqu'au dortoir, où il reprit connaissance dès qu'on lui eut jeté un peu d'eau froide sur le visage.

— Étrange, fit Stanley Croft suffisamment fort pour être entendu par le professeur de mathématiques. Vraiment très étrange, cette réaction...

— Allons, les garçons ! cria Charles Bell en frappant dans ses mains. L'appel à huit heures à la chapelle comme d'habitude ! Je vais tout de suite avertir monsieur le directeur.

Il quitta la maison Thomas Tallis la sueur au front. Wiggins le rattrapa dans la cour.

— Vous avez été parfait, lui dit-il pour le consoler de s'être ridiculisé en suggérant aux autres professeurs que William reviendrait peut-être.

— J'avoue que j'y ai pris un certain plaisir malgré le trac, répondit Charles Bell. Au point que je me demande si je ne vais pas proposer à monsieur Baring-Gould de créer un club de théâtre.

Cette idée de club en fit naître une autre chez Wiggins. Le club du *Millionnaire manquant* était certainement composé de garçons observateurs et astucieux. Pourquoi ne pas leur demander leur aide ?

CHAPITRE 16

En dépit de la pluie fine qui tombait sans discontinuer, Wiggins décida de retourner sur le lieu du drame pour s'assurer qu'aucun indice ne lui avait échappé. Mais auparavant il devait récupérer le journal de William Hodson avant que la police vienne fouiner partout. Il voulait le relire en détail à la lumière des derniers événements. Il profita de ce que les élèves étaient en classe pour se glisser discrètement dans la chambre des deux garçons. Le journal était toujours là, ce qui en soi était significatif. Si William Hodson avait eu l'intention de fuguer, comme le pensait le professeur de français, il n'eût certainement pas laissé derrière lui un cahier aussi précieux. Il avait donc bien été enlevé ! Wiggins s'assit sur le lit et se mit à feuilleter le cahier.

Il sursauta en entendant sonner neuf heures au clocher de la chapelle. Il n'avait pas vu passer le temps. Au fil des pages, une évidence s'imposait : William avait deux ennemis au collège, Roland Verneuil et Param Trishna. Deux personnes qui semblaient en outre avoir noué une complicité pour le moins étonnante. Voilà qui méritait d'être creusé, car tout ce qui touchait William pouvait également concerner Lowell. Si vraiment les deux garçons étaient surveillés depuis des mois, si des tentatives de meurtre avaient déjà été commises contre eux, cela signifiait deux choses. D'une part William avait été enlevé par erreur, et c'était bien Lowell qui était visé. D'autre part, le procès Cooper n'était peut-être qu'un prétexte pour atteindre lord Summerfield. Cette affaire était-elle encore plus grave qu'il n'y paraissait ? Il n'était pas impossible qu'elle dissimule un complot politique ourdi par des notables pour détruire la carrière d'un rival. Wiggins était-il capable de déjouer une telle conspiration ?

Il alla dissimuler le cahier sous son matelas et descendit dans la cour. Alors qu'il approchait de la loge du portier, il vit le directeur lui faire de grands gestes depuis le seuil de la salle de réunion.

– J'ai à vous parler, dit monsieur Baring-Gould lorsque Wiggins l'eut rejoint.

Il le fit asseoir et prit place de l'autre côté de la grande table. La pièce était sombre et glaciale. Sur les murs étaient alignés les portraits des anciens directeurs, tous plus sinistres les uns que les autres.

– Nous n'aurons peut-être pas le loisir de nous entretenir tranquillement avant longtemps car la police va arriver d'un instant à l'autre, expliqua monsieur Baring-Gould. J'ai eu une petite conversation avec le jeune Summerfield. Tout d'abord, je vous rassure : le lit que vous avez vu cette nuit était bien vide. Lowell m'a expliqué que William et lui changeaient de lit de temps à autre. Il prétend que celui qui se trouve à droite de la fenêtre reçoit plus longtemps les rayons du soleil et que l'autre reste toujours glacé. Bref, la nuit dernière, Lowell dormait dans le lit de gauche, qu'on ne peut voir depuis la porte si on n'entre pas dans la pièce. Ce qui veut dire…

– C'est ce que j'ai toujours pensé ! l'interrompit Wiggins, soulagé d'avoir enfin l'explication de son erreur. On voulait enlever Lowell et on a pris l'un pour l'autre.

– C'est précisément ce que j'allais dire, fit le directeur avec agacement. Cette histoire est déjà assez difficile à démêler, je vous demanderai donc de ne plus me couper la parole. Je reprends... Lowell Summerfield m'a confirmé ce qu'il avait déjà dit à monsieur Bell. L'idée de fugue ne tient pas debout, quoi qu'en pense monsieur Verneuil. Lowell est certain que son ami n'aurait pas pu lui cacher un tel projet, et convaincu qu'il a été enlevé. Heureusement, il ne va pas jusqu'à penser qu'on les a confondus tous les deux. Malgré tout, il semble terrifié. C'est en partie pour cela que je voulais vous voir. J'aimerais que vous dormiez désormais dans le lit de William Hodson. Lowell serait rassuré, et vous seriez ainsi à pied d'œuvre en cas de nouvelle tentative. Quand les ravisseurs...

– Il n'y en avait qu'un, d'après ce que j'ai vu.

Le directeur secoua la tête comme un cheval qui s'ébroue.

– Peu importe ! Quand le ravisseur aura découvert sa méprise, il bâtira certainement un autre plan. Il est donc capital de renforcer la protection du garçon. Je peux compter sur vous ?

– Bien sûr.

– Mais ne lui parlez surtout pas des lettres anonymes ! Il pourrait se confier à d'autres, et si jamais les raviss... le ravisseur a un complice dans le collège, vous voyez le risque. Voilà, c'est tout ce que j'avais à vous dire. Et vous ? Qu'en pensez-vous, vous qui avez travaillé avec Sherlock Holmes ? William Hodson est-il encore vivant ?

La réponse était hélas assez simple.

— Peut-être. Mais quand le ravisseur découvrira qu'il s'est trompé de victime, ça m'étonnerait qu'il ait envie de relâcher quelqu'un qui pourra donner son signalement.

— Mon Dieu ! soupira le directeur. C'est effroyable. Abominable. Et même monstrueux. Il faut absolument le retrouver ! Je crains hélas que l'opinion de monsieur Verneuil sur la police du Sussex ne soit justifiée. Sera-t-elle assez habile pour y parvenir ? Ah, si seulement Sherlock Holmes n'était pas mort !

— Mais je suis là, murmura Wiggins.

— Oui, bien sûr… Allons, ne restez donc pas ici à ne rien faire, activez-vous !

Wiggins quitta un Baring-Gould en pleine dépression et se dirigea vers le grand portail. Au moment où il le franchissait, accompagné par le hululement d'une chouette qui avait sans doute pour nom Habakkuk, il aperçut au loin la voiture noire de la police arrivant de Midhurst. Il n'avait aucune envie de se trouver sur son chemin. Il accéléra le pas jusqu'au premier tournant, puis se dirigea plus tranquillement vers l'emplacement où on avait jeté le corps de William Hodson dans la carriole. Il fronça les sourcils en constatant qu'il n'avait pas été le seul à avoir cette idée. La silhouette voutée de Roland Verneuil était facile à reconnaître de loin. Ce n'était d'ailleurs pas surprenant de le trouver là, car celui qui avait eu l'idée de créer le club du *Millionnaire manquant* ne pouvait que s'intéresser au mystère. Cependant Wiggins avait toujours présent à l'esprit ce que William Hodson avait noté à plusieurs reprises dans son journal concernant Verneuil et Param. Et l'obstination du Français à orienter l'enquête vers une fugue pourtant improbable le mettait mal à l'aise. Enfin, cette façon qu'il avait de toujours prétendre en savoir plus que les autres l'exaspérait. On verrait bien ce qu'il répondrait quand le directeur le convoquerait après avoir lu le journal de William !

Soudain, Roland Verneuil se baissa, resta un instant penché, puis ramassa dans l'herbe quelque chose qu'il enfouit dans sa poche. Il avait trouvé un indice que Wiggins n'avait pas remarqué la veille ! Wiggins courut vers lui.

— Ah, mon cher garçon, dit le Français. Vous voici revenu sur le lieu du crime. Auriez-vous oublié quelque chose hier soir, lorsque vous avez entraîné William Hodson vers son sinistre destin ?

Wiggins le regarda interloqué.

— Je plaisante, bien sûr ! s'esclaffa Roland Verneuil. Pardonnez-moi, l'esprit français n'est pas toujours du meilleur goût. Je sais bien que vous n'êtes pour rien dans la disparition du jeune Hodson. Je vois en tout cas que vous avez eu la même idée que moi. Malheureusement, nous sommes venus ici pour rien car la pluie a effacé toutes les traces.

Décidément, cet homme ne manquait pas d'air !

— Je vous ai pourtant vu ramasser quelque chose, dit Wiggins. Vous vous intéressez aux coccinelles ? Aux crottes de lapin ? Ou bien vous collectionnez les cailloux ?

Roland Verneuil rajusta son lorgnon tout en poussant des « hum ! hum ! » gênés. Il semblait en proie à un dilemme douloureux.

— Puisque vous m'avez vu, je vais vous montrer ce que j'ai trouvé, finit-il par déclarer.

Il sortit de sa poche un petit objet plat et circulaire de la taille d'un bouton et le tendit à Wiggins. Il était en métal argenté. Des petits points en relief en faisaient le tour, formant un cercle à l'intérieur duquel s'étalaient des signes ésotériques.

— Qu'est-ce que c'est que ça ? demanda Wiggins.

— Probablement une pièce de monnaie, répondit Roland Verneuil. Venue de je ne sais quel pays exotique. Afrique du Sud ? Chine ? Inde ? À moins que ce ne soit d'Afghanistan ou du Turkestan. Comment savoir ? Il faudrait consulter un spécialiste.

— La pièce est tombée d'une des poches du ravisseur ! s'exclama Wiggins. Il faut faire des recherches pour savoir d'où elle vient !

— Facile à dire. À moins d'aller à Londres, à la *British Library* ou même au *British Museum*, je ne vois pas…

— Peut-être qu'il y a des livres sur les monnaies étrangères à la bibliothèque du collège !

— Excellente idée. Qui sait ? Vous voulez bien que je m'en charge ? Je vous promets de vous tenir au courant si j'apprends quelque chose.

Furieux de ne pas avoir trouvé lui-même un indice aussi significatif, Wiggins s'efforça de garder son sang-froid et se mit à examiner le terrain pouce par pouce, sous le regard narquois de Roland Verneuil.

— Rien d'autre, n'est-ce pas ? dit le professeur après un long moment.

— Rien, approuva Wiggins. Mais il faut que je vous parle de quelque chose… Je suis au courant, pour votre club.

— Ah, *Le Millionnaire manquant* !

— Oui, c'est Param qui m'en a parlé.

— Param… murmura le Français d'un ton qui sembla à Wiggins chargé d'arrière-pensées.

— J'ai bien envie de réunir le club et de demander aux garçons d'ouvrir l'œil. Ils pourraient avoir des idées, remarquer des détails bizarres…

— Dans ce cas, répondit Roland Verneuil, ce serait à moi de les réunir et de leur parler, puisque personne ne doit savoir pourquoi vous êtes ici. Notre réunion hebdomadaire se tient justement le jeudi.

— Alors vous êtes d'accord ? demanda Wiggins.

— Je n'en ferai rien, répliqua sèchement le professeur. Je vais bien au contraire annoncer aux membres du club que nous cessons toute activité jusqu'à ce que ce mystère soit résolu. C'est une affaire très grave et je me refuse à mettre ces garçons en danger.

Wiggins ne put se contenir.

— Comment ça, une affaire très grave ? Vous avez affirmé devant le directeur que c'était sûrement une fugue ! Dans ce cas, les copains de William savent peut-être quelque chose !

— La fugue n'est qu'une des explications possibles. Je ne les connais que trop, mes lascars, je ne veux pas qu'ils prennent le moindre risque.

— Ah bon ? Alors vous comptez faire quoi ?

— Ce pour quoi je suis payé : enseigner le français aussi bien que je le peux. À chacun son métier et les vaches seront bien gardées, comme on dit en France. Découvrir la vérité est *votre* mission, pas la mienne.

Wiggins explosa.

— Alors qu'est-ce que vous faisiez ici, à farfouiller dans l'herbe ? C'est plutôt suspect, figurez-vous ! En tout cas, vous pouvez être tranquille, je la trouverai, la vérité !

Et il s'enfuit sans laisser à Roland Verneuil le temps de répliquer.

CHAPITRE 17

À la table des domestiques, au déjeuner, il ne fut plus question de poireaux ni de vaches. La nouvelle de la disparition avait échauffé les esprits, et l'arrivée des forces de l'ordre achevé de les mettre en ébullition. Les policiers étaient repartis en fin de matinée après avoir conclu à une fugue des plus banales. William Hodson était un cancre, son ami Lowell avait un sommeil de plomb, la corde avait sans nul doute été fixée de l'intérieur et descendait le long d'un mur impossible à escalader, on ne trouvait nulle part la moindre trace de lutte, aucun message exigeant une rançon n'avait été déposé... Si on avait là autre chose qu'une fugue, le constable[35] était prêt à ne plus jamais pousser la porte d'un pub. Il allait néanmoins transmettre la description du garçon à ses confrères des environs. Bien sûr, il réviserait volontiers son jugement dans le cas fort peu probable où d'autres éléments se présenteraient. Dans l'état actuel des choses, il était sur une affaire de vol de moutons et avait d'autres chats à fouetter que la recherche de collégiens en goguette.

— Bonne nouvelle ! s'exclama Godfrey Gibbs. La poulaille, moins on la voit, mieux on se porte. Quand

[35] Policier.

ces dégénérés débarquent, ça sent toujours mauvais pour ceux qui triment comme des malheureux. À propos, on m'en a raconté une bien bonne. Vous savez quelle différence il y a entre un étudiant d'Oxford et un gars qui vit dans la rue ? À part l'argent, les vêtements et tout le toutim, bien sûr.

Personne ne put lui répondre.

– Un étudiant qui court, c'est un sportif. Un gars de la rue qui court, c'est un voleur.

Tout le monde s'esclaffa, Sarah comme les autres. Wiggins essaya de capter le regard de la jeune fille, mais elle semblait décidée à l'ignorer. Hier soir elle l'avait embrassé, aujourd'hui elle ne le voyait plus. Les filles étaient décidément d'étranges créatures.

Ne vous avais-je pas averti ? souffla une voix ironique. *Ne faites jamais confiance à une femme !*[36]

Wiggins se renfrogna et n'ouvrit plus la bouche de tout le repas. Aussitôt la dernière bouchée avalée, il partit sans un mot. Il alla transporter son maigre bagage dans la chambre de Lowell, puis se rendit à la bibliothèque dans l'espoir de découvrir d'où venait la mystérieuse pièce de monnaie. Le Français lui avait promis de s'en charger, mais les promesses de cet homme ne lui inspiraient pas davantage confiance que les baisers de Sarah. Dans ce collège, d'ailleurs, personne n'était fiable. Il en avait soupé de cette mission impossible. Après tout, il était chargé de protéger Lowell Summerfield, et le garçon était toujours au collège et en bonne santé, non ? Une fois passé le procès, Wiggins pourrait repartir à Londres et oublier Midhurst, Baring-Gould, Verneuil et autres Godfrey Gibbs. Et Sarah, surtout !

La bibliothèque était une grande pièce sombre qui sentait la poussière et n'était sans doute jamais aérée. Comment pouvait-on passer des heures penché sur ces

---

[36] *On ne peut jamais faire totalement confiance aux femmes ; pas mêmes aux meilleures d'entre elles…* (*Le Signe des quatre*, de sir Arthur Conan Doyle).

vieux bouquins jaunis ? Pas étonnant que Bell ait cet air ahuri, que Verneuil soit perclus de rhumatismes et que Kinloch… Non, Kinloch, lui, avait l'air à peu près normal. Quant à Baring-Gould, avec ses airs affolés dès qu'on touchait à un de ses richissimes élèves, Wiggins comptait bien lui dire avant de partir ce qu'il pensait de son école avec sa devise, son drapeau, ses maisons et ses cravates de couleur.

Il finit par repérer le rayonnage des dictionnaires, dans lesquels il chercha fébrilement et sans aucune méthode. Au bout d'une demi-heure, il n'avait rien trouvé d'intéressant et était d'une humeur de dogue. Il ferma les yeux pour tenter de se représenter la pièce de monnaie. Les signes cabalistiques devaient appartenir à la langue de son pays d'origine, on devait donc pouvoir retrouver les mêmes signes ailleurs que sur la monnaie. Quels pays avait cités Verneuil ? Afrique du Sud, Chine, Inde, Afghanistan, Turkestan… L'Inde, décidément, ne voulait pas lâcher Wiggins. Quel lien unissait donc Param et Verneuil ? Wiggins n'imaginait pas un instant que le jeune Indien fût pour quelque chose dans la disparition de William Hodson, mais il était convaincu qu'il y avait un mystère autour de ce garçon. Il partit à la recherche d'un dictionnaire indien-anglais. Il n'en vit aucun, mais tomba sur un dictionnaire hindi[37]. Bénissant Oscar Osborne, son ami journaliste qui lui avait montré ses livres avec force commentaires, il nota qu'il avait été publié à Londres et à Delhi. L'hindi devait donc être la langue du pays de Param. Ce qui ne menait nulle part puisque les lettres ne ressemblaient pas le moins du monde aux signes gravés sur la pièce. Ces recherches étaient du temps perdu, mieux valait abandonner et attendre que Verneuil

---

[37] Le hindi est la langue la plus parlée en Inde.

veuille bien révéler ce qu'il avait découvert... si toutefois il tenait sa promesse.

Wiggins s'efforça de se calmer et de réfléchir. Il n'avait trouvé d'indices ni au pied de la corde, ni à l'endroit où la carriole s'était arrêtée, ni...

La carriole ! Comment Verneuil savait-il à quel endroit elle avait stationné ?

Wiggins haussa les épaules. Il n'y avait pas besoin d'être très observateur pour le repérer. Les traces avaient été brouillées par la pluie, mais le sol défoncé et l'herbe écrasée suffisaient à désigner l'endroit. De plus, celui-ci se trouvait à l'extrémité du chemin qui partait en face de la fenêtre du couloir et traversait le bois. Non, ce n'était pas avec cela qu'il pourrait incriminer Verneuil. En revanche, la carriole était bien la seule piste restante. Malgré l'heure tardive, on avait dû l'entendre passer sur la route. Pourquoi ne pas se présenter à chaque maison et tenter ainsi de la suivre à la trace ?

Deux heures sonnèrent au clocher de la chapelle. La pluie avait cessé, des trouées claires s'ouvraient dans le plafond nuageux. L'enquête serait en tout cas moins pénible que l'équipée de la nuit précédente ! Wiggins quitta le collège et se mit en chemin, réfléchissant à la façon d'expliquer sa démarche. C'était assez simple. Il dirait que, la veille au soir, il avait arrêté sa carriole au bord de la route pour protéger son chargement de la pluie, et qu'un cheval l'avait dépassé au galop. Affolé, son mulet était parti au trot, et depuis il était introuvable.

Dans les deux premières maisons, on lui répondit sèchement qu'avec les journées éreintantes qu'on avait on ne passait pas la nuit à guetter les voitures. La troisième habitation était une petite ferme misérable en contrebas de la route. Lorsque Wiggins eut frappé, la porte fut ouverte par un géant aux bras tatoués qui ressemblait à un Viking.

– Alors comme ça vous avez perdu une carriole ? répéta l'homme lorsque Wiggins lui eut exposé la situation. C'est pas tous les jours que ça arrive, dites-moi ! Mais je vais peut-être pouvoir aider. Hier soir, ma femme a senti que ça n'allait pas tarder. Le bébé, je veux dire. J'ai tout de suite envoyé le gars chercher le médecin. Il a dit qu'il viendrait dès qu'il pourrait, mais on l'a attendu pendant des heures. Ma femme hurlait tout ce qu'elle savait, que j'en étais tout retourné. Alors je suis allé jusqu'à la route pour guetter. Un moment, j'ai entendu une voiture arriver au loin. Il faisait nuit noire, mais je voyais la lumière de sa lanterne. Je peux vous dire qu'elle allait vite ! C'est pas trop tôt, que je me suis dit… Sauf que c'était pas le docteur. La carriole a tourné à gauche, là-bas, vers le chemin de la rivière. Je me suis demandé ce que le gars pouvait bien aller faire par là à pareille heure. Et mon toubib qui n'arrivait pas ! Je l'ai bien attendu encore une demi-heure ! Enfin, le principal c'est qu'il a été là à temps pour sortir le bébé. Un gars costaud, vous verriez ça…. Richard, qu'on l'a appelé. C'est la tradition dans la famille. Mon grand-père s'appelait Richard, mon père…

Wiggins eut du mal à interrompre l'homme et surtout à lui expliquer que, non, il n'avait pas le temps d'aller admirer le rejeton. Il y avait beaucoup plus urgent : explorer le chemin dont lui avait parlé le fermier. Un chemin qui descendait jusqu'à la rivière… Wiggins était impatient de l'explorer, et presque certain de ce qu'il allait trouver.

Abrité par un épais plafond de feuillage, le sol était un peu moins détrempé que là-haut, au bord de la route. Les traces de roues étaient bien là, parfaitement nettes, et elles s'arrêtaient à trois pieds de l'eau. À cet endroit, la rive surplombait légèrement la rivière qui paraissait profonde. Wiggins se pencha en écarquillant les yeux, sans parvenir à en voir le fond. Il se mit en quête d'une branche tombée, essaya de s'en servir comme d'une perche. Mais l'eau offrait une trop grande résistance et la branche, trop souple, se courbait. Il fallait revenir avec des outils plus adéquats.

Wiggins fut de retour au collège aux alentours de trois heures. Une heure plus tard, il avait convaincu monsieur Baring-Gould de le laisser retourner vers la rivière avec un des deux cuisiniers, le jardinier, et l'inévitable Godfrey dont il se fût bien passé. Ils s'étaient munis de râteaux et de cordes. Comme Wiggins s'y était attendu, il ne leur fallut pas longtemps pour repérer le cadavre. Mais le haler sur la rive fut une tout autre affaire. Après plusieurs tentatives infructueuses, le jardinier proposa finalement de se mettre à l'eau et de l'arrimer à la corde. Il dut s'escrimer un bon moment dans l'eau glacée, jurant tout ce qu'il savait, pour libérer le malheureux William de l'énorme caillou que l'assassin avait attaché à son cou.

– Pauvre garçon... murmura le directeur un moment plus tard lorsqu'il découvrit, allongé dans la charrette mortuaire, le cadavre livide aux chairs gonflées. Il faut le transporter à l'infirmerie et en interdire l'accès. Ses parents vont être atterrés. Effondrés. Et même anéantis. Je vais rappeler la police. Le constable ne pourra plus prétendre désormais qu'il s'agissait d'une simple fugue.

CHAPITRE 18

— J'aimerais mieux qu'on laisse une chandelle allumée, murmura Lowell d'une toute petite voix.

— D'accord. Mais tu sais, elle ne durera pas toute la nuit.

— Quand on dort, on n'a plus peur. Sauf que je ne vais pas arriver à dormir.

Wiggins s'assit sur son lit et tâtonna à la recherche de la chandelle.

Il ne quittait plus Lowell. Il n'était même pas allé dîner avec les autres. Sarah n'avait certainement pas été déçue puisqu'elle n'avait visiblement plus aucune envie de lui parler. Elle avait pu minauder en paix avec ce rustre de Godfrey, éclater de rire à ses histoires stupides, le regarder comme un héros sous prétexte qu'il avait aidé à récupérer le cadavre que lui, Wiggins, avait découvert. De toute façon on était le 22, la veille du procès Cooper, et Wiggins avait promis de ne pas lâcher Lowell d'une semelle. Après avoir aidé au service du repas, il était donc resté dans les parages pendant l'heure du jeu, qui se terminait à neuf heures du soir par la prière à la chapelle. Les juniors devaient se coucher aussitôt après, tandis que les seniors étaient autorisés à veiller jusqu'à dix heures. Il y avait des années que Wiggins n'était pas allé au lit aussi tôt.

– Tu penses qu'ils vont revenir ? reprit Lowell d'une voix inquiète. Sûrement, sinon monsieur Baring-Gould ne t'aurait pas mis dans ma chambre.

– C'est juste au cas où, répondit Wiggins. Ça m'étonnerait qu'ils prennent un risque pareil, ils doivent bien se douter qu'on est tous sur les dents.

Il ne voulait pas dire au jeune garçon qu'il y avait *a priori* un seul criminel, car il n'était pas censé avoir assisté à la scène de l'enlèvement. Lowell ignorait également que son ami n'avait été pris que par erreur. Le directeur s'était tout de même décidé à raconter aux policiers que lord Summerfield avait reçu des lettres de menaces, mais leur avait fait promettre de ne pas ébruiter la chose auprès des élèves. Il s'était fait taper sur les doigts pour ne pas en avoir parlé le matin, et avait réussi à se justifier en affirmant qu'il croyait alors à l'hypothèse de la fugue.

– Quand même ! insista le jeune garçon. La nuit dernière, ils sont venus jusqu'ici pour prendre William. Si je m'étais réveillé, ils m'auraient sûrement emmené aussi. Maintenant, ils doivent avoir peur que je les aie vus et que je puisse les reconnaître. J'aurais préféré que William ait fait une fugue, même si c'était vexant qu'il ne m'en ait pas parlé... Tu sais, les policiers m'ont posé plein de questions.

– C'est normal, ça va les aider à savoir qui a fait le coup.

– Ce que je ne comprends pas... Qu'est-ce que c'était ?

Lowell s'était arrêté net en entendant de petits frottements dans le couloir. Wiggins lui fit signe de se taire, se leva sans bruit, s'approcha de la porte et l'ouvrit brusquement. Param était là, en chemise de nuit, ses grands yeux noirs brillant dans la pénombre.

– Qu'est-ce que tu fais là ? demanda Wiggins en s'efforçant de prendre un ton sévère.

– Je vous ai entendus chuchoter, et je n'avais pas envie d'être tout seul après ce qui s'est passé. Je n'aimais pas Will, mais quand même, ça fait drôle !

Wiggins le tira dans la chambre et referma la porte sans bruit.

– Puisque tu es là, assieds-toi, on va discuter le coup.

Lowell s'assit dans son lit.

– Pourquoi est-ce que tu ne l'aimais pas ? interrogea Wiggins.

– Pour rien. Enfin si, mais c'est mon affaire. Les policiers m'ont gardé un temps fou, sous prétexte que j'aurais pu entendre quelque chose parce que je dors à côté. Mais je n'ai rien entendu, moi ! Quand ils m'ont demandé ce que je pensais de Will, j'ai lâché qu'on n'était pas trop copains. Ils m'ont regardé d'un air soupçonneux. Ils ne croient quand même pas que j'étais de mèche avec les assassins ! Dans ma religion, le meurtre est un péché très grave qui vous torture jusqu'à la fin de votre vie.

– Ça m'étonnerait qu'ils te soupçonnent, le rassura Wiggins.

– C'est toi qui le dis. Il s'est quand même passé un drôle de truc tout à l'heure. Pendant l'étude, en fin d'après-midi, je me suis aperçu que j'avais oublié un livre dans ma chambre. J'ai demandé à Stanley Croft si je pouvais y aller et il m'y a autorisé. Quand je suis sorti de la salle d'étude, j'ai vu monsieur Verneuil sortir de ma chambre. Je lui ai couru après pour lui demander ce qu'il cherchait chez moi. Il m'a répondu qu'il était venu *ici* vérifier quelque chose à propos de William. Mais je sais que ce n'était pas vrai, je suis certain que c'était *dans ma chambre* qu'il était, et pas dans celle-ci. Il était peut-être envoyé par la police !

— Pourquoi veux-tu ? objecta Wiggins. Tu es certain qu'il sortait bien de ta chambre ?

— Ma tête à couper.

— De toute façon, tu n'as rien à craindre de Verneuil. Il paraît que vous êtes très amis, tous les deux.

— Ah bon ? Qui est-ce qui dit ça ? s'étonna Param.

— Je ne me rappelle pas, mentit Wiggins qui ne pouvait avouer qu'il avait lu et même subtilisé le journal de William.

— Wiggins a raison, Param ! renchérit Lowell. Vous n'êtes pas vraiment amis, bien sûr, mais tu es son chouchou sous prétexte que tu es le meilleur en français. D'ailleurs tu es le chouchou de tous les professeurs.

— N'empêche qu'il est devenu bizarre, monsieur Verneuil, s'obstina Param. Au club...

Il s'arrêta net.

— Pas la peine de faire des mystères ! le taquina Lowell. Tu parles du *Millionnaire manquant* ? Tout le monde est au courant !

— Ah bon, fit Param, déçu. Eh bien on se réunit tous les jeudis après le déjeuner. Aujourd'hui, on comptait parler de la disparition de William. Enfin, à ce moment-là on croyait qu'il avait juste disparu... On pensait qu'en s'y mettant tous on pourrait le retrouver. Eh bien monsieur Verneuil nous a *interdit* de chercher des indices et nous a fait un sermon interminable. Soi-disant que c'est dangereux. Mais à ce moment-là on n'avait pas encore retrouvé le... enfin, William, et il paraît que monsieur Verneuil était persuadé qu'il avait fait une fugue. Alors je me demande bien où était le danger ! Il a quand même ajouté que si par hasard on remarquait quoi que ce soit, on devait tout de suite le lui raconter. À lui et à personne d'autre ! Bizarre, non ?

Wiggins sentit son cœur s'accélérer. Il n'était donc pas le seul à s'interroger sur le professeur de français ! Qu'était-il donc allé faire dans la chambre de Param ? L'intéressait-elle parce qu'elle était voisine de celle de Lowell ? Qu'avait-il en tête ?

— Pourquoi est-ce qu'ils l'ont tué, à ton avis ? demanda Lowell en se tournant vers Wiggins.

Celui-ci haussa les épaules.

— Je suppose qu'ils l'avaient enlevé avec l'intention de réclamer une rançon à ses parents. Mais William s'est débattu, ils l'ont assommé pour le calmer et ils ont frappé un peu trop fort. D'après le médecin, il a reçu un coup derrière le crâne.

Les deux garçons baissèrent la tête. Des larmes brillèrent sur les joues de Lowell.

— Mais ils ne recommenceront pas, affirma Wiggins. De toute façon je veille sur toi. Maintenant que tout le monde est sur la défensive, ils ne sont pas près d'entrer dans le collège.

— Sauf qu'ils sont peut-être déjà là, murmura Param.

— Comment ça, déjà là ?

— À l'intérieur du collège.

— On s'en serait aperçu, quand même ! dit Lowell d'une voix tremblante.

— Tu ne comprends pas, s'énerva Param. Et si c'était quelqu'un du collège ?

— Quelqu'un du collège ? s'exclama Lowell. Qui ça ? Habakkuk ? Un domestique ?

Param haussa les épaules.

– Tout de suite, les domestiques ! Tu crois que tous les criminels sont des domestiques ou des étrangers, c'est ça ?

– N'importe quoi ! Seulement ça ne peut quand même pas être un élève ou un professeur !

Wiggins se garda d'intervenir. Il était certain que Param avait une idée en tête. Il ne fallait surtout pas le braquer en le harcelant de questions. La naïveté et la maladresse de Lowell seraient certainement plus efficaces.

– Et pourquoi pas ? fit le jeune Indien. Tu crois que la corde est venue là par miracle ? Qu'un sorcier l'a fait monter le long du mur en lui ordonnant de s'attacher au pied du coffre ? Il a bien fallu que quelqu'un l'installe ! Alors peut-être que des gens sont venus de l'extérieur, mais quelqu'un du collège les y a forcément aidés.

Lowell ne répondit rien.

– Tu penses à quelqu'un en particulier ? demanda doucement Wiggins.

– Oui, mais je ne peux rien dire sans être sûr. Accuser sans preuves ne serait pas fair-play.

– Tu ne penses quand même pas à monsieur Verneuil ? risqua Lowell.

Param secoua la tête.

– Je ne peux rien dire. Je dois d'abord chercher des preuves, et il ne faut surtout pas que le coupable devine que je le soupçonne. S'il l'apprenait, il serait capable de tout. Mais si j'arrive à prouver qu'il a aidé des criminels, je le dirai à la police. Dans ma religion, protéger un criminel est aussi un péché.

– Il faut nous donner son nom, intervint Wiggins. Si ce type est si dangereux, tu ne pourras rien faire tout seul. Je suis prêt à t'aider, si tu es d'accord.

– Je sais, opina Param. Toi, tu m'inspires confiance. Toi aussi, Lowell, bien sûr. Mais pour l'instant j'ai juste des soupçons.

– Et alors ? Il faut les vérifier ! Pense à ce qui est arrivé à William !

– Je ne sais vraiment pas…

Param n'acheva pas sa phrase. Tête baissée, il réfléchissait intensément. Donne-nous son nom, se disait en lui-même Wiggins.

Au moment où Param relevait la tête, paraissant enfin prêt à parler, une porte claqua à l'étage inférieur. Le jeune Indien se leva comme un ressort en chuchotant :

– Une ronde !

Il quitta la chambre sur la pointe des pieds.

– Vite ! fit Lowell en se remettant au lit.

Wiggins souffla la chandelle et se glissa sous les draps.

– Une ou deux fois par semaine, expliqua Lowell, un des professeurs fait une ronde. Celui qui est pris encore debout écope d'une punition. Recopier cent vers de Virgile ou nettoyer la cour. Parfois, le préfet en rajoute en nous obligeant à cirer ses chaussures pendant une semaine.

Quelqu'un entrouvrit la porte de la chambre. D'après le gabarit du visiteur, Wiggins devina que c'était Fergus Kinloch qui était de corvée ce soir. Il entendit les portes des autres chambres s'ouvrir puis se refermer une à une, et enfin des pas redescendre l'escalier. Apparemment, personne n'avait enfreint le règlement.

– Tu crois que Param soupçonne vraiment quelqu'un ? demanda Lowell.

– Je suppose que oui, répondit Wiggins. Mais je ne comprends pas pourquoi il n'a pas voulu nous dire à qui il pense.

– C'est normal. Un Midcolliste respecte toujours le code d'honneur.

– Quoi ?

– Ici, on apprend à ne jamais mentir, sauf si la vérité peut mettre un camarade en difficulté. Par exemple… Tu te bats avec un copain, il te donne un coup terrible et tu saignes du nez. Si un professeur te demande ce que tu as, tu lui dis que tu es tombé. Et s'il te fait remarquer que tes vêtements ne sont pas sales, eh bien tu réponds qu'il n'y a que ton nez qui a touché le sol. Et le professeur fait semblant de te croire, parce qu'il sait que tu ne dénonceras jamais un camarade.

– C'est incroyable ! Et qu'est-ce qui se passe si tu le dénonces ?

– Mais c'est impossible, ce serait la honte ! Tout le collège serait contre toi, le préfet t'en ferait voir de toutes les couleurs. Ta mauvaise réputation pourrait te suivre jusqu'après le collège. Même à Oxford ou à Cambridge, on risquerait de te montrer du doigt.

Wiggins n'en revenait pas.

– Finalement, conclut-il, c'est comme dans les bas-fonds de Londres. Le pire criminel est bien vu par ses amis, du moment qu'il ne les trahit pas.

– Ah non, ce n'est pas du tout la même chose !

Bien sûr que si, c'était la même chose. Ce code d'honneur avait empêché Param de donner un nom, et il risquait d'en mourir si Wiggins ne devinait pas rapidement à qui il pensait.

– Dors bien, Lowell, dit-il.

– Bonne nuit, Wiggins. Dis, la chandelle, tu peux la rallumer ?

CHAPITRE 19

Le lendemain, la police envahit le collège dès neuf heures pour reprendre interrogatoires et investigations. Après les cours de la matinée, on annonça aux élèves qu'ils devraient exceptionnellement attendre le moment du déjeuner dans les salles d'étude ou à la bibliothèque. Il n'était pas question de troubler le travail des policiers par des hurlements de sauvages dans la cour. D'ailleurs les parents de William Hodson arriveraient dès qu'ils auraient appris le drame et on se devait de respecter leur deuil.

Ashley opta pour la bibliothèque. Il aurait moins de risques d'y croiser Stanley Croft, sans doute occupé à faire respecter le calme en salle d'étude. Il s'empara d'un livre pris au hasard et alla s'asseoir à la table la plus reculée, la plus discrète, la moins visible. Ses camarades le regardaient avec suspicion depuis qu'on était venu le chercher pendant le cours d'histoire pour répondre aux questions des policiers. Il espérait s'être tiré à peu près correctement de l'interrogatoire. Il avait vite compris que le seul moyen d'éviter les ennuis était de nier être sorti de sa chambre durant la nuit où William avait disparu. Il n'avait donc pas dit ce qu'il avait vu cette nuit-là, et les policiers avaient fini par le laisser retourner en cours.

Il savait à qui il devait cet interrogatoire. La veille au soir, au moment où ils quittaient la chapelle après la prière, Stanley Croft s'était collé contre lui et lui avait murmuré à l'oreille :

— Tu n'as pas fini ton travail, rouquin. On avait dit ce soir minuit, n'oublie pas ! C'est vrai que ce n'est pas facile avec la police qui fouine partout. Mes camarades et moi, on veut bien t'accorder jusqu'à demain soir. Même heure, même endroit.

— Vous êtes fous, avait chuchoté Ashley.

— Au fait, j'ai été obligé de dire à la police que tu te baladais souvent dans les couloirs la nuit. Tu croyais que je ne le savais pas ? Je sais *tout* ce qui se passe dans ma maison, Ashley ! Je pourrais leur raconter que tu es sorti de ta chambre la nuit dernière. Que je me suis rendormi aussitôt, mais qu'un bon moment plus tard je t'ai entendu rentrer et que tu étais trempé.

— Mais ce n'est pas vrai !

— Et alors ? Tu pourras toujours nier, la parole d'un préfet a autrement plus de valeur que celle d'une larve. Tu es en mauvaise posture, Ashley. Bien sûr, si tu termines le travail, je ne dirai rien. À toi de décider. Bonne nuit, bébé !

Ce garçon était le diable en personne, il tiendrait sûrement sa promesse et il avait raison, c'était lui qu'on croirait. Le seul moyen de l'arrêter était de faire ce qu'il exigeait, mais Ashley s'en sentait incapable. Comment se sortir de cette situation ? Ce soir, à minuit, les autres l'attendraient dans la chapelle. Quelles représailles imagineraient-ils lorsqu'ils comprendraient qu'il refusait d'entrer dans leur jeu ?

Se rappelant soudain la méthode à laquelle sa mère

avait recours lorsqu'elle avait une décision difficile à prendre, il alla chercher une Bible, l'ouvrit au hasard, et lut la première phrase qui tombait sous ses yeux.

Celui qui déclare la vérité favorise la justice, mais le faux témoin favorise l'erreur.

Le sort en était jeté, il devait parler ! Mais à qui ? Certainement pas à la police. À un élève ? Les juniors le regarderaient avec effroi et le supplieraient de garder le silence. Quant aux seniors, il ne pouvait savoir lesquels seraient prêts à défendre Stanley et lesquels oseraient prendre le risque de le trahir. Le directeur ? Il estimait trop ses préfets, il refuserait d'écouter. Un professeur ? Kinloch était fort en gueule mais ne prenait rien au sérieux. Verneuil était beaucoup trop français pour comprendre les lois du collège et prendre la bonne décision. Bell était donc le seul recours possible. D'après ce qu'Ashley avait compris, il avait souffert, enfant, des moqueries des grands. En dépit de ses airs doux et naïfs, il avait prouvé à plusieurs reprises qu'il était capable de défendre un élève injustement accusé ou de protéger un junior en butte aux railleries des seniors. De plus, il n'était pas du genre à trahir les secrets. Il serait sûrement de bon conseil.

Ashley n'avait pas de temps à perdre. À cette heure-ci, il avait peut-être une chance de trouver Bell dans son bureau, penché sur les comptes du collège. Il quitta la bibliothèque et descendit au rez-de-chaussée. Un silence total régnait dans le bâtiment de l'administration, la salle de réunion et celle des professeurs étaient sûrement désertes. Ashley s'approcha de la porte du secrétariat et frappa timidement.

– Oui ? fit la voix fluette du professeur de mathématiques.

Ashley risqua une tête à la porte.

– Je peux vous parler, monsieur ? Je ne vous dérange pas ?

– Ashley ! Bien sûr que vous pouvez entrer. Mes comptes attendront bien un moment. C'est le seul prétexte que j'ai trouvé pour échapper à la réunion avec les policiers. Ils sont tous enfermés dans le laboratoire de chimie à épiloguer sur cette horrible histoire. C'est bien triste. J'ai toujours trouvé les chiffres plus rassurants que les humains, mais je doute que vous partagiez mon avis.

– Cela m'arrive, monsieur, répondit Ashley. Aujourd'hui, par exemple…

Charles Bell considéra Ashley avec perplexité en fourrageant pensivement dans sa barbiche.

– Eh bien, eh bien… Alors ce doit être très grave. Que se passe-t-il donc, mon garçon ?

Ashley avait décidé de commencer par le plus facile. Il expliqua qu'il lui arrivait d'être somnambule. La plupart du temps, il se promenait dans la maison et retournait se coucher sans s'être rendu compte de quoi que ce soit, n'apprenant sa mésaventure nocturne que par ce que ses camarades lui en disaient.

– Mais il m'arrive aussi de me réveiller brusquement, sans savoir pourquoi je me trouve dans la salle d'étude ou en train d'errer dans le grenier. Je vous assure, monsieur, que c'est effrayant ! Et si une nuit je montais sur le toit et tombais dans la cour ? Ou bien je pourrais assommer quelqu'un qui se trouverait sur mon chemin…

– C'est peu probable, le rassura Charles Bell. J'ai moi-même été somnambule autrefois, aussi je connais bien la question. Les somnambules se dirigent aussi bien qu'en plein jour et s'égarent rarement. Quant à assommer celui qui vous réveillerait, j'en doute, à moins que vous ne vous trouviez face à un vagabond armé d'un couteau, auquel cas vous ne feriez que vous défendre. S'il n'y a que cela pour vous tracasser, Ashley, vous pouvez retourner avec vos camarades l'esprit en paix.

Ashley fut à deux doigts de renoncer, d'arrêter là ses confidences et de repartir en remerciant son professeur. Mais il se représenta le visage blafard de Stanley Croft, ses yeux presque incolores et ses mains sinueuses comme des serpents, il crut entendre sa voix lui murmurant à l'oreille qu'il avait bien des choses à révéler à la police. S'efforçant de respirer lentement, il reprit :

— Il n'y a pas que cela, monsieur. Cela m'est encore arrivé pendant la nuit de mercredi à jeudi.

Charles Bell cessa de fourrager dans sa barbiche. Il croisa les bras sur son bureau, regardant Ashley fixement.

— Bien, murmura-t-il pour l'encourager. C'était donc la fameuse nuit... Allez-y, Ashley, et surtout ne me cachez rien.

— Je ne sais pas où je suis allé, monsieur. Mais je me suis réveillé brusquement, terrifié de me trouver dans l'obscurité.

— Cette nuit-là était en effet particulièrement noire, dit le professeur d'une voix très douce comme s'il tentait d'apaiser un animal effrayé.

— Finalement, en tâtonnant, j'ai senti les bords d'une carte de géographie et j'ai compris que j'étais descendu dans une des salles de cours. Je suis remonté comme j'ai pu, en rasant les murs pour me repérer. J'étais presque en haut de l'escalier quand j'ai senti de l'air froid qui venait de la fenêtre qui est au bout du couloir. Et j'ai vu une lueur s'en approcher, venant d'en bas. J'ai voulu crier, mais je n'avais plus de voix !

Et puis quelqu'un est apparu, le visage d'abord, puis le buste. Il avait accroché sa lanterne autour de son cou pour s'éclairer. Je l'ai bien reconnu. Les vêtements trempés, les cheveux en broussaille… C'était ce garçon qui est arrivé au collège il y a quelques jours et qui dort à notre étage !

Charles Bell resta un instant la bouche grande ouverte.

— Wiggins ? demanda-t-il finalement.

— Oui, monsieur. Wiggins !

Le professeur se remit à fourrager dans sa barbiche.

— Vous avez bien fait de venir me trouver, dit-il enfin. Est-ce que vous avez raconté cela à la police ?

— Non, je n'ai pas osé. Ils auraient compris que je m'étais levé, moi aussi, et ils m'auraient peut-être soupçonné de quelque chose. D'avoir attaché la corde, d'être au courant de ce que voulait faire William, je ne sais pas, moi !

Charles Bell parut soulagé.

— Vous avez eu raison de ne rien dire. Maintenant, vous allez suivre mon conseil : n'en parlez à personne, c'est moi qui vais me charger de régler cette affaire. Je saurai parler aux policiers sans vous mettre en cause, ce sera mieux pour vous. Oubliez cela et ne vous tracassez pas. Je connais bien Wiggins, vous n'avez rien à craindre. Ne dites rien à personne, faites-moi confiance et vous n'aurez aucun problème. C'est entendu ?

— Mais vous ferez ce qu'il faut, n'est-ce pas ?

— Bien sûr, bien sûr.

Ashley ne fut pas du tout convaincu. Il était très déçu par la réaction de monsieur Bell. Celui-ci ne paraissait pas avoir saisi la gravité de cette confidence. À moins que… Soudain, Ashley se demanda si son professeur ne savait pas des choses qu'il ignorait. Il ne

pouvait tout de même pas être complice avec Wiggins !
Si ce Wiggins avait joué un rôle dans la disparition de
William, ce qui paraissait plus que probable, il fallait
le démasquer au plus vite.

— Et puis je voulais aussi vous dire… reprit Ashley,
la gorge sèche.

Maintenant, il fallait parler de Stanley, raconter ce
qu'il faisait à la chapelle avec ses amis, rapporter ses
exigences abjectes. Mais Ashley n'était plus très sûr
d'avoir frappé à la bonne porte. Il se demandait si
monsieur Bell était bien l'homme courageux et fiable
qu'il avait cru. Pouvait-il prendre le risque de lui
confier ce qu'il savait sur le préfet ? Et si le professeur
refusait de le croire ? Et s'il s'empressait d'aller raconter
à Stanley les ignominies dont on l'avait accusé ?

Mieux valait renoncer, chercher un autre moyen
de s'en sortir. Ashley ne voyait pas lequel, mais il finirait
bien par avoir une idée. Il disposait encore de
quelques heures de sursis.

— Oui ? Qu'y a-t-il d'autre ? demanda le professeur.

— Non, en fait, il n'y a rien, marmonna Ashley. Je
vous remercie, monsieur.

Il se leva, s'inclina légèrement et se dirigea vers la
porte.

— Vous allez faire quelque chose, n'est-ce pas,
monsieur ? insista-t-il cependant avant de quitter la
pièce. Je sais que cela paraît incroyable, on n'aurait
jamais cru cela de lui, mais je vous assure que c'est la
vérité.

— Ne vous tracassez surtout pas, Ashley. Comptez
sur moi pour tirer les conséquences de ce que vous
m'avez dit. Mais j'insiste encore une fois : vous devez
absolument garder cela pour vous. Si vous avez raison,
vous pourriez être en danger.

En danger ? Ashley l'était plus que jamais. Il venait de dénoncer un jeune homme qui était peut-être coupable de meurtre, et il ne savait plus vers qui se tourner pour échapper à Stanley Croft.

— Merci, monsieur, dit-il d'une voix atone. Au revoir, monsieur.

CHAPITRE 20

Coller aux pas de Lowell n'était pas simple. Si Wiggins n'avait pas son pareil pour se rendre invisible dans les rues de Londres, c'était beaucoup moins facile dans un collège où un meurtre aussi mystérieux qu'horrible avait mis tout le monde sur la défensive. Il n'y avait *a priori* rien à redouter pendant les cours, mais il préférait néanmoins rester à proximité de la salle où se trouvait Lowell. Les heures de liberté, tout comme celles de sport, étaient pour lui un véritable casse-tête. Lorsqu'on annonça aux élèves que la récréation précédant le déjeuner était supprimée, Wiggins vit avec soulagement Lowell se rendre en salle d'étude. Il disposait donc d'une petite heure de liberté, qu'il comptait mettre à profit pour aller jeter un coup d'œil dans les affaires d'Ashley Lawrence. Ce garçon l'intriguait car le bruit courait qu'il avait erré dans les couloirs de la maison Têtes de lard durant la nuit du meurtre.

Wiggins se rendit donc dans la grande pièce où étaient alignés huit lits, séparés par des bibliothèques montant à peine à hauteur d'homme. Comme dans les chambres, chaque élève disposait d'un coffre pour ranger ses affaires personnelles, mais l'espace à sa disposition était restreint. Wiggins évoqua la pièce unique qu'il avait longtemps partagée avec sa mère avant qu'elle soit engagée chez le comte Brazenduke, et où il vivait maintenant seul. Une chambre pleine de courants d'air et fréquentée par les souris, avec une cheminée qui tirait mal. Pourtant, il n'eût échangé pour rien au monde sa liberté inconfortable contre un lit moelleux dans ce dortoir. Comment pouvait-on supporter cette promiscuité de tous les instants, ces journées ponctuées par les incessants appels de la cloche, ces ordres et ces interdictions contre lesquels on ne pouvait se rebiffer sous peine de châtiment ou de renvoi ?

Il repéra facilement l'alcôve d'Ashley Lawrence, car le nom de chaque élève était inscrit sur une tablette accrochée au-dessus du lit. Wiggins n'avait pas la moindre idée de ce qu'il espérait trouver dans les affaires du jeune Lawrence. Ce garçon mou n'avait certainement rien d'une graine de criminel. Si vraiment il s'était baladé dans les couloirs la nuit du meurtre, ce n'avait pu être qu'au cours d'une de ses crises de somnambulisme. Il restait cependant une possibilité : qu'on l'eût utilisé plus ou moins à son corps défendant. Il fallait bien en effet que quelqu'un fixe la corde qui avait permis au ravisseur de s'introduire dans la maison. Or Wiggins estimait qu'Ashley devait être assez facile à manipuler par la peur ou le chantage, ou bien encore en lui racontant une histoire à dormir debout dont il serait trop naïf pour douter. Il était en tout cas certain d'une chose : Ashley Lawrence vivait dans l'angoisse depuis la disparition de William Hodson.

Il ouvrit un à un livres et cahiers. Malheureusement, Ashley n'avait pas éprouvé le même besoin que William

Hodson de rédiger un journal. Wiggins ne trouva absolument aucun élément susceptible de l'aider à décrypter le comportement de ce garçon. Il ne lui restait plus qu'à soulever le matelas, sans aucun espoir d'ailleurs. Il s'approchait du lit lorsque la porte du dortoir s'ouvrit doucement.

Il reconnut tout de suite le long nez et le teint blafard du préfet.

— Que diable faites-vous ici ? s'écria Stanley Croft.

— On m'a dit qu'une des fenêtres du dortoir fermait mal, il paraît qu'hier la pluie a inondé le parquet.

— Ah oui ? Quelle fenêtre ?

Le regard soupçonneux de Croft signifiait explicitement : « Et vous comptez la réparer à distance depuis le lit d'Ashley Lawrence ? »

Wiggins se dirigea vers la fenêtre la plus proche, l'ouvrit, la referma, examina les joints.

— Rien de particulier, conclut-il en haussant les épaules.

— Vous devriez en profiter pour examiner les autres, lui suggéra Croft d'un air narquois. On ne sait jamais !

— C'est exactement ce que je vais faire, répondit Wiggins avec assurance.

Tandis que le préfet vérifiait le stock de chandelles, Wiggins s'activa, allant d'une fenêtre à l'autre. Mais dès que Croft eut quitté la pièce, il fit un bond jusqu'au lit d'Ashley et souleva le matelas. Rien. Soupçonner le jeune Lawrence ne tenait pas debout. Wiggins quitta le dortoir en proie au découragement. Maintenant que la police était là, il s'attendait à chaque instant à s'entendre dire par le directeur qu'on n'avait plus besoin de ses services. Il devait à tout prix découvrir quelque chose qui avait échappé aux policiers, mais de quel côté chercher ? Il repensa soudain à la pièce de monnaie ramassée par Roland Verneuil à l'endroit où avait stationné la carriole. Il se mit en quête du professeur de français, en commençant par la salle des professeurs. Mais elle était déserte, tout comme la salle de réunion. Il frappa à la porte du secrétariat sans obtenir de réponse, ce qui n'était guère surprenant : tout le monde savait que Charles Bell, lorsqu'il était plongé dans ses comptes, était sourd comme un pot. Wiggins entrouvrit la porte, risqua une tête à l'intérieur. La fenêtre était ouverte et des cahiers de comptes étalés sur le bureau. Charles Bell ne devait pas être loin, car il ne quittait certainement jamais cette pièce sans avoir enfermé à clé les documents comptables. Wiggins s'apprêtait à refermer la porte lorsqu'il perçut dans son champ de vision une masse sombre qui dépassait du bureau. Baissant les yeux, il découvrit avec stupeur des jambes de pantalon se terminant par des chaussures reconnaissables entre mille : les brodequins toujours mal cirés du professeur de mathématiques !

Le cœur battant, Wiggins repoussa la porte derrière lui. En trois bonds, il fut derrière le bureau. Il n'eut pas besoin de se baisser pour savoir que Charles Bell était mort. Il était écroulé face contre terre, une blessure sanglante à la nuque. On avait retiré l'arme, libérant des flots de sang qui avaient imbibé le col et le haut de la redingote, et même coulé sur le tapis élimé. Par acquit de conscience, Wiggins s'accroupit pour prendre le pouls du malheureux. Il était inexistant.

Le premier réflexe de Wiggins fut de courir prévenir le directeur. Mais il savait qu'il lui serait pour ainsi dire impossible, ensuite, de pénétrer dans la pièce où les policiers s'activeraient. C'était *maintenant* qu'il devait noter mentalement tout ce qu'il y avait à observer.

Comme il l'avait si souvent vu faire par Sherlock Holmes, il examina donc avec soin les traces, l'état du tapis, la fenêtre et ses abords, la façon dont la victime était tombée, les objets et les papiers qui se trouvaient sur le bureau. Tout en enregistrant ces informations, il ne cessait d'évoquer l'acuité du regard et l'extraordinaire savoir-faire de Sherlock Holmes dans ces moments cruciaux. Le détective ressemblait alors à un chien de chasse sur la piste du gibier : totalement concentré, implacable, presque inhumain. Wiggins croyait presque entendre les petites exclamations étouffées qu'il poussait lorsqu'un bout de fil, un grain de poussière ou un pied de meuble légèrement déplacé lui apprenait ce qui s'était passé en ce lieu.

Quand il eut achevé, il se mit en quête du directeur. Il le trouva dans le laboratoire de chimie avec les professeurs principaux et les policiers.

– Monsieur Bell a été assassiné ! annonça-t-il sans préambule. Dans son bureau ! Poignardé !

Des exclamations d'horreur fusèrent de toutes parts. Le visage du directeur fut animé de contractions inquiétantes et se mit à ressembler, tant par la consistance que par la couleur, à de la gelée de pomme verte. Mais il se ressaisit et tout le monde se précipita vers le bâtiment administratif, le constable et le sergent de police ayant les plus grandes peines à empêcher les professeurs de pénétrer les premiers dans la pièce. Après un instant de silence atterré, chacun y alla de son commentaire, de ses lamentations, de ses hypothèses, tandis que les policiers s'activaient autour du cadavre. Monsieur Baring-Gould était abattu – et même totalement annihilé, précisa-t-il –, l'Écossais prêt à tordre le coup de l'assassin de ses propres mains pourvu qu'on le lui présente, et le Français… Eh bien Wiggins trouvait le Français bien calme, comme s'il s'était attendu à ce nouveau meurtre.

— Le meurtrier est certainement entré par là, affirma le constable en désignant la fenêtre ouverte.

Wiggins faillit le contredire, mais décida finalement de laisser tout le monde s'agiter avant d'exposer ses propres conclusions. C'était l'attitude préconisée par Sherlock Holmes, et elle obtenait toujours le résultat escompté : l'estime et la docilité des forces de l'ordre.

Le croassement d'un corbeau résonna soudain dans le couloir, faisant sursauter tout le monde. L'instant d'après Habakkuk se tenait sur le seuil.

— La voiture de monsieur et madame Hodson est à la porte du collège, monsieur le directeur, dit-il en s'inclinant légèrement.

— Il ne manquait plus qu'eux, soupira monsieur Baring-Gould en se prenant la tête dans les mains. Nous sommes dans une situation dramatique. Effroyable. Et même désastreuse. Que vais-je devenir ? Que va-t-il advenir du collège ?

Il se redressa en laissant échapper un gémissement et regarda le portier.

— Monsieur Bell vient d'être assassiné ! lui annonça-t-il d'une voix d'outre-tombe.

La moustache d'Habakkuk s'affaissa.

— Assassiné ! répéta-t-il en s'avançant dans la pièce.

Quand il vit le cadavre, il regarda l'un après l'autre policiers et professeurs d'un air halluciné. Et soudain, piquant vers Wiggins, il hurla :

— C'est lui ! Je l'ai vu entrer dans le bâtiment tout à l'heure ! Qu'est-ce qu'il venait y faire, à part tuer ce pauvre monsieur Bell ?

— Calmez-vous, je vous en prie, dit le directeur. Nous savons tous qu'il est venu ici, puisque c'est lui qui a trouvé le… ce… C'est lui qui nous a avertis.

— Ah oui ? hurla Habakkuk en se dressant sur ses ergots. Quand on trouve un cadavre, on court tout de suite prévenir ! Lui, il a mis au moins cinq minutes à ressortir. C'est bien assez de temps pour poignarder un homme !

Il voulut se jeter sur Wiggins, mais le sergent l'attrapa par le col et le constable s'approcha de lui en lui disant avec sévérité :

— Si ce garçon est coupable, j'en fais mon affaire. Maintenant, retournez dans votre loge !

Les yeux d'Habakkuk parurent prêts à rouler hors de leurs orbites et il ouvrit la bouche pour protester, mais monsieur Baring-Gould posa une main apaisante sur son bras.

— Conduisez la voiture de monsieur et madame Hodson dans la remise, faites-les entrer chez moi et dites-leur que j'arrive dans un instant.

— Bien, monsieur le directeur, bougonna le portier. Mais vous verrez ce que je vous dis : le coupable, c'est lui !

Après son départ, le constable regarda méchamment Wiggins.

— Alors ? Qu'étiez-vous venu faire dans ce bureau, pour commencer ?

Wiggins préféra s'en tenir à la vérité.

— Je cherchais Verneuil, et je n'avais trouvé personne dans la salle des professeurs.

— Peut-être. Mais j'aimerais bien savoir ce que vous avez fait pendant les cinq minutes que vous avez passées dans cette pièce !

Le directeur s'interposa.

— Il est temps que je vous avoue quelque chose.

Le constable se tourna vers lui, le toisant de toute sa hauteur.

— Que vous *avouiez* quelque chose ? Et quoi donc, je vous prie, monsieur Baring-Gould ?

Le directeur se lança en grimaçant et en se dandinant d'un pied sur l'autre dans un exposé filandreux destiné à expliquer la présence de Wiggins au collège : les ignominieuses lettres anonymes reçues par lord Edward Summerfield, la menace terrible et même fatale qu'il estimait planer sur son fils, la nécessité qui s'était imposée de faire venir quelqu'un de totalement fiable pour veiller sur le jeune garçon, et l'idée qu'on avait eue soudain d'aller trouver le docteur Watson, le célèbre ami du non moins célèbre et encore plus regretté Sherlock Holmes, lequel avait chaudement recommandé Wiggins, un jeune homme de grand talent qui avait secondé le détective dans nombre de ses enquêtes, secondé et parfois même surpassé, il fallait bien le dire, ce qui impliquait bien sûr qu'il ne pouvait avoir ni enlevé ni assassiné William Hodson, pas plus qu'il n'avait le moindre mobile pour poignarder un inoffensif professeur de mathématiques qui doublait cette activité de celle d'économe dans un collège qui depuis toujours…

— C'est bon, j'ai compris ! coupa le constable. En un mot, vous m'avez caché l'existence de lettres anonymes adressées à un haut magistrat, lettres qui éclairent la mort de William Hodson d'un jour nouveau.

— En gardant le silence, je n'ai fait que respecter les ordres de lord Summerfield, se justifia le directeur.

— Peut-être, mais en présence d'un meurtre c'est à la police que vous devez obéir. Nous en reparlerons, monsieur Baring-Gould.

— Bien sûr, bien sûr, je me tiens à votre entière disposition.

Le policier eut un petit rire qui ressemblait au jappement d'un chien.

— Quant à vous, dit-il en se tournant vers Wiggins, vous avez de la chance. J'ai moi-même un jour travaillé avec Sherlock Holmes lors d'une enquête particulièrement difficile, que j'ai d'ailleurs résolue en un tournemain et sans son aide. Il m'avait parlé de vous avec les plus grands éloges. Votre nom me revient maintenant. Eh bien…

Il eut un rictus légèrement ironique.

— Puisque vous êtes si fort, quelles sont vos conclusions ? Après tout, vous avez vu le cadavre encore tout chaud…

— Ohhh, gémit le directeur.

Wiggins se dit que c'était le moment ou jamais d'impressionner cet homme fragilisé par la mort de son collègue et par les reproches du policier. Il se lança donc, en s'efforçant de montrer autant d'assurance que son défunt maître.

— Pour commencer, le meurtrier n'est pas entré par la fenêtre. C'est sûr que des traces de pas seraient difficiles à repérer sur la bande de graviers qui borde le bâtiment. Mais pour atteindre le bâtiment sans passer devant la loge d'Habakkuk, le meurtrier était bien obligé de traverser le terrain de sport. L'herbe est toute humide à cause de la pluie d'hier soir. S'il y avait des traces de pas, on les verrait ! Conclusion : l'assassin est venu *de l'intérieur* du collège.

De nouvelles protestations de désespoir jaillirent de la bouche de monsieur Baring-Gould.

— Bell est tombé assez loin de la chaise, continua Wiggins. J'en conclus qu'il était debout quand on l'a frappé. Vous avez remarqué la carafe renversée ? Il s'était sûrement levé pour aller remplir un verre d'eau. Maintenant, la plaie... On voit bien que le coup a été donné de haut en bas. Le meurtrier était donc beaucoup plus grand que la victime. Un type de la même taille ou plus petit n'aurait jamais pu frapper si fort. Et comme l'arme n'est pas dans la pièce, elle est sûrement ailleurs dans le collège, là où ce fumier l'a cachée. Si on la retrouve, ça nous aidera peut-être à savoir qui l'a mise là. Quant au mobile... Peut-être que Bell savait quelque chose au sujet de la mort de William Hodson et que ça a inquiété l'assassin. Mais...

— Ou bien, coupa le constable, ce Bell était complice de l'assassin du jeune Hodson. Celui-ci, venu de l'extérieur, avait besoin de quelqu'un pour fixer la corde. Et il vient de tuer cette personne pour l'empêcher de le trahir !

Tout le monde se récria. Charles Bell était incapable de la moindre malhonnêteté, et encore moins d'un crime dont la victime eût été un de ces jeunes garçons pour lesquels il était prêt à donner sa chemise !

— En tout cas, reprit le policier d'un air buté, je vous fiche mon billet que c'est le même homme qui a assassiné William Hodson et Charles Bell.

— C'est un peu trop tôt pour le dire, remarqua Wiggins. On a peut-être deux assassins et deux mobiles sans aucun rapport entre eux.

— Pfff ! fit le constable. Et quoi d'autre, monsieur le détective ?

— Rien pour l'instant, admit Wiggins. Mais je n'ai pas dit mon dernier mot.

Il perçut une lueur d'admiration dans le regard atone du directeur éploré.

À ce moment, la cloche du déjeuner sonna.

— Allez, allez, fit le constable. J'ai à travailler et il y a beaucoup trop de monde dans cette pièce.

Le directeur entraîna Wiggins et les deux professeurs à sa suite. Aussitôt dans le couloir, il recommença à se lamenter sur la perte irréparable que le collège venait de subir.

— Vous me cherchiez ? chuchota Roland Verneuil en se rapprochant de Wiggins.

— Oui, répondit celui-ci. Est-ce que vous savez enfin d'où vient la pièce qui était au bord de la route ?

— Pas encore.

Cette réponse sentait le mensonge comme la caque le hareng. Wiggins était certain que le professeur de français le menait en bateau. Mais il n'en avait cure. Lui aussi possédait une botte secrète, quelque chose qu'il avait trouvé dans le bureau de Charles Bell et qu'il n'avait montré à personne.

CHAPITRE 21

Sarah faisait tout pour l'éviter, il en était maintenant convaincu. Pas un instant, depuis le mercredi soir, il n'avait réussi à se trouver seul avec elle. Et cette fois encore elle n'était pas avec les autres à l'heure du déjeuner.

– Du retard dans son travail, expliqua Godfrey qui semblait décidément au courant des moindres faits et gestes de la jeune fille. Faut dire qu'avec deux macchabées en deux jours, il y a de quoi avoir la tête à l'envers.

– Et ta tête, elle est comment ? répliqua Wiggins.

Ne sachant comment interpréter cette réflexion, Godfrey continua à manger sans répondre.

Après le déjeuner, Wiggins traîna un moment dans les couloirs de la maison Têtes de lard. Puis il se dit qu'il perdait son temps, que rien n'arriverait à Lowell cet après-midi, que de toute façon un nouveau meurtre s'était produit à quelques pas de lui sans qu'il pût rien empêcher, et qu'enfin le temps était trop beau pour rester enfermé. Il avait une meilleure idée, qui avait germé pendant le déjeuner tandis qu'il observait avec répugnance Godfrey avalant goulûment sa tourte aux rognons.

Il alla donc trouver Habakkuk dans sa loge et prit son courage à deux mains pour demander à ce mal embouché à qui s'adresserait un gars des environs qui voudrait louer une voiture ou une carriole. Habakkuk sifflota comme un merle durant un long moment avant de se décider à répondre. Pour des gens de la haute qui voulaient une voiture correcte, il y avait la remise de Johnson à Midhurst. Sinon, on pouvait toujours essayer d'emprunter une carriole à un paysan du coin et le dédommager d'une façon ou d'une autre. Mais en général ils n'étaient pas très chauds. Il n'y avait guère que le vieux Fox à ne pas être regardant sur l'état dans lequel on lui rendait sa carriole. D'ailleurs il ne s'en servait plus guère, ça n'avait toujours été qu'un paresseux et ça ne s'était pas arrangé avec l'âge. Mais pourquoi diable Wiggins voulait-il louer une voiture ? S'il avait l'intention de s'encanailler au pub de Midhurst et de rentrer aussi rond qu'une barrique, il avait intérêt à y aller à pied, ça lui éviterait de terminer dans le fossé. De toute façon, le vieux Fox habitait dans la direction opposée, à trois miles du collège sur la route de Petworth.

Wiggins le remercia sèchement et passa le porche du collège, salué par le sifflement narquois du merle. Six miles aller et retour plus le temps de parlementer avec le vieux Fox, il en aurait pour près de trois heures. Peut-être la police ou le directeur seraient-ils intrigués par son absence, peut-être cela éveillerait-il leurs soupçons. Eh bien qu'ils se posent des questions ! Il comptait mener son enquête à sa manière et il avait bien le droit de profiter du soleil et de la nature. Il commençait à prendre goût au silence, au chant des oiseaux, aux nuits animées par le seul hululement de la chouette et le souffle de la brise. La rivière Rothe, qu'on franchissait sur un vieux pont de pierre, était lisse comme un miroir sur lequel couraient de petits nuages blancs. Comme on était loin des brouillards chargés de suie et de l'incessant vacarme de Londres ! Wiggins pensait à son cher Londres avec nostalgie, mais il avait découvert ici un autre monde auquel il trouvait de plus en plus de charme. Et Sarah n'y était pour rien, absolument pour rien !

J'aimerais pouvoir vous croire, mon cher Wiggins. Vous connaissant, j'ai quelques doutes. Je vous ai toujours trouvé un peu trop sensible à ce qui est éphémère.

Éphémère ! Au diable Sherlock Holmes et ses leçons ! Wiggins avait considéré le détective comme un roc inébranlable, comme un phare qui le guiderait parmi les récifs de la vie. Eh bien il était parti sans même un adieu. Lui aussi avait été éphémère, il n'y avait pas que les sentiments des filles qui ne duraient pas !

Mais le plaisir de cette journée printanière finit par avoir raison de son humeur morose, et la visite au vieux Fox acheva de le ragaillardir. Oui, répondit le bonhomme, quelqu'un était venu lui demander sa carriole. Un jeune homme qui en avait besoin pour la soirée de mercredi. Un garçon bien correct et qui parlait poliment. Quand il était revenu chercher la carriole, il avait laissé en échange un grand plaid en pure laine. Et en plus il n'avait pas traîné pour la ramener, Fox l'avait trouvée devant sa porte le jeudi matin à l'aube ! Non, le gars n'avait pas dit son nom, Fox s'en fichait comme de sa première culotte du moment qu'on le dédommageait. Quant à le décrire… Le vieux n'y voyait plus bien clair. Le garçon lui avait semblé plutôt grand, mais lui-même était si rabougri qu'il devait mesurer la taille des autres à l'aune de Lilliput. Les cheveux ni longs ni courts, d'une couleur moyenne, une voix normale… Bref, Wiggins n'était guère renseigné.

Une chose était sûre en revanche : le garçon venait du collège. Le plaid ne pouvait être que celui qu'on avait volé au malheureux professeur de mathématiques. Et si on pouvait se fier au témoignage du vieux qui avait évoqué un jeune homme bien élevé, le coupable devait être un des seniors. Voilà pourquoi il avait ramené la voiture dès l'aube : il devait à tout prix être dans sa chambre à l'heure du réveil et ne pouvait s'absenter pendant la journée. Le scénario était facile à reconstituer. Des vauriens l'avaient payé pour qu'il leur livre la victime, mais William s'était débattu et l'affaire avait mal tourné. Un élève du collège assassinant un de ses jeunes camarades… L'idée faisait froid dans le dos. Wiggins ignorait de quelle façon il allait exploiter sa découverte, mais il se jura de démasquer ce monstre.

Il y avait malgré tout quelque chose qui ne cadrait pas avec cette hypothèse : si le coupable était un élève du collège, comment avait-il pu confondre William Hodson et Lowell Summerfield ? Chaque nouvelle découverte soulevait de nouveaux obstacles, c'était exaspérant…

Lorsqu'il rentra au collège, à près de cinq heures de l'après-midi, Wiggins se dit qu'il était temps de parler à Sarah. Si elle ne voulait plus avoir affaire à lui, elle allait devoir le lui dire en face et lui expliquer pourquoi. La chance était avec lui car il l'aperçut avant même de passer le porche du collège. Elle était en train d'étendre du linge dans la partie du parc qui se trouvait juste derrière la buanderie. Il la rejoignit, tout sourire, se promettant de ne pas lui faire de reproches. Mais le mouvement de recul qu'elle eut en le voyant lui serra le cœur et il faillit rebrousser chemin.

— Sarah ! appela-t-il pourtant joyeusement. Il y a des mois que je ne t'ai pas vue !

Elle eut un petit rire qui ne ressemblait en rien à ses explosions de gaieté habituelles.

— On ne se connaît que depuis une semaine, fit-elle remarquer en continuant d'accrocher son linge.

La tension de ses épaules était visible. On eût presque dit qu'elle avait peur. Que s'imaginait-elle donc ? Qu'il allait se jeter sur elle et profiter de ce qu'ils étaient seuls, hors de l'enceinte du collège ? Wiggins s'approcha et dit doucement :

— Que se passe-t-il, Sarah ? On était devenus amis, en tout cas je le croyais… Tu ne m'as pas adressé la parole depuis la fête de mercredi.

Elle répondit en continuant à s'affairer de plus en plus nerveusement.

— Que veux-tu qu'il se passe ? J'ai du travail, c'est tout ! Toi aussi, non ?

— Je suppose tout de même que tu manges de temps en temps. Pourquoi tu n'es plus jamais avec les autres ?

Cessant enfin de s'agiter, elle enfonça les mains dans les poches de son tablier. Farouche et boudeuse, elle était aussi jolie que lorsqu'elle souriait.

— Dis-moi juste pourquoi tu me fais la tête, et je ne t'ennuierai plus jamais, insista Wiggins.

— C'est juste… commença-t-elle.

Toute sécheresse avait déserté sa voix. Ému, Wiggins s'approcha encore, se demandant s'il aurait l'audace de la prendre par la taille. Elle leva la tête et le regarda dans les yeux.

— Il ne faut pas m'en vouloir, Wiggins. Les autres disent de drôles de choses sur toi, alors je finis par me poser des questions.

— J'aimerais bien savoir ce qu'ils disent. Ils me connaissent à peine !

— Ils disent que c'est tout de même bizarre que le garçon ait été assassiné quelques jours après ton arrivée ici. Ils se demandent pourquoi tu loges au collège et pas avec les domestiques.

— Quels faux culs ! Ils n'ont qu'à me le dire en face, s'ils se méfient de moi ! Qui donc raconte des choses pareilles ?

— Tout le monde, répondit-elle évasivement. Enfin, surtout Godfrey.

— Ah, Godfrey ! Je comprends mieux. Tu ne vois pas que c'est la jalousie qui le rend hargneux ? Il est tout le temps derrière toi, et il a bien dû remarquer…

Il ne savait comment terminer sa phrase.

— Il n'a pas entièrement tort, reprit-elle. C'est un peu vrai, quand on y pense. Moi aussi je te trouve parfois bien mystérieux. En fait je ne sais pas vraiment d'où tu viens, et je ne veux pas prendre le risque de regretter… si jamais…

— Regretter ? Regretter quoi ? Si jamais quoi ?

— Tu comprends très bien ce que je veux dire, murmura-t-elle en soupirant.

Le savait-il ? Il n'en était pas du tout certain.

— Ne m'en veux pas, Wiggins, c'est la première fois que… enfin…

Toutes ses craintes fondirent, il la prit dans ses bras. Elle tourna son visage vers lui et ce fut aussi merveilleux que la nuit de son anniversaire. Mais aujourd'hui il faisait jour et Wiggins n'avait pas bu de cognac. Qu'allait-il dire, ensuite ? L'émotion et la timidité le paralysaient. Il resta un long moment à la serrer contre lui, les yeux fermés, respirant son parfum et la douceur de l'air.

Et maintenant, Wiggins ? Je suis curieux de savoir comment vous allez vous tirer de cette situation...

L'apparition d'une silhouette qui s'avançait en claudiquant sous les arbres du parc vint à point nommé le tirer d'affaire.

– Je dois y aller, dit-il gentiment à l'oreille de la jeune fille. Tu viendras dîner avec nous, hein ? Ensuite on pourrait se promener. Mais pas très longtemps, je t'expliquerai pourquoi. Je te promets de te dire pourquoi je suis ici, pourquoi je suis arrivé justement maintenant. Mais il faudra me jurer de le garder pour toi.

– Je te le jure, tu peux compter sur moi, Wiggins !

Il lui arracha encore un baiser et s'enfuit en courant en direction du parc. Ce soir, il lui dirait tout, ce soir il ne serait plus intimidé. Enfin, il l'espérait. Il avait juste besoin d'un peu de temps.

Il gagna la lisière des arbres, se demandant ce que Roland Verneuil faisait dans le bois à pareille heure. Sans doute n'avait-il plus de cours ce jour-là, et il avait tout à fait le droit d'aller se promener. Cependant cet homme avait un peu trop souvent un comportement insolite. Pourquoi semblait-il s'acharner contre William Hodson au point que celui-ci éprouve le besoin de s'en plaindre dans son journal ? Qu'était-il allé faire dans la chambre de Param le jour précédant le premier meurtre, et pourquoi avait-il menti au jeune Indien en prétendant qu'il sortait de la chambre de William et Lowell ? Pourquoi cet homme, qui s'intéressait suffisamment aux énigmes pour créer le club du *Millionnaire manquant*, avait-il interdit à ses membres de tenter de savoir qui avait tué William Hodson ? Pourquoi semblait-il toujours à l'affût, observant et écoutant sans livrer ses propres pensées ? Pourquoi, lorsqu'on avait découvert la disparition du jeune Hodson, avait-il tout fait pour qu'on avertisse la police le plus tard possible, insistant sur l'hypothèse tout à fait improbable d'une fugue ? Pourquoi était-il allé examiner l'endroit où la carriole avait stationné, et pourquoi gardait-il pour lui une pièce de monnaie qui constituait peut-être un indice important ? Cet homme était extrêmement suspect, et Wiggins prit son apparition soudaine dans les bois comme un signe du destin. Il était certain que le Français n'était pas venu là pour une simple promenade. Il allait le suivre et découvrir ce qu'il cachait.

Roland Verneuil avait emprunté le chemin qui conduisait jusqu'à la route de Londres, puis tourné à droite à mi-parcours pour s'enfoncer dans un sentier ombrageux et humide envahi par les ronces. Sans doute avait-il mis des chaussures de marche en prévision de cette expédition. Wiggins, lui, eut bientôt les pieds glacés. Que diable un vieux professeur perclus de rhumatismes pouvait-il venir chercher dans cet endroit hostile ? Wiggins faisait mille suppositions, allant jusqu'à imaginer un complice tapi dans une grotte ou un troisième cadavre que Verneuil venait enterrer. Sauf que l'homme n'avait ni pelle ni bêche et qu'il était difficile de l'imaginer se mettant à creuser une tombe à mains nues. Plongé dans ses conjectures, Wiggins ne prêta pas attention à une légère dénivellation remplie d'eau boueuse dans laquelle il glissa. Il fut à deux doigts de se retrouver par terre. Il se dégagea tant bien que mal en pestant intérieurement. Ses chaussures étaient trempées et l'humidité grimpait maintenant le long de ses jambes.

Quand il releva la tête, ce qu'il vit faillit lui arracher un cri de surprise. Roland Verneuil se tenait très droit et s'étirait avec un plaisir évident. Il ne ressemblait plus du tout au vieux professeur à la démarche inégale, mais à un sportif heureux de faire jouer ses muscles. Et soudain il se mit à courir en faisant des moulinets avec les bras ! Effaré, Wiggins le regardait s'ébrouer comme un jeune poulain, lever l'une après l'autre les jambes pour amener ses genoux au niveau de son visage, puis s'accroupir et se relever, bras tendus en avant, en soufflant avec bruit tel un gymnaste à l'entraînement. Wiggins avait l'impression de rêver ! Il ne s'était donc pas trompé ! Cet homme jouait la comédie, il ne s'était fait embaucher au collège que pour accomplir de sinistres desseins qui visaient sans aucun doute Lowell Summerfield ! Wiggins l'observa encore un long moment, avant de conclure qu'il était venu dans les bois pour détendre ses muscles tétanisés par la contrainte qu'il leur imposait en permanence. Il ne fallait surtout pas traîner ici. C'était même dangereux, car cet individu douteux n'hésiterait certainement pas à étrangler celui qui l'aurait démasqué. Il y avait plus utile : aller fouiller sa chambre et tenter d'y découvrir des preuves de sa culpabilité.

Wiggins rebroussa chemin, regagna le collège à grandes enjambées et se dirigea vers la maison Têtes de lard. Les professeurs logeaient au-dessus du réfectoire, dans le bâtiment ouest. On pouvait y accéder par une porte s'ouvrant au premier étage à côté de la salle d'étude. À cette heure-ci les élèves s'y trouvaient tous, sous la surveillance de Fergus Kinloch dont les rodomontades faisaient trembler les murs. Wiggins avait donc toute latitude pour gagner les appartements des professeurs sans risquer une mauvaise rencontre. C'était néanmoins d'une audace folle.

Comme dans les chambres des élèves, le nom de l'occupant était indiqué sur une tablette accrochée à côté de la porte. Wiggins ouvrit sans bruit celle du professeur de français. Il reconnut tout de suite l'odeur qui émanait des vêtements toujours impeccablement propres de Roland Verneuil. Des vêtements venus de Paris, bien sûr, comme Wiggins put le vérifier en examinant la penderie. La petite bibliothèque contenait des dictionnaires, des livres de grammaire française, un ouvrage sur les religions du monde entier, quelques romans français, mais aussi nombre d'ouvrages en anglais. Une pile de journaux s'effondrait sur la table de travail. Rien de tout cela n'était très révélateur. Si Roland Verneuil cachait quelque chose, il avait pris soin de ne pas se trahir. Wiggins se glissa dans le petit cabinet de toilette. Broc, cuvette, ciseaux à barbe, serviettes y étaient en bon ordre. Wiggins retourna dans la chambre. Il devait maintenant s'attaquer aux tiroirs de la table, le seul endroit où ranger des papiers personnels. Mais il ne se faisait guère d'illusions : il ne trouverait ni journal intime, ni confession, ni lettres compromettantes. Une fouille méthodique confirma en effet ses craintes. Un dernier espoir le poussa à sortir entièrement les tiroirs pour s'assurer qu'il n'y avait pas de document collé sur le fond. C'était une cachette couramment utilisée qui échappait aux fouilles superficielles. Hélas, le professeur n'y avait pas eu recours.

Au moment de remettre les tiroirs en place, Wiggins remarqua qu'ils n'avaient pas les mêmes dimensions, l'un des deux étant beaucoup moins profond que l'autre. Il se pencha et tâtonna dans l'encastrement, au fond duquel il trouva ce à quoi il s'attendait : un anneau fiché dans une paroi lisse. Avec fébrilité, il fit coulisser le tiroir secret et le posa sur la table. Ce qu'il contenait le laissa sans voix : pots de maquillage, faux sourcils et faux nez, cire, pinceaux, gelées de différentes teintes et même quelques pustules… Il y avait là de quoi rendre n'importe qui méconnaissable ! Cette découverte incroyable ne faisait que confirmer ce que Wiggins avait découvert dans la forêt : Roland Verneuil n'était pas un vieil homme rhumatisant, mais un homme en pleine forme ! Un homme qui devait pouvoir facilement se faire passer pour un élève. Un homme, en tout cas, qui dissimulait un secret.

Wiggins était en train de remettre en place le tiroir secret lorsque des pas retentirent dans le couloir. Des pas irréguliers, hésitants, ceux du Verneuil que tout le monde croyait connaître. Wiggins s'acharna sur le tiroir, mais celui-ci refusait de rentrer dans son emplacement. Il n'avait plus le temps, il devait se cacher quelque part dans la pièce. Mais où ? Il était perdu !

La porte s'ouvrit et le Français apparut. D'un regard, il comprit que Wiggins l'avait démasqué. Convaincu qu'il allait se jeter sur lui pour l'étrangler, Wiggins ouvrit la bouche. Hurler était la seule façon de l'empêcher d'agir.

Il n'en eut pas le temps. Verneuil se précipita sur lui et lui empoigna le cou d'une main tandis qu'il lui écrasait la bouche de l'autre.

– Pas un mot, Wiggins, chuchota-t-il. Je vous jure que je ne vais vous faire aucun mal, mais pour l'amour du ciel, ne criez pas !

Crier ? Comment Wiggins l'eût-il pu, alors qu'il était au bord de l'évanouissement ? Car cette voix, ces intonations qui n'avaient plus rien de français, et même le regard à travers les lorgnons… C'étaient les siens ! Ceux du grand Sherlock Holmes, ou plutôt de son sosie puisque le détective était mort dans les chutes de Reichenbach.

— Par pitié, n'allez pas vous évanouir ! murmura l'homme. Allons, du nerf !

Il entraîna Wiggins jusqu'au lit pour qu'il puisse s'y laisser tomber. Un doigt sur la bouche, il alla fermer la porte à clé. Quand il revint vers Wiggins, il se tenait très droit. D'un geste théâtral, il retira ses faux sourcils, extirpa de sa bouche la bourre qui lui gonflait les joues, ôta ses lorgnons, frotta ses cils blancs avec un mouchoir pour leur redonner leur couleur naturelle, et enfin arracha son nez bourgeonnant. Wiggins avait maintenant devant lui le visage émacié, les yeux perçants, la bouche mobile d'un homme qui était mort voilà trois ans.

— Ah, j'allais oublier, ajouta celui-ci.

Ayant retiré sa redingote, il extirpa à grand-peine de sous sa chemise l'amas de crin qui lui arrondissait le dos. Puis il arracha les taches de vieillesse qui maculaient ses mains.

— Aviez-vous remarqué que je sortais rarement les mains de mes poches en votre présence ? Les mains sont ce qui peut le mieux trahir le déguisement... Quel plaisir de ne pas devoir prendre cette voix de vieux bonhomme, d'oublier l'accent français... et de retrouver un ami qui m'a tant manqué !

— Mais alors... vous êtes... vous n'êtes pas...

— Bien sûr que non, Wiggins, je ne suis pas mort ! Ignorez-vous donc que Sherlock Holmes est immortel ?

Sur le point d'éclater en sanglots, Wiggins perdit connaissance à point nommé pour sauvegarder son amour-propre.

CHAPITRE 22

— Ah, Wiggins, vous m'avez fait peur ! Ressaisissez-vous, je vous en prie, nous avons beaucoup de choses à nous dire et peu de temps pour le faire.

Wiggins ouvrit les yeux, tout étonné d'être encore en vie. Le cognac était décidément un élixir miracle. Il se redressa et s'assit lentement, muet d'émotion. Sherlock Holmes vivant ! N'était-ce pas un rêve ?

— Je dois d'abord m'excuser, reprit le détective. Dix fois, cent fois depuis trois ans, j'ai été à deux doigts de vous écrire, à vous et à ce cher docteur Watson. À chaque fois j'ai renoncé, car il était indispensable qu'on me croie mort. Vous connaissant tous les deux, je savais que vous seriez incapables de dissimuler votre joie en apprenant ma résurrection, ce qui aurait évidemment alerté mes ennemis. J'ai donc dû me contenter de suivre vos exploits à travers la presse, et d'attendre patiemment le moment où nous pourrions enfin échafauder des hypothèses ensemble, comme au bon vieux temps.

— Mais à Reichenbach… balbutia Wiggins. C'était bien vous, pas votre sosie ! Le docteur Watson a vu de ses propres yeux l'infâme Moriarty se dirigeant vers vous sur le sentier bordant le précipice. Il a vu les traces de lutte, constaté qu'aucune empreinte de pas ne revenait en sens inverse, et trouvé la lettre que vous lui aviez laissée et que vous aviez écrite sous la surveillance de votre ennemi… Alors quoi ? C'est incroyable !

– Oui, Wiggins. Moriarty et moi avons bien chancelé au-dessus du gouffre. Mais vous savez que j'ai pratiqué le baritsu. Une prise habile m'a permis *in extremis* d'échapper à l'étreinte de Moriarty, et de le voir dé-gringoler dans l'abîme en poussant un cri horrible. J'ai alors réfléchi très vite. Je savais qu'il n'était pas le seul à désirer me voir mort. Ses amis et complices les plus proches, apprenant qu'il n'était plus, seraient sans pitié. L'un d'eux en particulier, le colonel Moran, un redoutable tireur d'élite, n'aurait de cesse de venger son chef. Ma seule chance de survie était de simuler la mort. Un jour ou l'autre, ces individus commettraient quelque imprudence, et alors je pourrais les annihiler. Je ne vous décrirai pas en détail au prix de quels efforts je parvins à escalader la muraille rocheuse contre laquelle je me tenais et qui surplombait les chutes grondantes. À un moment, j'ai pu reprendre des forces sur une étroite plate-forme couverte de mousse. C'est de là que j'ai vu arriver Watson et les gens qui l'avaient accompagné pour entreprendre des recherches… et que j'ai laissés repartir bredouilles. Mais tout à coup un rocher dévala la muraille et ricocha à un pied de mon crâne avant de tomber dans le gouffre. Moriarty n'était donc pas venu seul ! Un complice se tenait dans l'ombre, qui ne me lâcherait plus ! Je décidai de dégringoler de nouveau jusqu'au sentier, risquant encore mille fois la mort, mais y arrivant néanmoins indemne, bien que saignant aux mains, aux genoux et au visage. Je marchai toute la nuit et ne m'arrêtai plus avant d'avoir atteint l'Italie. Huit jours plus tard, j'étais à Florence, certain que personne ne savait ce que j'étais devenu. Je dus cependant avertir mon frère Mycroft, car j'avais besoin qu'il me fasse parvenir de l'argent. Je voyageai pendant deux ans au Tibet, où je passai plusieurs jours en compagnie du dalaï-lama. J'y ai vécu des expériences extraordinaires. Avez-vous entendu parler des explorations remarquables d'un Norvégien du nom de Sigerson ? C'était moi ! J'ai ensuite traversé la Perse, visité La Mecque, discuté avec le calife de Khartoum, après quoi je suis allé en France, où j'ai passé quelques mois à faire des recherches dans un laboratoire de Montpellier. Enfin je suis rentré en Angleterre[38]. Mais Londres m'était toujours interdit, car je savais par Mycroft que deux des complices de Moriarty étaient encore en liberté dans Londres. Mycroft avait entendu parler d'un collège qui recherchait un professeur de français. Vous ai-je déjà dit que ma grand-mère était française ? C'est ce qui explique que je connaisse parfaitement cette langue et la parle sans aucun accent. Me faire passer pour un Français me fut facile, et Mycroft, qui travaille pour le gouvernement, put sans difficulté me faire parvenir de faux papiers et de fausses lettres de recommandation. Vous connaissez mon goût pour le déguisement, Wiggins. La composition de ce vieux professeur perclus de rhumatismes m'a beaucoup amusé. N'était-elle pas réussie ?

— Ça, on peut dire que vous m'avez bien eu !

— Tout comme j'ai réussi à tromper ce cher Robert… Je parle du directeur, avec qui j'ai traîné mes fonds de culotte sur les bancs de l'école… Mais j'avais besoin de temps à autre de dénouer mes membres crispés, ce qui explique que vous m'ayez vu gambader dans les bois !

---

[38] Voir *Le Dernier Problème* et *La Maison vide*, de sir Arthur Conan Doyle.

— Et Roland Verneuil, ça vient d'où ?

— Verneuil est une déformation du nom de ma grand-mère, qui était la sœur du peintre Horace Vernet[39]. Et Roland, parce que Roland de Lassus[40] est un compositeur pour lequel j'ai une immense admiration… Donc, lorsque monsieur Baring-Gould a suggéré de faire appel au docteur Watson, je me suis dit, non sans quelque crainte, que ce serait l'occasion de vérifier l'efficacité de mon déguisement. Imaginez ma surprise en vous voyant arriver à sa place !… Mais nous reparlerons de tout cela une autre fois, si vous voulez bien. L'heure du dîner va bientôt sonner, il nous reste peu de temps pour discuter de l'affaire qui nous occupe.

Wiggins agita la tête.

— C'est incroyable, répéta-t-il encore. J'ai l'impression de rêver.

— Ce n'est pas le moment de rêver, Wiggins ! Un assassin se promène dans ce collège, peut-être deux… Allons, exposez-moi vos conclusions.

Il avait à peine réapparu qu'il recommençait déjà à donner des ordres ! Mais trois années s'étaient écoulées, Wiggins avait mûri et n'avait plus l'intention d'obéir les yeux fermés à un homme qui avait disparu sans vergogne, laissant ses meilleurs amis au désespoir.

— Si vous commenciez ? répliqua-t-il.

Sherlock Holmes devait malgré tout avoir changé pendant son exil, car il obtempéra sans prendre la mouche.

— Eh bien je suis arrivé à la conclusion que la vérité se trouve ici, au collège, et non à l'extérieur. J'ai plusieurs pistes, dont d'ailleurs aucune ne mène quelque part. Je suis encore dans le brouillard, et je compte sur vous pour m'aider à faire la lumière.

---

[39] Horace Vernet (1789-1863).
[40] Roland de Lassus (1532-1594), compositeur franco-flamand. Dans *Les Plans du Bruce-Partington* (de sir Arthur Conan Doyle), le docteur Watson dit que Sherlock Holmes est en train d'écrire un livre sur les motets de ce compositeur.

Il avait décidément bien changé !

— Commençons par Ashley Lawrence, poursuivit le détective.

— Ashley ? Il est beaucoup trop froussard pour tuer qui que ce soit.

— Vous ignorez un détail. Au moment où Charles Bell a été assassiné, je me trouvais avec la police et les autres professeurs dans le laboratoire de chimie. Je me tenais un peu à l'écart, car la route du constable a croisé la mienne il y a quelques années et, malgré son peu de perspicacité, je craignais qu'il n'ait des soupçons sur ma véritable identité. Comme je regardais par la fenêtre, j'ai vu Ashley Lawrence sortir en courant du bâtiment est. Lorsqu'on a appris le meurtre de ce malheureux monsieur Bell, je n'ai rien dit à la police car je pense comme vous que le jeune Lawrence est trop mou pour commettre un tel acte. Mais je suis allé le trouver pour lui dire que je l'avais vu. J'espérais qu'il aurait une information intéressante à me fournir. Le garçon s'est affolé, m'a juré qu'il n'avait pas tué Charles Bell. Il était allé lui parler mais n'était resté que quelques instants et l'avait quitté encore en vie. Maintenant, devinez ce qu'Ashley Lawrence était allé lui raconter ! Il lui a révélé qu'il vous avait vu, vous, rentrant par la fenêtre la nuit où William Hodson a disparu, et que par conséquent vous étiez sûrement coupable ou au moins complice. Il m'a affirmé avoir quitté le bureau de Bell en courant parce qu'il avait peur que vous ne le voyiez et ne deviniez qu'il avait témoigné contre vous. Je lui ai bien sûr assuré que vous ne pouviez être coupable et qu'il n'avait rien à redouter de vous, et lui ai même confié que vous étiez au collège pour enquêter sur certains problèmes dont je ne pouvais lui parler. Je lui ai également fait promettre, s'il avait le moindre souci, de s'adresser à vous, lui assurant que vous pourriez l'aider. J'imagine qu'il sera plus à l'aise avec un garçon de vingt ans qu'avec son professeur de français.

— Ashley est somnambule, intervint Wiggins. C'est pour ça qu'il était debout la nuit du meurtre. Tout ça ne nous mène pas très loin.

— Peut-être, mais je suis certain qu'il ne m'a pas tout dit. Ce garçon a peur, il est même terrifié, et je suis prêt à parier que ce n'est pas vous qu'il redoute. Alors qui ? À vous de jouer, Wiggins ! Vous seul pourrez tirer les vers du nez d'un garçon de quatorze ans. Il faut absolument arriver à savoir si son comportement est lié à notre affaire. Je peux compter sur vous ?

— Bien sûr.

— Autre chose, maintenant. Param Trishna.

— Ah non, pas lui ! protesta Wiggins. Il ne ferait pas de mal à une mouche.

— *La femme la plus attachante que j'ai connue fut pendue pour avoir empoisonné ses trois petits enfants afin de toucher la prime d'assurance*[41]. Ne vous fiez jamais à l'apparence, Wiggins ! Laissez-moi plutôt vous raconter ce que j'ai appris sur ce garçon. Il m'a toujours intrigué, je sentais qu'il dissimulait quelque secret et vous connaissez ma curiosité...

— Alors c'est bien de sa chambre que vous sortiez lorsqu'il vous a surpris, le lendemain de la disparition de William Hodson !

— En effet. Mais je vous dirai plus tard ce que j'ai découvert ce jour-là. Il y a plus grave, Wiggins. J'avais remarqué depuis longtemps que William Hodson et lui se détestaient beaucoup plus qu'il n'est fréquent entre des camarades de classe. La mort du pauvre William m'a donc incité à poursuivre mes investigations.

---

[41] *Le Signe des quatre*, de sir Arthur Conan Doyle.

Je suis retourné dans la chambre du jeune Indien cet après-midi, et savez-vous ce que j'y ai trouvé, dissimulé au fond de son coffre à vêtements ? Le coupe-papier qui a transpercé la nuque de Charles Bell !

– Quoi ? Impossible !

– Je l'ai parfaitement reconnu, il était toujours sur le bureau du professeur et la lame en était encore tachée de sang.

– Je n'arrive pas à le croire ! L'assassin l'a sûrement mis là pour qu'on accuse Param. Il est indien et les étrangers n'ont pas l'air d'être bien vus ici. De toute façon il n'avait sûrement rien contre Bell, vu qu'il est le chouchou de tous les professeurs. Vous êtes bien placé pour le savoir, vous qui êtes si copain avec lui !

Sherlock Holmes haussa les épaules.

– Je ne m'entends pas mieux avec lui qu'avec les autres élèves. J'apprécie son travail à sa juste valeur, un point c'est tout. Il m'arrive même de me montrer excessivement sévère avec lui, parce qu'on peut demander davantage à un élève intelligent.

– Ce n'était pas l'avis de William Hodson !

Ravi de pouvoir à son tour surprendre son ami, Wiggins parla du journal qu'il avait trouvé dans les affaires du jeune garçon. Des incidents étranges qui s'étaient succédé à partir de la rentrée de Noël. De l'étonnante complicité que William Hodson avait remarquée entre le jeune Indien et le professeur de français. Et de l'animosité de ce dernier à l'égard de William.

– Cela ne tient pas debout ! l'interrompit Sherlock Holmes. Je n'ai jamais manifesté d'animosité envers le jeune Hodson, du moins jusqu'au jour où j'ai découvert qu'il avait volé le cahier de Param pour recopier son devoir.

Il réfléchit un instant, joignant les extrémités de ses doigts dans une attitude qui était familière à Wiggins, puis reprit :

– C'est à n'y rien comprendre. Si les incidents bizarres ont commencé dès le mois de janvier, cela signifie que le procès Cooper n'est qu'un prétexte.

– C'est bien mon avis, renchérit Wiggins.

– Sauf évidemment…

Le détective ferma les yeux, ses narines frémirent.

– Sauf ? murmura Wiggins.

– Sauf si ce journal est un tissu de mensonges.

– Mais pourquoi William Hodson se serait-il amusé à inventer des incidents imaginaires ?

Le détective rouvrit les yeux.

– Lorsque vous ne comprenez pas la raison d'un acte ou d'une parole, demandez-vous quelles en sont les conséquences. Qu'avez-vous pensé en lisant ce journal ?

– Euh… que quelqu'un en voulait à William et à Lowell. À tous les deux, et pas seulement à Lowell.

– Oui, c'est peut-être cela, du moins en partie. Mais il y a une autre possibilité.

– Je ne vois pas.

– Réfléchissez-y, Wiggins, et vous me ferez part de vos conclusions.

Voilà qu'il recommençait avec ses petits mystères et ses défis ! Agacé, Wiggins fit mine de s'en désintéresser.

– Et qu'aviez-vous trouvé la première fois que vous avez fouillé dans les affaires de Param ? demanda-t-il.

– Un document extrêmement intéressant. Un petit livre en hindoustani sur la révolte des cipayes.

Sherlock Holmes donna heureusement quelques explications à Wiggins, lui évitant ainsi d'étaler son ignorance.

– L'hindoustani est une des langues parlées en Inde. Quant aux cipayes, c'étaient des fantassins indiens engagés dans les troupes de la Compagnie anglaise des Indes, sous les ordres des soldats britanniques. Il y a de cela trente-sept ans, en 1857, les cipayes se sont révoltés contre l'autorité britannique qui, il faut bien l'admettre, devenait de plus en plus pesante. Ils ont assassiné des centaines de chrétiens, Britanniques ou Indiens convertis, dans des conditions atroces, et pillé et occupé Delhi pendant quatre mois. Finalement, la révolte a été écrasée d'une manière tout aussi atroce par l'armée britannique, une partie de la ville a été rasée et l'empereur des Indes exilé en Birmanie.

Une idée inquiétante turlupinait Wiggins depuis quelques instants. Il interrompit Sherlock Holmes :

– Les signes, sur la pièce de monnaie que vous avez trouvée au bord de la route… C'était de l'hindoustani ?

Le détective eut un geste agacé de la main.

– Ne passez pas du coq à l'âne, Wiggins. Le temps presse, laissez-moi terminer. Qu'un jeune Indien possède un livre sur la révolte des cipayes n'est pas choquant en soi, puisqu'il s'agit de l'histoire de son pays. Ce qui est beaucoup plus intéressant, c'est de savoir que Param avait coché certains passages, en particulier dans le chapitre relatant la répression de la révolte.

– Vous connaissez l'hindoustani ?

– J'en possède des notions suffisantes pour avoir compris l'essentiel. Un nom revient souvent dans le texte, le nom d'un général britannique réputé pour sa cruauté et qui a dirigé des services de renseignements à Delhi. Ce fut lui qui organisa l'arrestation de l'empereur et de ses fils. Après avoir promis la vie sauve aux trois jeunes princes qui étaient restés avec leur père, il les abattit dans le dos à bout portant, puis il s'empara de leurs bijoux et de leurs sabres incrustés de pierres précieuses. Les cadavres furent exposés nus devant le poste de police, où les soldats britanniques vinrent les regarder avec les quolibets et les injures que vous pouvez imaginer.

– C'est horrible ! Après tout ils étaient dans leur pays, ils ne devaient pas être ravis d'obéir aux Anglais !

– Certes, mais rien n'est si simple. Malgré tout, quelles que soient les causes d'une guerre, on devrait toujours respecter l'ennemi. Or ce général a eu un comportement méprisable. Et savez-vous quel était son nom ?

– Comment voulez-vous que je le sache ?

– William Hodson.

– William Hodson ! répéta Wiggins. Vous pensez que c'était le père de celui qu'on connaît ?

– Plutôt son grand-père, compte tenu de son âge. Imaginons que les grands-parents de Param aient eu leur vie détruite par ces événements, n'avons-nous pas là une très bonne raison pour ce garçon de haïr son camarade ? Est-il complètement insensé d'imaginer qu'il ait pu vouloir venger ses ancêtres ? Mais je n'ai pas terminé. Entre deux pages du livre, j'ai également trouvé une lettre au dos de laquelle on avait collé une photo. Je l'ai prise, car je voulais consulter un dictionnaire pour traduire le texte aussi précisément que possible.

Le détective alla chercher sur ses rayonnages *L'Île au trésor*[42]. Entre deux pages se trouvait une grande feuille pliée en quatre sur laquelle on avait collé une gravure découpée dans un journal. Celle-ci représentait un Indien portant une sorte de manteau de teinte claire resserré sous la poitrine et bardé de

[42] Roman d'aventures de Robert Louis Stevenson, publié d'abord dans un magazine en 1881-1882, puis en volume en 1883.

larges cordons – des décorations, probablement. Le visage à la mine sévère, orné d'une courte barbe et de moustaches noires, était coiffé d'un turban surmonté d'un long plumet.

– Cet homme appartient sans aucun doute à la haute société, dit le détective. Il ressort de la lettre qu'il s'agit du grand-père de Param Trishna, et la lettre lui venait de son père.

– Param m'a dit qu'il était mort l'été dernier.

– Je m'en doutais un peu d'après la date. Cette lettre est de celles qu'on écrit quand on sent venir la mort. Il rappelle à Param qu'il doit se montrer digne de ses ancêtres, et en particulier de ce grand-père qui était un homme exceptionnel. Il lui dit qu'il ne doit jamais oublier les souffrances de sa famille, mais qu'il faut pardonner le mal qui a été fait et regarder l'avenir.

– Vous voyez bien ! s'écria Wiggins. Si avant de mourir son père lui a dit de pardonner, comment voulez-vous que Param ait voulu nuire à William Hodson !

– Peut-être estime-t-il que le pardon est une faiblesse. C'est un garçon fier, vous avez bien dû le remarquer. Mettez-vous à sa place : il est bouleversé par la mort de son père, celui-ci lui reparle du passé tragique de sa famille, et voilà qu'il côtoie chaque jour un descendant de l'homme qui a écrasé les siens sans pitié.

– Param n'est pas un assassin, s'obstina Wiggins en secouant la tête. D'ailleurs pourquoi aurait-il tué Bell ?

Il connaissait la réponse mais refusait d'en admettre la vraisemblance.

– Si celui-ci avait compris qu'il avait joué un rôle dans la mort de William Hodson, il a pu conseiller à Param de faire des aveux, et le garçon aura préféré le faire taire.

— Impossible ! Bell a été tué par quelqu'un qui était plus grand que lui.

— Sauf si on l'a poignardé alors qu'il se baissait pour ramasser quelque chose.

— Param est beaucoup trop futé pour garder l'arme dans ses affaires. C'est un autre qui l'a mise là pour qu'il soit accusé !

— Sauf s'il n'a pas eu le temps de la cacher. Imaginez : il tue Charles Bell, dissimule l'arme sous son pantalon avec l'intention de s'en débarrasser plus tard dans la rivière ou dans quelque autre endroit sûr. Mais l'occasion ne se présente pas et il attend un moment propice sans penser qu'on ira fouiller dans son coffre.

Wiggins haussa les épaules.

— Qu'est-ce que vous avez fait du coupe-papier ? demanda-t-il. Vous l'avez pris ?

— Non. Je ne peux en aucun cas me mêler de cette enquête, car je ne tiens pas à attirer l'attention. Je dois continuer à jouer le vieux professeur rhumatisant et inoffensif. Que quelqu'un me reconnaisse, et le bruit courra jusqu'à Londres que je suis encore en vie. Alors pffft ! le colonel Moran se volatilisera et cette longue patience qui m'a tant coûté n'aura servi à rien. Voilà pourquoi j'ai plus que jamais besoin de vous, Wiggins. Vous devez être mes yeux, mes oreilles et mon bras.

Wiggins soupira.

— Sauf que je ne peux pas être votre cerveau et que je ne pense pas forcément la même chose que vous ! Ne comptez pas sur moi pour chercher d'autres preuves contre Param. Il est innocent et je trouverai le vrai coupable. J'ai d'ailleurs une petite idée.

— Il est temps que vous me disiez où vous en êtes de votre côté.

Wiggins raconta en quelques mots ce qu'il avait appris, à savoir finalement peu de choses. Il fut tout de même assez fier d'avoir découvert d'où venait la carriole qui avait transporté le corps de William. Mais le signalement de celui qui l'avait empruntée était trop vague pour mener quelque part.

— Le vieux Fox m'a parlé d'un homme plutôt grand. Et Param est tout petit !

— Entendez-moi bien, Wiggins. Je ne soupçonne pas ce garçon d'avoir entraîné William Hodson jusqu'à la carriole, de l'avoir assommé et d'avoir jeté son corps dans la rivière. Je le soupçonne simplement d'avoir favorisé ce crime, au moins en fixant la corde. Ensuite, pour le meurtre de Charles Bell, il aura été poussé par la crainte d'être démasqué. D'ailleurs je ne suis sûr de rien, je vous demande seulement de suivre cette piste jusqu'au bout. Nous sommes le 23, n'est-ce pas ? Le procès Cooper a lieu aujourd'hui. Quelle qu'en soit l'issue, j'ai bien peur que nous ne voyions lord Edward Summerfield apparaître sous peu à la porte du collège. Si d'ici là vous avez démasqué le coupable – ou les coupables –, ne pensez-vous pas que ce serait excellent pour votre avenir ? Et il y a autre chose : celui qui a poignardé Charles Bell n'hésitera pas à recommencer s'il se croit soupçonné.

Au moment où il disait ces mots, la cloche du dîner retentit. Sherlock Holmes fit un bond jusqu'à la table où il avait déposé les éléments de son déguisement.

— Partez, Wiggins, allez vite rejoindre les autres ! Quant à moi, je dois reprendre mon masque de vieux Français. Surtout, ignorez-moi jusqu'à ce que vous ayez découvert la vérité.

Wiggins se dirigea vers la porte.

— Je suis drôlement content que vous ne soyez pas mort, dit-il platement.

— Cela ne me déplaît pas non plus, répondit Sherlock Holmes. Encore une fois, je suis désolé de vous avoir infligé un tel choc. Il est vrai que vous ne m'avez pas vraiment laissé le choix.

— Et la pièce de monnaie ? demanda encore Wiggins. Vous ne m'avez toujours pas dit d'où elle venait !

— De ma poche, répondit le détective en réprimant un sourire. En vous voyant approcher de l'endroit où la carriole avait stationné, je n'ai pas résisté à l'envie de vous intriguer. Je me suis baissé, feignant de ramasser quelque chose. Quand vous m'avez demandé ce que j'avais trouvé, j'ai sorti de ma poche la pièce de monnaie tibétaine qui ne me quitte pas car elle a une histoire extraordinaire que je vous raconterai un jour… Désolé, Wiggins, j'ai toujours aimé vous taquiner.

Wiggins resta sans voix. Il ouvrit la porte, puis se retourna pour demander :

— Au fait, qui s'occupe des fournitures de chaque maison ?

— Le préfet, bien sûr. Pourquoi cette question ?

— Désolé de ne pas vous répondre, mais moi aussi j'adore vous taquiner.

CHAPITRE 23

Wiggins éprouvait une admiration immense pour la culture de Sherlock Holmes. Le docteur Watson avait beau plaisanter son ami sur son ignorance en matière de littérature ou d'astronomie, un homme capable de reconnaître n'importe quelle cendre de tabac ou de comprendre une lettre écrite en hindoustani représentait pour Wiggins le summum du savoir. Quant à lui, il ne nourrissait pas une grande passion pour les livres et estimait avoir appris bien davantage dans les rues de Londres que les meilleurs élèves de Midhurst. Malgré tout, il était heureux de savoir lire car un détective digne de ce nom ne pouvait se permettre d'être ignare. Param, lui, était un lecteur passionné. C'était en le voyant se glisser subrepticement dans la bibliothèque que Wiggins avait commencé à se poser des questions à son sujet. Une intuition – et surtout le souvenir de la conversation qu'ils avaient eue la veille dans la chambre de Lowell – lui soufflait que les livres allaient peut-être l'aider à comprendre le jeune Indien, et donc à l'innocenter.

Il profita de ce que les élèves étaient à la chapelle pour aller passer un moment dans la bibliothèque.

Repérer ce qu'il cherchait fut moins difficile qu'il ne l'avait craint. Tous les ouvrages concernant l'empire britannique étaient regroupés dans le même meuble et classés par pays. Il en prit plusieurs traitant de l'Inde et alla s'asseoir au fond de la salle entre deux grands rayonnages, de sorte que la lumière de sa chandelle ne soit pas visible depuis la cour. Il feuilleta d'abord les volumes de façon désordonnée, passant de l'un à l'autre sans savoir que chercher. Bien qu'il commençât à avoir des fourmis dans les jambes, il se contraignit à rester encore un moment et soudain, alors qu'il était à deux doigts de renoncer, une découverte stupéfiante l'incita à lire plus avant. Il fut bientôt tellement passionné par sa lecture qu'il en oublia l'heure et que la cloche annonçant la fin de la prière du soir le fit sursauter. Déjà six heures ! Il était grand temps qu'il rejoigne les élèves pour rester près de Lowell jusqu'au matin. Il pouvait quitter la bibliothèque la conscience tranquille, il avait obtenu ce qu'il souhaitait et davantage encore. Non seulement il avait découvert sur Param quelque chose que Sherlock Holmes n'avait pas soupçonné un instant, mais il était tombé par hasard sur une information qui rendait plus que probable l'innocence du jeune Indien. Jugeant prudent cependant de se livrer à une ultime vérification, il se mit à la recherche des livres scientifiques. Il ne lui fallut que quelques minutes pour y trouver ce qu'il espérait. Il leva alors les deux bras en un geste de triomphe. Puis il remit les volumes en place, quitta la pièce et dévala l'escalier sans bruit, parlant presque tout seul d'excitation. Le grand détective n'allait pas en revenir !

Il gagna directement la chambre de Lowell.

– J'ai cru que tu n'allais jamais arriver, fit le jeune garçon. Je n'ai pas peur pendant la journée, mais la nuit…

— On n'éteint les lumières que dans une heure, répondit Wiggins. Est-ce que tu crois que tu peux rester seul encore un moment ? J'ai un travail urgent mais ce ne sera pas long.

Lowell soupira.

— Ça va aller, répondit-il. Mais tu promets de ne pas me laisser tomber ?

— Sûr. Je serai là dans un quart d'heure au plus tard.

Wiggins se dirigea vers le dortoir et risqua la tête à la porte. Plusieurs garçons avaient rapproché deux lits pour jouer au backgammon ou aux échecs, un autre lisait, un autre encore semblait terminer un devoir. Ashley était allongé sur son lit, fixant le plafond d'un air sinistre. Wiggins s'approcha de lui.

— Apparemment, tu n'es pas trop occupé. J'aurais besoin d'un coup de main, tu peux venir un moment ?

Ashley se leva et suivit Wiggins sans répondre. Il marchait mécaniquement, comme une marionnette sur le point de s'écrouler. Wiggins l'entraîna jusque dans son ancienne chambre.

— Un coup de main pour quoi faire ? demanda Ashley avec inquiétude.

— Pour parler, en fait.

— Je n'ai rien à raconter, fit Ashley en reculant.

Wiggins le retint par le bras.

— Mais moi j'ai des choses à te dire. N'aie pas peur, c'est dans ton intérêt. Allez, assieds-toi.

Ashley se laissa tomber sur le lit et regarda ses pieds.

— Tes chaussures sont vraiment au poil, lui dit gentiment Wiggins, mais je préférerais que tu me regardes moi.

Ashley ne bougea pas.

— Bon, tant pis, reprit Wiggins. Tu sais que tu peux me faire confiance, n'est-ce pas ?

— C'est ce que m'a dit monsieur Verneuil, murmura Ashley.

— Je ne fais pas partie du collège et je n'y suis plus pour très longtemps. Alors tu peux me parler, personne ne risque de t'accuser de ne pas avoir respecté votre code d'honneur.

— Je n'ai rien à raconter.

— Et si tu changeais de refrain ? Écoute-moi bien, Ashley. On t'a vu quitter en courant le bureau de Bell à peu près au moment où il a été assassiné.

Ashley leva brusquement la tête.

— Comment tu sais ça, toi ?

— Peu importe. Figure-toi que je sais beaucoup de choses. Pour l'instant, la police n'est pas au courant, mais si elle apprend que tu es allé voir Bell au moment de sa mort, tu seras en très mauvaise posture.

— Je ne l'ai pas tué. Je serais incapable de tuer quelqu'un !

— Ça ne suffira pas pour prouver ton innocence. La seule façon de t'innocenter, c'est de trouver le vrai coupable, et tu peux m'y aider. Raconte-moi exactement ce qui s'est passé dans le bureau de Bell. Tu peux parler franchement, je sais ce que tu étais allé lui dire à mon sujet.

— Décidément, tu sais tout ! s'exclama Ashley en piquant un fard.

— Forcément, puisque c'est pour ça qu'on m'a engagé ici.

— C'est ce que m'a dit monsieur Verneuil. Il m'a dit aussi que je pouvais te faire confiance, mais maintenant je me méfie de tout le monde.

— Pourquoi ? Qu'est-ce qui t'est arrivé ?

— Rien.

— Bon, on verra ça tout à l'heure. Pour l'instant, je voudrais savoir comment s'est terminée ta conversation avec Bell.

— Comment ça, comment elle s'est terminée ?

— Qu'est-ce que tu lui as dit juste avant de sortir du bureau ?

— J'ai dit « au revoir monsieur », tiens !

— Oui, mais juste avant ?

Ashley regarda Wiggins d'un air stupide.

— Bah, je lui ai parlé de toi.

— D'accord, j'ai compris ! Mais ce qui m'intéresse, c'est ce que tu as dit en dernier.

Ashley soupira comme un mauvais élève face à un problème insoluble.

— Je ne sais plus, moi, tu en as de bonnes ! Je lui ai dit… Oui, ça me revient, j'ai dit quelque chose comme… À ce moment-là, je ne savais pas qui tu étais, tu comprends.

— C'est bon, crache le morceau.

— Eh bien j'ai dit, euh… que c'était incroyable, qu'on n'aurait jamais cru ça de toi mais que c'était la vérité. Et monsieur Bell a répondu qu'il ferait ce qu'il fallait, et que je devais à tout prix garder cette histoire pour moi.

— Tu étais où à ce moment-là ?

— Bah, à la porte du bureau.

— Et tu as répété mon nom ? demanda Wiggins en regardant fixement Ashley.

— Comment ça ?

— C'est très important, Ashley. Est-ce que tu as dit : « On n'aurait jamais cru ça de Wiggins » ? ou bien : « On n'aurait jamais cru ça de lui » ?

— Comment veux-tu… Bon, je crois que j'ai dit

« de lui », mais je ne vois pas ce que ça change.

Wiggins hocha la tête en soupirant. Ce garçon était désespérant d'inertie.

— Tu ne vois pas ? Mais c'est évident ! Imagine que quelqu'un ait entendu tes derniers mots et ait pensé que tu venais de le dénoncer d'avoir assassiné William ? Alors cette personne devait à tout prix éliminer Bell avant qu'il n'aille trouver la police. Tu crois que quelqu'un aurait pu t'entendre ?

Ashley se gratta longuement la tête.

— Oui, c'est bien possible, admit-il enfin. J'avais déjà ouvert la porte quand j'ai dit ça. Si quelqu'un se trouvait dans le couloir, il aurait pu se glisser très vite dans la salle des professeurs et je ne l'aurais pas vu en sortant.

Wiggins frappa dans ses mains, faisant sursauter Ashley.

— Alors tu es en danger ! s'exclama-t-il. La personne qui a eu assez de sang-froid pour décider en deux minutes de poignarder Bell n'hésitera sûrement pas à t'éliminer à ton tour.

Ashley regarda Wiggins avec des yeux exorbités et des larmes se mirent à couler sur ses joues.

— Je n'avais pas pensé à ça. Je suis fichu ! De toute façon je le savais bien, qu'il me tenait ! Si je vais au rendez-vous…

— Quoi ? De qui parles-tu ? De quel rendez-vous ? Tu as l'air de savoir exactement qui est derrière tout ça. Tu le sais, hein ? Dis-le-moi, Ashley ! Dis-moi son nom avant qu'il ne soit trop tard !

— Je ne peux pas, sanglota Ashley en se levant pour se diriger vers la porte. Un Midcolliste ne trahit jamais. Et si je le dénonce, lui ou ses camarades me tueront. D'ailleurs je ne sais rien, tu perds ton temps !

Wiggins se leva d'un bond et l'attrapa par le bras.

— Tu es stupide, Ashley, et les lois de ce collège sont stupides ! Si tu ne veux pas me donner de nom, réponds-moi juste oui ou non. C'est Stanley Croft, n'est-ce pas ?

Ashley se mit à trembler de tous ses membres. Wiggins le sentait prêt à s'effondrer sur le sol. Il le poussa de nouveau vers le lit.

— Alors je ne me suis pas trompé, dit-il. Il a poignardé Bell parce qu'il pensait que tu l'avais dénoncé. Puis il a emporté le coupe-papier et l'a caché dans les affaires d'un de tes camarades pour le faire accuser.

Soudain, il se tut, et l'évidence lui apparut.

— Mais bien sûr ! Il avait l'intention de cacher l'arme dans tes affaires à toi ! Sauf que j'étais dans ton dortoir quand il y est entré, alors il a dû changer son plan et il l'a mise chez un autre. C'est lui, le coupable ! C'est lui qui a organisé l'enlèvement et le meurtre de William ! L'ordure !

— Non, là tu te trompes, le coupa Ashley avec autant de vigueur que s'il prenait la défense d'un ami. Pour William, ce n'est sûrement pas lui.

— Comment ça ? S'il était innocent, il n'aurait pas assassiné Bell pour l'empêcher de parler !

— Il a peut-être voulu l'empêcher de parler, mais pas à propos de William. C'est autre chose, autre chose que je ne peux pas te dire. Quelque chose que je voulais raconter à monsieur Bell et que finalement je n'ai pas osé lui révéler.

Wiggins allait de surprise en surprise.

— Puisque tu étais sur le point de le dire à Bell, qui fait partie du collège, tu peux d'autant plus me le confier à moi ! Tu ne trahiras pas votre fichu code d'honneur, puisque je ne suis pas des vôtres.

Ashley réfléchit longuement. Wiggins était sur des charbons ardents, suppliant intérieurement le garçon de se décider.

— Tu me promets de ne raconter à personne ce que je vais te dire ? murmura enfin Ashley.

— Je te promets de faire comme si j'avais tout découvert par moi-même, répondit Wiggins en espérant que ce serait possible.

— Voilà comment ça a commencé, se lança Ashley.

Et il raconta tout : comment il était tombé sur la réunion secrète du petit groupe qui se droguait au laudanum, la découverte du breuvage magique, le désir lancinant d'être accepté par les seniors, d'être enfin respecté et de connaître de nouveau la bienheureuse euphorie, la promesse qu'il avait faite de voler du laudanum, et enfin le mépris avec lequel avait été reçu ce qui avait représenté pour lui un exploit.

— Quand j'ai apporté le laudanum que j'avais piqué à l'infirmerie, Stanley a dit que ce n'était pas assez, qu'il me restait encore une épreuve à accomplir après quoi je serais des leurs. Je devais voler six livres dans la caisse de monsieur Bell et leur apporter cette somme ce soir à la chapelle. Ça, je n'ai pas pu. J'ai cru mourir de peur le jour où j'ai piqué le laudanum, et depuis je n'arrête pas de me dire que je ne suis qu'un voleur et que je serai renvoyé si on le découvre. Alors voler de l'argent... Mais Stanley et ses copains m'attendront ce soir à minuit, et si je ne viens pas ils comprendront que je risque de les trahir. Et alors qu'est-ce qu'ils vont faire ? Il y a un garçon qui est mort cet hiver. Tout le monde a cru que c'était la scarlatine, mais la bande de Stanley m'a laissé entendre qu'il n'était peut-être pas mort seulement de ça...

Wiggins était horrifié. Il en avait vu de drôles à Whitechapel, il savait qu'on pouvait tuer pour quelques livres. Mais la misère expliquait bien des choses, même si elle ne les justifiait pas. Jamais il n'avait imaginé qu'on pût trouver de telles racailles dans un collège de gosses de riches !

— Ils ne te feront rien, Ashley, je les en empêcherai. Quand Croft aura été arrêté pour le meurtre de Charles Bell, ils n'oseront plus s'attaquer à toi.

— Mais tu ne pourras jamais prouver que c'était lui !

— Tu me connais mal. Au besoin, je demanderai l'aide de Sh… de Verneuil. Retourne au dortoir et dors sur tes deux oreilles. Et maintenant, à nous deux, Stanley Croft !

CHAPITRE 24

Wiggins réfléchit longuement. Il avait une petite idée de la façon de s'y prendre pour obtenir des aveux de Stanley Croft. Pour cela, il aurait besoin de l'aide de Sherlock Holmes et sans doute aussi du directeur. Mais il voulait avoir la certitude absolue de l'innocence de Param avant d'aller trouver le détective. Il alla frapper à la porte du jeune Indien.

— On peut parler ? demanda-t-il.

— Si tu veux, répondit Param.

Il était déjà au lit, plongé dans un livre de français.

— Tu te souviens du jour où je t'ai proposé qu'on soit amis ? commença Wiggins en s'asseyant au bord du lit. Tu ne m'as pas répondu, mais je crois que maintenant tu vas avoir grand besoin d'un ami.

Les yeux noirs s'agrandirent d'inquiétude.

— Pourquoi ? Je n'ai rien fait de mal !

— Sans doute pas, mais les innocents aussi ont parfois de gros ennuis. Va vérifier le contenu de ton coffre à vêtements.

— Pourquoi ? répliqua Param. Tu crois qu'on m'a volé quelque chose ?

— Va voir, tu comprendras.

Param se leva en maugréant. Il jeta un regard rapide sur ses affaires et fit mine de retourner au lit, mais Wiggins lui suggéra de retirer tous les vêtements, d'un ton si grave que le jeune garçon obtempéra. Wiggins tenait la chandelle au-dessus du coffre pour l'éclairer. Lorsque la lame du coupe-papier étincela dans l'ombre, Param sursauta et regarda Wiggins avec terreur.

– Ce n'est pas moi qui l'ai mis là ! protesta-t-il. Je te le jure, je n'ai jamais touché à ce... à ce truc !

– C'est l'arme qui a tué Charles Bell, dit simplement Wiggins.

– Mais je n'avais aucune raison de lui vouloir du mal, je l'aimais bien !

– Et s'il avait découvert que tu avais été complice de l'enlèvement et de l'assassinat de William ?

– Ce n'est pas vrai ! Je n'y suis pour rien du tout ! Pourquoi est-ce que j'aurais voulu du mal à William ?

– Parce que tu le détestais, tout simplement.

Param secoua la tête.

– Je ne le détestais pas. Il y avait juste eu l'histoire de mon cahier de français qu'il m'avait pris pour copier ma rédaction. On ne tue pas un camarade pour ça !

Wiggins posa les mains sur les épaules du jeune garçon.

– Regarde-moi en face... Est-ce que tu peux me jurer que tu n'avais pas d'autre raison de lui en vouloir ? Et même de le détester ?

Le jeune Indien détourna les yeux. Wiggins fut heureux de constater qu'il était incapable de mentir.

– Alors assieds-toi et écoute-moi. Puisque tu ne veux pas m'avouer la vérité, c'est moi qui vais te dire pourquoi tu haïssais William.

Param retourna dans son lit et s'adossa contre le mur.

— Le grand-père de William a fait partie de ceux qui ont écrasé férocement la révolte des cipayes en 1857, commença celui-ci. Et tu n'as pas eu beaucoup de mal à savoir que William était son petit-fils puisque tous les deux ont le même nom, un nom maudit par toute ta famille.

— À ce moment-là, je devrais détester tous les Anglais, murmura Param sans grande conviction. Et je n'aurais pas eu envie de faire mes études dans ce pays.

— Pas forcément. Tu ne serais pas le seul Indien à avoir compris que ton intérêt était de réussir le mieux possible. Et tu pourrais penser que te lancer dans la politique est le seul moyen d'aider l'Inde à devenir un jour indépendante. Je me trompe ?

— Tu crois que je serais assez bête pour risquer de tout gâcher en étant complice d'un meurtre ?

— C'est vrai que ce ne serait pas très malin. Mais ta haine aurait pu être la plus forte. Parce que William Hodson, le grand-père de celui qu'on connaît, n'a pas seulement été cruel avec les Indiens qui s'étaient révoltés. Il a fait quelque chose de beaucoup plus grave, quelque chose que ta famille ne peut certainement pas lui pardonner. Il a humilié et assassiné ton grand-père après lui avoir promis de lui laisser la vie sauve. Ton grand-père Mirza Mughal, le fils de l'empereur Bahadur Shah Zafar II. Est-ce que c'est bien ça, Param ?

Le jeune Indien se mit à trembler tandis que ses yeux se remplissaient de larmes.

— Comment tu as deviné ? murmura-t-il d'une voix sourde.

— La reproduction de son portrait, que tu gardes dans un livre avec la lettre de ton père… J'ai vu la même dans un livre de la bibliothèque. J'ai lu l'histoire de ta famille. Ce que je ne comprends pas, c'est comment

Mirza Mughal peut être ton grand-père alors qu'il n'était pas marié. Tu veux bien m'expliquer ?

Param soupira.

– Puisque tu connais mon secret… Mirza Mughal était le cinquième fils de l'empereur. Au moment de la révolte, il avait vingt-neuf ans. Il n'était pas marié, mais il était tombé amoureux de la fille d'un musicien de la cour. Elle s'appelait Chandra Trishna. Chandra, cela veut dire la *lune*…

La lune… Wiggins se dit que non, décidément, Param ne pouvait être complice de celui qui avait enlevé William.

– Elle n'a su qu'elle attendait un bébé que juste après l'arrestation de son amant. Tu te rends compte ? Elle venait de découvrir ça et elle a vu le cadavre de mon grand-père exposé devant le poste de police, et les Anglais qui défilaient en se moquant de lui et de ses frères et en crachant sur eux ! C'est horrible ! Elle s'est enfuie de Delhi et s'est réfugiée dans la campagne pour accoucher. Toute seule ! Ensuite, avec le bébé – mon père –, elle a pris la route, dormant et mangeant comme elle pouvait, pour gagner Jaipur[43] où un frère de son père était receveur des impôts. Il ne s'était jamais entendu avec son frère sous prétexte qu'il méprisait le métier de musicien, et il a été furieux d'apprendre que sa nièce avait eu un bébé sans être mariée. Mais il a quand même eu pitié d'elle et l'a recueillie. Il a payé des études à mon père et l'a même envoyé à Londres. Lui, l'oncle, il était tout à fait pour les Anglais, mais il n'a pas pu empêcher ma mère de lui monter la tête contre eux. Seulement mon père était plutôt pacifique, il a fini par penser que mon oncle avait raison, qu'il fallait oublier les violences et tout faire pour que l'Inde se développe en tirant parti de ce que les Anglais

[43] Ville située à environ deux cent cinquante kilomètres au sud-ouest de Delhi (aujourd'hui New Delhi).

pouvaient apporter. Après ses études, il est retourné en Inde et a participé à la création du Congrès national indien. Il s'est marié, et je suis né. Il a voulu que je fasse mes études en Angleterre, moi aussi. Il ne m'avait jamais raconté l'histoire de ma famille jusqu'à l'été dernier, mais quand il a senti qu'il allait mourir il a voulu que je sache que j'étais l'arrière-petit-fils d'un empereur. Il m'a écrit qu'il comptait sur moi pour me montrer digne de mes ancêtres. Et que si Trishna voulait dire la soif ou le désir, cela devait être la soif de connaissance et de sagesse et non la soif de vengeance. Voilà… Tu imagines ce que ça m'a fait de découvrir qu'un garçon de ma classe était le petit-fils du fumier qui a assassiné mon grand-père ! Et il dormait dans la chambre à côté de la mienne, en plus ! Je le détestais, j'aurais bien aimé qu'il attrape la scarlatine et qu'il en meure, comme Jethro. Mais on peut détester quelqu'un sans pour autant être capable de le tuer. Il faut que tu me croies, Wiggins ! Tu sais, dans ma religion, l'assassinat est une faute très grave. On peut être rejeté de sa caste pour moins que ça. Et puis, quand on commet une mauvaise action, on est torturé par le remords jusqu'à la fin de ses jours. Rien que pour ne pas connaître cet enfer, mais surtout pour me montrer digne de mon père et de mon grand-père, je ne pourrai jamais tuer quelqu'un.

— Et encore moins pendant une éclipse de lune, ajouta Wiggins.

Param sourit.

— Comment est-ce que tu sais cela ?

— Je me suis renseigné, crâna Wiggins. Dans l'hindouisme, l'éclipse de lune annonce souvent des catastrophes. Jamais un hindou n'oserait commettre un crime cette nuit-là, surtout si sa mère s'appelait Chandra ! *La lune*. Et il y avait une éclipse mercredi soir…

— C'est vrai ! s'écria Param. Et donc, pourquoi est-ce que j'aurais tué monsieur Bell, puisque je n'ai rien fait contre William ?

— Je ne vois pas trop. Je te crois, Param, et je suis même à peu près certain de savoir qui a dissimulé cette arme dans tes affaires. L'autre soir, tu m'as dit que tu avais une petite idée de qui était complice de l'assassin de William. Tu pensais à quelqu'un du collège mais tu n'as pas voulu nous donner de nom, à Lowell et à moi.

Param se renfrogna.

— Ici, on ne dénonce jamais un autre élève.

— Même quand il a commis un meurtre ? Même quand il a été assez tordu pour essayer de te faire accuser ? Même si ne pas le dénoncer peut entraîner un autre crime ? Parce que c'est ce qui risque d'arriver, figure-toi !

Param balança la tête de gauche à droite.

— Quand même, je ne peux rien te dire.

Wiggins leva les yeux au ciel.

— Alors tu vas au moins me répondre par oui ou par non, d'accord ? Tu pensais à Stanley Croft, n'est-ce pas ?

Le silence de Param fut éloquent.

— Qu'est-ce qui te fait croire qu'il a été au moins complice de l'enlèvement de William et de sa mort ?

— Je n'ai pas dit ça…

— C'est bon, Param ! On n'a pas de temps à perdre. Il faut à tout prix l'empêcher de recommencer. S'il a été capable de cacher l'arme dans tes affaires, il pourrait aussi bien t'assassiner pour qu'on croie que le remords t'a poussé à te suicider. Alors ?

Param se tourna vers le mur comme pour se donner l'illusion de parler tout seul, et donc de ne pas trahir.

— J'ai été son souffre-douleur pendant des mois. Il répandait des bruits épouvantables sur mon compte, il renversait de la bière sur mes cahiers, il m'envoyait à tout bout de champ chercher quelque chose qu'il avait oublié dans sa chambre, et ensuite on me punissait parce que j'étais en retard. Une fois, il a même uriné dans mon lit et il a montré mes draps à tout le monde en se moquant de moi... C'était horrible, et il savait que personne n'oserait prendre ma défense. Un Indien, tu penses ! D'ailleurs, les autres, ça les arrangeait bien. Tant que Stanley s'acharnait sur moi, il les laissait tranquilles ! Et puis subitement il s'est désintéressé de moi. Ça voulait dire qu'il avait trouvé une autre victime. Alors quand William a disparu et qu'on l'a retrouvé mort, je me suis demandé... Vous croyez qu'un préfet pourrait commettre un meurtre ?

— N'importe qui peut devenir un criminel du moment qu'il ne pense qu'à son intérêt et qu'il ne connaît pas la pitié. Des gens comme ça, il y en a partout. Et ils sont encore plus dangereux quand ils ont du pouvoir, parce que personne n'ose les soupçonner... Dis-moi, depuis quand est-ce que Croft te laisse tranquille ?

— Depuis à peu près une semaine.

Cela correspondait au moment où Ashley avait découvert les petites soirées de Stanley Croft et de ses amis.

— Je crois savoir pourquoi il ne s'intéresse plus à toi, dit Wiggins. Mais William Hodson n'y est pour rien. Et je suis à peu près sûr que la mort de William et celle de Bell n'ont aucun rapport. Je suis convaincu que Croft a poignardé Bell, mais je n'ai toujours pas compris pourquoi William est mort. Toi qui dors juste à côté de sa chambre, tu es sûr de ne rien avoir entendu la nuit où il a disparu ?

— Absolument sûr.

Wiggins se leva en soupirant.

— Eh bien tant pis, je me débrouillerai autrement.

— Pour le coupe-papier, qu'est-ce que tu vas faire ? Tu es sûr que c'est Stanley qui a tué monsieur Bell ? Pourquoi est-ce qu'il aurait fait ça, s'il n'a pas tué William ?

— Ce serait long à expliquer, et je n'ai pas de temps à perdre. Mais je te promets que tu n'auras pas d'ennuis.

— Comment est-ce que tu vas convaincre la police, pour Croft ?

— J'ai une preuve. Au fait, j'ai un grand service à te demander. Normalement, je devrais dormir dans la chambre de Lowell. Mais je ne pourrai pas y rester toute la nuit, et ça m'ennuie qu'il soit seul. Ce serait bien que tu ailles dormir à côté. Je vais expliquer ça à Lowell. Et vous pousserez un des deux coffres devant la porte. D'accord ?

— Tu crois qu'on est en danger ? Moi parce que tu m'as dit des choses… Et Lowell ?

— Ça aussi, ce serait trop long à expliquer. Fais juste ce que je t'ai demandé et tu n'auras rien à craindre. Ni de Croft ni de la police.

Wiggins sortit et frappa chez Lowell. Au moment où il allait entrer dans la chambre, Param, qui s'était levé d'un bond, le rattrapa et lui chuchota.

— J'aimerais vraiment qu'on soit amis.

— On l'est déjà, Param.

CHAPITRE 25

— Le rouquin ne va pas venir.

— Il viendra, crois-moi, répliqua Stanley Croft. Ce trouillard va arriver la bouche en cœur et nous annoncer qu'il n'a pas encore l'argent mais qu'il compte se rattraper en apportant le double la prochaine fois.

— « Je le jure, Stanley, je le jure sur la tête de ma maman ! » parodia un de ses camarades. Tu vas lui accorder encore un sursis ?

— Tu rigoles ! On va plutôt lui mitonner des représailles bien cuisantes. Quelqu'un a une idée ?

— Il serait temps d'y penser, il est presque minuit.

— On le fera attendre. On l'attachera à un pilier et on prendra tout notre temps pour réfléchir.

— Bonne idée. Il va en pisser dans son froc !

— Taisez-vous, le voilà.

La porte de la chapelle grinça. Les quatre garçons clignèrent des yeux pour discerner la silhouette qui s'avançait à tâtons dans l'allée centrale. Ashley n'avait pas pris de chandelle. Le trouillard avait peur de se faire pincer !

— Pas trop tôt ! s'écria Stanley Croft. Tu arrives juste à temps pour ne pas être en retard. Dans notre confrérie, ne pas tenir parole est une faute gravissime qui est sévèrement punie. Mais…

Il fut interrompu par la voix de bronze de la cloche sonnant les douze coups de minuit.

— Bien, reprit-il en se levant pour accueillir le nouvel arrivant. J'espère que tu as apporté ce que tu avais promis.

Les trois autres garçons, qui étaient assis en rond autour du cercle de lumière, se levèrent également pour se disposer en ligne derrière leur chef, torse bombé et moue méprisante.

— Oui, j'ai réussi, répondit Ashley. Ça n'a pas été facile, avec la police qui tourne et vire dans tout le collège.

— La facilité n'a jamais fait partie de nos principes, rétorqua sèchement Stanley Croft.

Il était en proie à des sentiments divers. À la fois enchanté d'avoir fait vivre des moments terribles à ce mollusque, satisfait de récolter six livres qui leur permettraient de se fournir en laudanum pendant quelque temps, et déçu de ne pouvoir infliger à ce ver de terre un châtiment jouissif. Malgré tout, il y avait encore des possibilités de s'amuser encore un peu avec lui.

— Allons, approche, Ashley.

Dans la lueur des cierges, le visage du junior était blême. Il fit encore quelques pas hésitants mais s'arrêta à une distance prudente des garçons. D'une main tremblante, il tira les billets de sa poche et les tendit à bout de bras.

Stanley Croft s'en empara en riant et les compta un à un.

— Il n'y en a que six, s'étonna-t-il. On t'en avait demandé dix !

– Dix ? balbutia Ashley. Pas du tout, je suis certain que tu avais parlé de six !

Les trois garçons vinrent se coller derrière leur chef. La tension montait, Stanley sentait presque l'odeur de la peur. Un délice !

– Tu n'oserais tout de même pas accuser ton préfet de mensonge ! grinça l'un des garçons. On est témoins, pas vrai ?

Les deux autres approuvèrent énergiquement.

– C'étaient dix livres, pas une de moins. C'est ce que chacun de nous a versé à son entrée dans notre noble confrérie.

– Six livres, c'est déjà énorme, balbutia Ashley. Vous vous rendez compte du cran qu'il m'a fallu ? Si on m'avait pris en train de fouiller dans la caisse, on aurait pensé que c'était moi qui avais assassiné monsieur Bell !

– Parce que ce n'était pas toi ? demanda le préfet en feignant la stupéfaction. Je suis très déçu. On t'a pourtant vu quitter son bureau en courant et j'ai entendu dire que la police te soupçonnait. Un mot de moi, et les soupçons deviendraient une certitude.

– Je ne vois pas ce que tu pourrais leur dire ! protesta Ashley. Et puis pourquoi est-ce qu'ils te croiraient ?

– Parce qu'on ne met pas en doute la parole d'un préfet ! Pour peu qu'ils trouvent le coupe-papier couvert de sang dans tes affaires, tu auras bien du mal à prouver ton innocence.

– Comment est-ce qu'ils pourraient le trouver ? Je ne l'ai jamais vu, je ne sais même pas à quoi il ressemble !

– Et alors ? Quelqu'un pourrait l'y mettre discrètement... N'oublie pas qu'on t'a entendu errer dans les couloirs la nuit où William a disparu. Tu peux me croire, ça sent mauvais pour toi !

Stanley brandit les billets devant lui.

— Et ces billets sont plutôt compromettants, non ? Bien sûr, si tu m'en apportes quatre autres, je dois pouvoir faire en sorte que tu n'aies pas d'ennuis. Voyons, on est vendredi…

Il se retourna vers ses camarades.

— Qu'est-ce que vous pensez de lundi ?

Les autres approuvèrent.

— Alors lundi. Même heure, même endroit.

Ashley prit une grande respiration et recula de quelques pas en criant de sa voix de fausset :

— Tu peux aller au diable, Stanley Croft ! Pour qui tu te prends ? Je ne suis pas un voleur, j'en ai assez de…

Sa voix se brisa mais il poursuivit, au prix d'un immense effort :

— J'en ai assez de tes exigences et je me contrefiche de votre club de malades ! Vous pouvez continuer à voler et à vous droguer, ce sera sans moi ! Tu peux garder les billets, ça m'est complètement égal. Je préfère encore être accusé de vol qu'être ami avec des pervers !

Stanley n'en croyait pas ses oreilles. Ce moins-que-rien osait lui tenir tête ! Pour qui se prenait-il ? Il allait le payer très, très cher. Mais, dans l'immédiat, l'essentiel était de ne pas perdre la face.

— Eh bien va-t-en, cracha-t-il avec un immense mépris. Tu n'es décidément qu'une pitoyable larve, Ashley Lawrence. Pars, mais je te garantis que tu vas en baver. Tu peux dire adieu au collège et à l'université. Tu verras, quand tu seras en prison, ce que c'est vraiment qu'un pervers !

Ashley s'éloigna vers le fond de la chapelle en criant d'une voix chevrotante :

— Ça m'est égal ! Tout ce que je veux, c'est ne plus jamais vous voir. Plus jamais ! De toute façon je n'irai pas en prison pour quelques livres. Et tu ne pourras jamais prouver que j'ai assassiné monsieur Bell. Essaie un peu, et je leur dirai la vérité. Je leur dirai que c'est toi, l'assassin !

Stanley Croft fut saisi. Que pouvait savoir ce petit imbécile ? L'avait-il entendu derrière la porte ? L'avait-il vu quitter le bureau de Bell par la fenêtre ? Ou, un moment plus tard, regagner le collège par celle du réfectoire ?

— Je sais très bien que tu as tué monsieur Bell ! cria Ashley. Quand j'étais dans son bureau, j'ai entendu des pas dans le couloir, et il n'y avait personne quand je suis ressorti. J'ai voulu savoir qui avait écouté à la porte, alors, après être sorti dans la cour, je suis revenu sans faire de bruit. J'ai tout entendu ! Et puis plus tard, je t'ai vu sortir de la chambre de Param. J'ai fait l'imbécile, tout à l'heure, quand tu as parlé du coupe-papier. Mais Param l'a trouvé et me l'a montré, et je sais que c'est toi qui l'as mis dans ses affaires !

Les camarades de Stanley Croft le regardèrent avec effarement. Il s'efforça de ne pas baisser les yeux mais il se sentait devenir aussi pâle qu'Ashley. Au diable ce fouineur !

— Il ment, hein, Stanley ? Tu ne peux quand même pas avoir tué Bell ! lui demanda un des garçons.

— Au fait, comment est-ce que tu sais que Bell a été tué avec un coupe-papier ? osa demander un autre.

— Bien sûr que non, je ne l'ai pas tué ! bafouilla Stanley d'une voix pâteuse. Pour le coupe-papier, tout le monde est au courant ! Allez venez, les gars, on va faire passer au rouquin l'envie de raconter des bobards !

Derrière lui, les trois garçons restaient figés. Stanley sentit de la bile lui remonter dans la gorge. Cette affaire était en train de tourner en catastrophe. Pouvait-il encore compter sur ses amis ? S'ils le trahissaient eux aussi, il ne se sortirait jamais de ce piège. Ashley disait forcément la vérité, jamais il n'eût osé accuser son préfet sans certitude. Il fallait à tout prix l'empêcher d'aller raconter ces horreurs au directeur et à la police.

— Vous n'allez pas me lâcher ! cria-t-il méchamment en se tournant vers ses compagnons. Si vous me laissez tomber maintenant, vous serez mouillés comme moi. Vous aurez du mal à expliquer ce qu'on fait ici la nuit !

Les garçons ne firent toujours pas un geste, et Ashley avait déjà presque atteint la porte de la chapelle. Stanley se précipita comme une furie dans l'allée pour le rattraper. Mais, soudain, une intuition lui souffla qu'il y avait quelque chose d'anormal. L'imbécile aurait dû s'enfuir en courant, terrorisé, au lieu de marcher tranquillement. Et, seul, il n'aurait jamais eu le cran d'accuser ainsi son préfet. C'était un piège !

Des hommes émergèrent alors de derrière les piliers : le directeur, Fergus Kinloch et Roland Verneuil. Même ce voyou de Wiggins était là ! Stanley poussa un cri de rage. Il était perdu ! En admettant qu'il parvienne à leur échapper, il trouverait porte close à la sortie du collège et Habakkuk se ferait un plaisir de le ceinturer.

— Il ment ! hurla-t-il en levant le poing. Il a tout inventé !

Fergus Kinloch empoigna Stanley, le souleva de terre aussi facilement qu'un fétu de paille et le repoussa avec une telle violence qu'il s'affala rudement sur les dalles.

— Vous aurez du mal à le prouver, fit le directeur. J'ai bien peur que nous disposions de preuves irréfutables de votre culpabilité.

— Je voudrais bien savoir lesquelles, fulmina Stanley. À part les mensonges de cette lavette, vous n'avez rien !

— Justement si ! dit Wiggins en sortant de sa poche une feuille de papier pliée en quatre. Une liste de fournitures de la maison Têtes… Thomas Truc, que j'ai trouvée par terre à côté du cadavre de Bell. Si elle lui avait été apportée longtemps avant le meurtre, elle aurait été dans la corbeille où il rangeait ses documents. D'ailleurs j'ai fait ma petite enquête : un élève vous a croisé quand vous alliez chez Bell. Vous aviez ce papier à la main.

— Ça ne signifie pas que je l'ai tué.

— Ce ne serait peut-être pas suffisant en effet, intervint Roland Verneuil. Malheureusement pour vous, l'arme du crime porte vos empreintes. Vous l'ignorez sans doute, mais chaque individu possède ses propres empreintes digitales et les imprime de façon invisible à l'œil nu sur tout objet qu'il touche[44]…

Stanley lui lança un regard de haine. Il n'avait jamais entendu parler de ces fichues empreintes et se morfondait maintenant de ne pas avoir jeté l'arme au lieu de la cacher dans le coffre de l'Indien.

— Peut-être serez-vous jugé avec moins de sévérité si vous admettez votre crime, ajouta le directeur. Si vous niez, vous vous trouverez dans une situation difficile. Périlleuse. Et même désastreuse. La police pensera sans aucun doute que vous avez également assassiné le jeune William Hodson.

— Non, pas lui ! hurla Stanley. Je n'ai pas touché à un seul de ses cheveux ! Pour ce meurtre-là vous ne trouverez aucune preuve contre moi !

Il comprit aussitôt que sa réaction était en elle-même un aveu du meurtre de Charles Bell. Il se prit

[44] Ce n'est que vers 1880 qu'on a commencé à s'intéresser aux empreintes digitales, ou lignes papillaires. En France comme en Angleterre, les premières enquêtes criminelles résolues grâces aux empreintes digitales datent du tout début du XXᵉ siècle. Mais il va de soi que Sherlock Holmes avait en ce domaine une longueur d'avance sur la police !

la tête dans les mains et fondit en larmes de fureur et de désespoir.

— À pareille heure, je ne me sens pas le courage de prendre la voiture pour aller réveiller le constable, décréta le directeur. Vous allez passer la nuit enfermé dans la salle des professeurs sous la garde de monsieur Kinloch, et on vous remettra demain matin entre les mains de la police. Vous aurez beaucoup de choses à expliquer, notamment comment vous connaissez l'arme du crime alors que l'information est restée secrète. Et vous devrez aussi nous dire ce que vous faites la nuit dans cette chapelle. Si vous n'êtes pas assez bavard, vos camarades seront sûrement plus loquaces, ils comprendront où est leur intérêt.

Devant l'autel, les trois garçons ressemblaient à trois statues de cire.

L'Écossais empoigna Stanley Croft par le cou en déclamant de sa voix de stentor :

— *Pede poena claudo*[45], a dit Horace. La justice est lente mais inéluctable.

— *Vincit omnia veritas*, ajouta Roland Verneuil qui tenait à avoir le dernier mot. La vérité triomphe de tout.

Ces deux imbéciles se croyaient très malins ! C'étaient eux que Stanley eût aimé poignarder, plutôt que ce pauvre Bell qui était inoffensif. Mais il n'avait pas eu le choix, il avait entendu Ashley l'accuser et il ne pouvait laisser Bell enquêter sur ses activités nocturnes. Il avait risqué le tout pour le tout, et il avait perdu. Maudit soit la nuit où ce ramolli d'Ashley Lawrence était venu troubler leur réunion !

---

[45] (Latin) Mot à mot : le châtiment suit le crime en boitant.

CHAPITRE 26

— Bravo, Wiggins ! Vous avez réglé cette affaire de main de maître.

— J'ai juste appliqué vos méthodes, répondit Wiggins qui se sentait pousser des ailes dès que Sherlock Holmes le complimentait.

Après la scène dramatique de la chapelle, Fergus Kinloch avait traîné le préfet dans la salle des professeurs et lui avait attaché les mains derrière le dos en lui promettant de réduire son crâne en marmelade s'il tentait de s'enfuir. Vu la carrure du lanceur de troncs, il était peu probable que Stanley Croft tente quoi que ce soit.

Le directeur avait félicité Wiggins d'avoir fait preuve d'astuce, d'intelligence et même de clairvoyance, concluant cependant avec force grimaces :

— Il reste à découvrir qui a assassiné le petit William Hodson.

Puis il s'était tourné vers celui qu'il prenait toujours pour Roland Verneuil :

— J'ai bien peur que vous n'ayez vu juste, monsieur Verneuil. Jusqu'à présent, la police ne s'est guère montrée à la hauteur. Le procès a eu lieu aujourd'hui, et comme prévu lord Edward Summerfield a fait en sorte que le fameux Cooper soit condamné. Les heures qui viennent vont donc être décisives pour le jeune Lowell. Je compte sur Wiggins et sur vous pour faire en sorte qu'il ne lui arrive rien.

— Vous pouvez compter sur nous, avait répondu Sherlock Holmes avant de saluer le directeur et d'entraîner Wiggins vers la maison Thomas Tallis.

— Je suis assez fier de mon idée de faire croire à Croft qu'on pourrait le confondre grâce à ses empreintes digitales, dit-il après avoir félicité son jeune ami. Mais le rôle que vous avez fait tenir à Ashley Lawrence était également fort astucieux. Sans véritable preuve, notre seule ressource était de pousser le coupable à avouer. Convaincre monsieur Baring-Gould de vous laisser organiser cette petite mise en scène fut un véritable exploit, que vous avez accompli de main de maître.

— Bof… bredouilla Wiggins avec un sourire béat.

— À bien y réfléchir, je ne suis pas certain que vous soyez fait pour le métier de détective.

Wiggins sentit un grand froid l'envahir.

— Comment ça ?

— Ambassadeur vous conviendrait mieux.

— Pour fréquenter des types comme cet hypocrite de Croft ? Sans façons !

— En tout cas, le directeur ne jure plus que par vous, dit Sherlock Holmes d'une voix fraîche. Avez-vous remarqué ? Quand il a dit qu'il comptait sur nous pour faire en sorte qu'il n'arrive rien à Lowell, il vous a nommé en premier.

— C'est normal, il vous prend pour un simple professeur de français.

— Tout de même, je ne pensais pas devenir un jour votre assistant ! Mais passons… Je vous propose de faire un crochet par chez moi pour fourbir nos armes. Car il nous reste à découvrir qui a enlevé et assassiné William Hodson. La sinistre affaire Croft n'est finalement qu'un épisode, certes dramatique, mais périphérique.

Wiggins leva les yeux au ciel. *Certes dramatique, mais périphérique !* Quand Sherlock Holmes se déciderait-il à parler comme tout le monde ?

Tandis qu'ils montaient l'escalier sur la pointe des pieds, le détective chuchota :

— Grâce à votre talent pour faire parler les témoins, je sais enfin qui avait volé le laudanum.

— Comment ça ? Vous étiez au courant du vol ?

Le détective toussota.

— Des douleurs d'estomac m'ont obligé à y avoir recours il y a quelques jours. L'odeur forte qui se dégageait du flacon m'a tout de suite révélé ce qui s'était passé. J'en ai jeté le contenu sans en parler à personne, me réservant le plaisir de démasquer le voleur. Et vous l'avez fait à ma place ! Décidément, Wiggins, vous ne cessez de me coiffer au poteau...

Wiggins buvait du petit-lait. Il se fit aussi la réflexion que Sherlock Holmes avait un estomac de requin, et que son besoin de consommer du laudanum n'était peut-être pas tout à fait médical. Le détective avait parfois recours aux paradis artificiels lorsqu'il s'ennuyait, c'est-à-dire lorsque aucun crime étrange ne sollicitait sa sagacité. Wiggins eut confirmation de ses soupçons lorsque Sherlock Holmes ajouta :

— Heureusement, mes maux d'estomac ont disparu comme par enchantement quand le jeune Hodson a été assassiné.

— Quelle coïncidence ! marmonna Wiggins.

Le détective toussota de nouveau en poussant la porte de son appartement.

— Je ne vais pas vous retenir longtemps. Il est très tard et vous avez encore à faire cette nuit.

— Ah bon ?

— Vous devez parler avec le jeune Lowell. Lui faire avouer ce qu'il cache depuis le début.

— Comment ça ? Vous pensez qu'il sait des choses qu'il n'a pas dites ?

— Cela me semble évident.

— Pas à moi. Il a un sommeil de plomb, il peut très bien ne rien avoir entendu la nuit où William a été enlevé.

— Rappelez-vous ce que je vous ai dit ce soir à propos du journal du jeune Hodson. Qu'avez-vous pensé face à la série incroyable d'incidents qu'il y raconte ?

— Que quelqu'un en voulait à Lowell, et peut-être aussi à William, depuis des mois.

— Et que cela rendait l'enlèvement de William tout à fait logique, n'est-ce pas ?

— Oui.

— Cependant, si ces incidents ne se sont jamais produits et que William les a inventés, notre interprétation des faits se révèle fausse.

— Mais William a bien été enlevé et assassiné ! protesta Wiggins.

— Assassiné, cela ne fait guère de doute. Nous n'avons en revanche aucune preuve de son enlèvement. Vous devriez essayer de faire parler le jeune Lowell en gardant cela à l'esprit.

Wiggins soupira.

— Je ne vois pas du tout où vous voulez en venir. Vous feriez mieux de me le dire, on gagnerait du temps !

Sherlock Holmes eut un vague sourire lourd d'arrière-pensées.

— Je préfère vous laisser le découvrir vous-même.

Vous n'en serez que plus naturel avec ce garçon. J'ai souvent remarqué que cette façon de procéder fonctionnait parfaitement avec vous.

– Autrement dit, vous me manipulez !

– Le mot est exagéré. Je fais ce que j'ai fait au sujet de Param. En vous laissant croire que je le considérais comme un coupable possible, je vous ai exaspéré, cela vous a aiguillonné et vous avez appris ce que j'ignorais moi-même : qu'il était le petit-fils d'un prince et qu'un Hindou convaincu n'oserait jamais commettre une mauvaise action pendant une éclipse de lune… Je me comporte comme Socrate, en vous incitant par mes remarques à trouver vous-même la vérité.

Wiggins haussa les épaules.

– Je parie que vous allez me balancer un proverbe latin !

– Socrate était grec.

– Grand bien lui fasse ! Bon, je vais faire la causette avec Lowell, on verra bien ce qui en sortira.

Il regagna la maison Thomas Tallis en se disant que les années n'avaient rien changé au comportement parfois si irritant du détective.

Il s'attendait à être obligé de réveiller les deux garçons pour qu'ils déplacent le coffre qu'ils avaient dû pousser devant la porte. Il n'en fut rien. Il eut à peine tourné le loquet que deux voix effrayées demandèrent qui était là. Dès qu'il eut prononcé son nom, Param tira le coffre et le laissa entrer.

– J'ai une grande nouvelle, chuchota Wiggins. Stanley Croft a avoué le meurtre de Bell !

Param sauta en l'air de joie et Lowell s'assit dans son lit en applaudissant. Wiggins leur fit signe d'être un peu plus discrets et leur raconta ce qui s'était passé dans la chapelle.

— Peut-être que William avait découvert qu'ils se droguaient, conclut Param après avoir réfléchi un instant, et alors Stanley a décidé de l'assassiner. Il a réussi à l'attirer dehors... Je sais ! Il lui a fait goûter du laudanum et, une fois William ferré comme un poisson, il a inventé une réunion dans les bois et suggéré qu'il s'enfuie discrètement par la fenêtre.

L'hypothèse était vraisemblable, mais Wiggins comprit vite qu'elle ne tenait pas.

— Ça ne colle pas avec les incidents de cet hiver, objecta-t-il. Apparemment, quelqu'un lui voulait du mal depuis plusieurs mois. À lui ou à vous deux, Lowell.

— Quels incidents ? demandèrent ensemble Lowell et Param.

— Ceux qu'il a racontés dans son...

Wiggins se rappela tout à coup qu'il n'avait pas avoué à Lowell avoir trouvé et subtilisé le journal de William. Il jugea qu'il était temps de mettre cartes sur table s'il voulait découvrir la vérité.

— Je suis tombé par hasard sur le journal qu'il écrivait, reprit-il. C'est comme ça que j'ai appris toutes les choses bizarres des derniers mois : l'intoxication alimentaire, la vitre éclatée, les chaussures volées...

— Quoi ? s'exclama Lowell. De quoi vous parlez ? Rien de tout ça n'est vrai, il a tout inventé !

Ainsi, Sherlock Holmes avait vu juste. Une fois de plus.

— Pourquoi est-ce qu'il aurait inventé ça ? demanda Wiggins.

— Justement pour qu'après on croie... Enfin je n'en sais rien, moi !

— Pour qu'on croie quoi ? Que quelqu'un lui en voulait ? Mais pourquoi inventer un truc pareil ?

Lowell s'énerva.

– Comment veux-tu que je le sache ? Je n'étais pas dans sa tête !

– C'est bizarre que tu n'aies jamais su qu'il tenait un journal. Vous dormiez dans la même chambre et c'était ton meilleur ami.

– Oh, çà...

– Vous n'étiez pas amis ?

– C'est ce que je croyais.

Et soudain Lowell fondit en larmes. Param s'approcha de lui et passa un bras autour de ses épaules.

– Tu es triste, hein ? C'est vrai que c'est affreux de mourir de cette façon.

– C'est pas ça ! hoqueta Lowell entre deux sanglots.

Mais ses larmes finirent par se tarir. Il prit un mouchoir sous son oreiller, se moucha avec bruit, renifla, s'allongea et se tourna vers le mur. Wiggins allait devoir de nouveau jouer les ambassadeurs.

– D'après toi, reprit-il, William a écrit ce journal uniquement pour donner l'impression que quelqu'un en avait contre vous deux. Et tu as dit : « pour qu'après on croie... » Tu pensais à quoi, Lowell ? Qu'est-ce que ça veut dire, *après* ?

Lowell ne répondit pas. Wiggins commençait à voir se dessiner ce que Sherlock Holmes avait sans doute deviné.

– Après quoi, Lowell ? Après sa disparition ? Tu veux dire qu'il est parti de son plein gré, qu'il n'a pas été enlevé ? Si tu sais quelque chose, il faut parler ! Ton ami a été assassiné, et celui qui l'a tué pourrait très bien s'attaquer à toi. Je t'en supplie, Lowell, fais-moi confiance. Je ne suis ni du côté de la police, ni du côté des professeurs. Il n'y a qu'à moi que tu puisses raconter ce que tu sais sans risquer d'ennuis.

Si tu te tais, tu vas au-devant de très graves problèmes. Ta vie est peut-être en jeu !

– Wiggins a raison, renchérit Param. Moi aussi il m'a incité à lui raconter des choses que je ne voulais pas dire, et c'est grâce à lui que je n'ai pas été accusé d'avoir poignardé monsieur Bell !

Lowell se cacha la tête sous l'oreiller en se remettant à sangloter de plus belle. Puis, soudain, il se redressa et dit d'une voix brisée :

– Je croyais qu'on partageait tout, alors qu'il n'arrêtait pas de me mentir ! William n'était pas vraiment un ami ! Je ne veux plus penser à lui, ça me fait trop mal !

– Alors pense à toi, dit Wiggins. Si tu ne veux pas qu'il t'arrive la même chose, il faut tout me dire. Je te jure que je ne te trahirai jamais, moi.

Lowell reprit peu à peu son souffle, et se lança enfin.

– On voulait partir tous les deux, on voulait quitter le collège et s'engager comme mousses sur un bateau. On rêvait de voyages et d'aventures, et il a tout fait rater !

– Raconte, Lowell.

CHAPITRE 27

Dès le jour de la rentrée, Lowell avait été attiré par William. Celui-ci manquait pourtant de charme avec sa tête de rongeur, mais il était un des rares à ne pas se moquer de Lowell le tête-en-l'air. Lowell avait demandé de partager une chambre avec lui et ils ne s'étaient plus quittés. Tous deux avaient le même genre de père : intransigeant et aussi affectueux qu'un iceberg. Tous deux s'ennuyaient au collège et se refusaient à suivre *ad vitam æternam* les ornières qu'on avait tracées pour eux. Tous deux, enfin, rêvaient depuis toujours de naviguer.

Qui avait lancé l'idée le premier ? Lowell ne parvenait pas à se le rappeler. Toujours est-il qu'ils avaient évoqué un jour la possibilité de se rendre à pied à Southampton et de trouver à s'engager sur un bateau. Une fois en mer, leurs parents pourraient toujours les rechercher ! Ils traverseraient l'Atlantique et s'installeraient au Canada, à moins que le bateau ne les conduise en Afrique du Sud ou en Australie. Peu importait ! L'essentiel était de quitter l'Angleterre.

Les choses s'étaient précisées au retour des vacances de Noël. William avait parlé de son projet à un de ses cousins, un aventurier qui avait rompu avec sa famille et ne risquait pas de le trahir, et le cousin avait fait des suggestions intéressantes.

– Si vous ne voulez pas vous faire repérer, vous devrez aller à Southampton à pied. Il vous faudra bien deux jours. C'est moins qu'il n'en faut pour que la police vous rattrape, à moins qu'on ne trouve un moyen d'orienter les recherches en direction de Londres.

William ne voyait pas comment s'y prendre, mais le cousin avait trouvé la solution dès qu'il avait appris que le père de Lowell était juge.

– On lui enverra des lettres de menaces. On va attendre qu'il siège dans un procès important, et on le menacera d'assassiner son fils s'il ne s'arrange pas pour que le coupable soit innocenté.

– Et s'il le fait innocenter ? On sera coincés !

– Bien sûr que non, petite tête ! Vous partirez avant le procès. Il faut juste faire planer le danger pour que les recherches s'orientent vers Londres. C'est évidemment de Londres que les lettres seront envoyées. Tu n'auras pas à t'en inquiéter, je m'en chargerai.

William avait élevé une objection : le juge risquait de retirer Lowell du collège pour le garder chez lui sous protection. Mais le cousin avait réponse à tout : il fallait juste lui faire peur sans parler du fils. L'important était qu'il comprenne *après* la disparition que c'était Lowell qui était visé. Il suffisait de bien peser les mots, ce n'était pas bien compliqué.

Quand William lui avait exposé le projet, Lowell avait d'abord refusé catégoriquement. Éveiller la méfiance de son père était de la folie. Le vieux était retors, il risquait de flairer le piège. Mais William avait fini par le convaincre de l'efficacité de ce plan, et emporté le morceau en faisant ressortir son côté romanesque. Les deux garçons avaient attendu avec impatience l'annonce d'un procès dans lequel lord Edward se refuserait à faire preuve de la moindre indulgence. Il était convenu que les lettres seraient déposées chez lui par un gamin des rues choisi avec soin. Il y aurait deux lettres, la seconde plus menaçante que l'autre. Le départ se ferait la veille du procès et le juge recevrait alors une troisième lettre dont le texte était déjà tout prêt : *Deux précautions valent mieux qu'une. Libère Cooper si tu veux revoir ton fils.* Il continuerait à croire que les ravisseurs étaient des amis de Cooper et personne n'irait enquêter sur la route de Southampton.

Le grand départ avait été fixé pour la nuit du mercredi 21 mars. L'éclipse de lune garantirait une obscurité propice. Une fois tous les autres endormis, ils accrocheraient une corde au coffre qui se trouvait au fond du couloir, descendraient l'un après l'autre et gagneraient la route à travers bois. Là, le cousin les attendrait dans une carriole qu'il aurait louée. Il les emmènerait jusqu'à Petersfield, puis il irait rendre la carriole car il ne fallait pas risquer qu'elle soit repérée. William et Lowell n'auraient plus qu'une trentaine de miles à parcourir. S'ils ne traînaient pas, ils pouvaient arriver à Southampton dans la soirée du jeudi.

Tout s'était d'abord parfaitement déroulé, la descente le long de la corde et la traversée du bois n'avaient attiré l'attention de personne. Ils s'étaient munis d'une lanterne sourde qu'ils avaient allumée de façon qu'elle ne soit pas visible depuis le bâtiment.

Peu avant d'arriver au lieu de rendez-vous, William s'était arrêté.

— Qu'est-ce que tu fais ? demanda Lowell. Avance, ce n'est pas le moment de traîner !

— J'ai quelque chose à te dire. Je ne t'en ai pas parlé

plus tôt parce que j'avais peur que tu te dégonfles. Voilà… Mon cousin a eu une idée géniale. Tu te souviens du texte de la troisième lettre, celle que ton père va recevoir demain soir ?

— Bien sûr ! On lui conseille de libérer Cooper s'il veut me revoir.

— On va faire beaucoup mieux. On va lui demander une rançon et on la partagera entre nous trois, mon cousin, toi et moi. Comme ça, on partira avec un magot !

— Tu es complètement fou ! s'écria Lowell. Demander une rançon, c'est un crime !

— N'exagère pas. C'est ton père, après tout, c'est normal qu'il te donne de quoi vivre, non ?

— N'importe quoi ! Demander de l'argent et réclamer une rançon, ce n'est pas du tout la même chose ! Je déteste mon père mais ce n'est pas une raison pour le voler. Si jamais on se fait prendre… Si c'est comme ça, je ne pars plus.

— Ne t'énerve pas, Lowell. Si vraiment ça t'ennuie, on peut laisser tomber la rançon. C'est dommage, mais moi, ce que je veux surtout, c'est qu'on parte tous les deux. Le problème, ça va être de convaincre mon cousin.

Ils se remirent à marcher en silence. Lowell sentait que leur beau projet était en train de mal tourner. Le cousin refuserait de renoncer à l'argent et emmènerait William. Et lui, Lowell, n'aurait plus qu'à parcourir le chemin en sens inverse, grimper à la corde et retourner se coucher, la mort dans l'âme.

— Lowell n'est pas d'accord pour la rançon, annonça William dès qu'ils eurent rejoint la carriole. Qu'est-ce que c'est que ce déguisement ?

Le cousin avait le visage presque entièrement dissimulé derrière un grand loup noir.

— On ne sait jamais qui on peut rencontrer. Tu pars, toi, tu t'en fiches qu'on te reconnaisse ! Quant aux caprices de ton ami...

Sans terminer sa phrase, le cousin se jeta sur Lowell et l'attrapa comme un paquet avec l'intention évidente de le mettre de force dans la voiture.

— Tu es complètement fou ! cria William en agrippant son cousin.

— Ta gueule, je t'ai pas sonné ! Tu croyais quand même pas qu'on allait lui demander son avis ! On n'obtiendra la rançon qu'en échange de ce petit imbécile !

Mais William donnait des poings et des pieds sur son cousin, pourtant plus grand que lui. Furieux, celui-ci projeta violemment Lowell sur le sol pour tenter de maîtriser William. Terrifié, Lowell eut alors un réflexe qui le sauva. Imitant les renards pourchassés, il se figea pour simuler l'inconscience, regardant entre ses paupières mi-closes les deux garçons qui luttaient frénétiquement.

— Arrête ! Arrête ! hurlait William en sanglotant. Tu l'as tué, regarde ! Tu l'as tué ! Assassin ! Lâche-moi !

Le cousin ne voulait pas lâcher prise. Sans doute était-il en train de comprendre que William était devenu un ennemi, qu'il serait prêt à le dénoncer, et que s'il le laissait repartir il serait perdu. Il le frappait et le giflait, mais William continuait à se battre bec et ongles. Lowell se dit qu'il avait peut-être une chance d'échapper à la mort. Doucement, lentement, sans cesser de s'assurer que le cousin ne prêtait plus attention à lui, il rampa dans l'herbe pour gagner le couvert du bois.

Dès qu'il atteignit les premiers arbustes, il se releva et s'éloigna très vite, marchant courbé en deux et s'efforçant cependant de ne pas faire crisser des branchages.

Il entendit soudain quelqu'un crier, au loin devant lui :

– Tiens bon, Lowell, on arrive !

Maintenant que tout avait échoué, il ne voulait surtout pas être mêlé à cette affaire. Il se mit à courir à s'en faire éclater le cœur, parcourant un grand arc de cercle pour ne pas croiser la personne qui venait à la rescousse sur le chemin. Il fit un immense détour à travers bois qui le mena au niveau de la buanderie. Là, tremblant de tous ses membres, il longea les bâtiments à découvert. Malgré l'obscurité, les contours du bâtiment étaient assez faciles à repérer. Il atteignit enfin le bâtiment de la maison Thomas Tallis. La corde était toujours là. Une petite pluie commençait à tomber mais, aiguillonné par l'angoisse, il grimpa à toute vitesse le long de la corde et atterrit bientôt sur le plancher du couloir, où il resta prostré, incapable de trouver la force de se mettre debout. Après un long moment, il regagna sa chambre sur la pointe des pieds, se déshabilla et se pelotonna sous la couverture. Un peu plus tard, il entendit marcher dans le couloir. C'était Wiggins qui rentrait à son tour, mais Lowell l'ignorait. Plus tard encore, quelqu'un entrouvrit doucement la porte de la chambre et la referma aussitôt, croyant Lowell profondément endormi. C'était Roland Verneuil, mais cela aussi Lowell ne le comprit que par la suite.

Le lendemain matin, la nouvelle de la disparition de William parcourut le collège comme une traînée de poudre. Lowell fit de son mieux pour jouer la comédie en constatant la disparition de son ami. Il espérait que William avait finalement pris la fuite avec le cousin et qu'il était loin sur le chemin de Southampton. Quant à lui, il n'eût voulu pour rien au monde partager son sort. William lui avait menti, il l'avait entraîné dans cette aventure avec le projet secret de réclamer une rançon à son père. Au dernier moment, cependant, il avait eu un sursaut d'honnêteté et s'était dressé contre son cousin. À cause de cela Lowell voulait bien lui pardonner ses mensonges. Mais plus jamais il ne chercherait à s'enfuir. Au fond de lui, d'ailleurs, il avait toujours su que ce n'était qu'un rêve, qu'il n'aurait pas le cran d'aller jusqu'au bout, qu'il n'était pas du bois dont on fait les risque-tout.

Lorsqu'il apprit qu'on avait retrouvé le cadavre de William, il fut partagé entre le chagrin et le soulagement de savoir que celui-ci ne pourrait plus le trahir, que personne ne saurait jamais ce qu'ils avaient projeté. Il n'était pas difficile de deviner de quelle façon les choses s'étaient terminées. La lutte entre William et son cousin avait dû mal tourner. Le cousin l'avait probablement jeté par terre et le crâne de William avait heurté une pierre. Et, lorsque le cousin avait voulu revenir vers Lowell, il ne l'avait plus trouvé et avait entendu quelqu'un débouler du chemin. Alors il avait pris la fuite, était allé se débarrasser du cadavre dans la rivière, puis avait remis la carriole chez le paysan à qui il l'avait empruntée.

Depuis cette horrible nuit, Lowell était rongé par une foule de questions sans réponses. Celle qui le hantait le plus était la suivante : William l'avait-il vraiment aimé comme un ami, ou ne s'était-il lié avec lui que poussé par le cousin qui, dès le début, avait compris l'avantage qu'on pouvait tirer de cette relation ?

La découverte de ce journal factice achevait de le troubler. Jamais il ne s'était rendu compte de la perversité de William, qui avait écrit en secret un journal destiné à orienter les recherches, après leur disparition, sur de fausses pistes. Pourquoi n'en avait-il rien dit à Lowell ? N'était-ce pas la preuve qu'il faisait cavalier seul et ne considérait Lowell que comme un instrument ?

— Je te comprends, dit Wiggins lorsqu'il eut achevé son récit. Mais je crois que les deux sont vrais. William t'aimait bien et avait vraiment envie de partir en mer avec toi. Malheureusement, il était influencé par un vaurien qui, lui, ne voyait que son intérêt. Ce type mérite d'être condamné pour le meurtre qu'il a commis, et pour cela il faut qu'on le retrouve.

— Je ne sais même pas comment il s'appelle.

— Si vraiment c'est un cousin de William, on devrait pouvoir retrouver sa trace.

— Mais il s'empressera de tout raconter à mon père !

— On n'a pas vraiment le choix.

— Wiggins a raison, renchérit Param. Tu sais, Lowell, ça m'étonnerait que ton père te punisse après tout ce que tu as traversé. Imagine que le cousin préfère se débarrasser de toi ? Il pourrait venir au collège, t'épier, profiter d'un moment où on est sur le terrain de sport ou dans les bois…

— Tais-toi, tu me fais trop peur ! Ça n'empêche que mon père me tuera quand il apprendra que j'ai essayé de m'enfuir.

— On présentera les choses à notre façon, tenta de le rassurer Wiggins. On y réfléchira le moment venu. Pour l'instant, le plus urgent est de retrouver ce type. Sur ce, il est temps de dormir. Je vais retourner dans la petite chambre. Il vaut mieux que vous remettiez le coffre derrière la porte, mais *a priori* il n'y a plus rien à craindre. À l'heure qu'il est le cousin de William doit être loin.

CHAPITRE 28

Aussitôt après le petit déjeuner, Wiggins alla voir monsieur Baring-Gould pour lui faire part des confidences de Lowell. Au fil de son récit, il vit le visage du directeur passer par toutes les couleurs de l'arc-en-ciel et ses traits se déformer comme un pudding en train de cuire.

— Il vaudrait mieux ne pas raconter tout ça à Summerfield, conclut Wiggins.

— À *lord* Summerfield ! le reprit le directeur. C'est une histoire surprenante. Très déconcertante. Et même rocambolesque. Qu'un gamin aussi immature que Lowell Summerfield ait pu songer à s'engager comme mousse me laisse pantois. Je me demande parfois s'il n'y a pas des lacunes dans notre éducation. Je vais en parler avec les professeurs, il faudrait peut-être que nous soyons plus proches de nos garçons.

Le directeur remonta dans l'estime de Wiggins.

— Quant à lord Edward... reprit monsieur Baring-Gould, mieux vaut en effet réfléchir avant de tout lui révéler. Le pauvre Lowell risquerait de le payer excessivement cher, ce qui ne le réconcilierait évidemment pas avec le collège. Et puis... j'ai peur que lord Edward ne nous refuse désormais son aide. Le clocher de la chapelle a besoin de réparations substantielles.

— Réparer le clocher est moins urgent que retrouver le cousin de William Hodson.

— Oui, bien sûr. Il va falloir interroger monsieur et madame Hodson. Ils comptent rester à l'auberge de Midhurst jusqu'à ce que la police donne l'autorisation d'emporter le corps, ils le rapatrieront alors en Cornouailles.

À ce moment précis, Wiggins, qui se trouvait face à la fenêtre donnant sur la cour du collège, aperçut Habakkuk entraînant dans son sillage un couple qui ne pouvait être que les Hodson. Un instant plus tard, ils pénétraient dans le bureau du directeur. Les épaules en arrière et le torse bombé, l'homme avait tout du militaire imbu de sa personne et fier de ses médailles. À côté de lui, sa femme ressemblait à une petite souris cherchant à se rendre invisible. De cet animal, elle avait la légèreté, la vivacité, la denture et le nez frémissant. Elle avait également les yeux rouges d'une personne qui n'a pas dormi depuis plusieurs jours, alors que son mari arborait un teint rubicond en dépit de l'épreuve qu'ils traversaient. Ce fut lui qui parla, bien entendu. La police avait-elle enfin retrouvé le coupable ou attendait-elle que ce vaurien vienne se dénoncer de lui-même ? Allaient-ils enfin pouvoir regagner la Cornouailles avec la dépouille de leur fils ?

Monsieur Baring-Gould leur expliqua avec force périphrases, soupirs et toussotements qu'on soupçonnait un cousin de William.

— Alors c'est ce pendard de Jack ! s'exclama aussitôt monsieur Hodson. Cela ne peut être que lui, j'ai toujours dit que c'était de la graine de bandit.

– On n'est pas encore sûrs que ce soit lui le coupable, risqua sa femme.

– Et qui d'autre, tu peux me le dire ?

Dressé sur ses ergots tel un coq agressif, monsieur Hodson éclaira la lanterne du directeur sur l'identité du neveu.

– Jack Pope, un neveu de ma femme. Le fils de sa sœur. Cette gourde a épousé un propre-à-rien qui n'a jamais été fichu de gagner une livre.

– Tout de même, Marmaduke…

– Ne me coupe pas la parole, Phoebe. Je sais que ce n'est pas agréable pour toi, mais c'est la stricte vérité.

– Pardon, mon ami.

Ces gens de la bonne société avaient décidément des prénoms impossibles. Et Wiggins mourait d'envie de demander à monsieur Hodson ce qu'il pensait du comportement de son père pendant la révolte des cipayes.

– Ce Jack a toujours fait les quatre cents coups. Le mouton noir de la famille, si vous voyez ce que je veux dire. Il a subitement disparu dans le courant de l'hiver et n'a plus jamais donné de nouvelles à ses parents. Extorquer de l'argent à un juge, c'est tout lui, mais de là à estourbir son propre cousin…

Phoebe Hodson eut peine à réprimer un sanglot.

– Nous comptons repartir sans traîner, conclut son mari. Faites en sorte que la police signe les papiers nécessaires, ou je ne sais quoi d'autre, je m'en tamponne le coquillard. J'en ai ma claque de la cantine de l'auberge. Quant à Jack, j'espère qu'on va vite le retrouver et le fusiller.

– C'est un civil, murmura monsieur Baring-Gould.

– Eh bien qu'il soit pendu ! explosa Marmaduke

Hodson. Si on me confiait l'affaire, je le ferais d'abord écarteler.

Son épouse frissonna, les yeux hagards.

– Respects, conclut le militaire en se levant et en claquant des talons. Phoebe !

Sa femme se leva à son tour et jeta sur le directeur un long regard dans lequel se mêlaient excuses et supplications. Monsieur Baring-Gould les raccompagna jusqu'à la porte en bredouillant promesses et encouragements.

– Je vais tout de suite avertir le constable, dit-il à Wiggins quand ils furent dans la cour. Il va falloir lancer des recherches, mais ce n'est pas votre affaire. Continuez à veiller sur Lowell Summerfield, et revenez me trouver s'il se passe quoi que ce soit d'anormal.

Les cours du matin avaient commencé. Wiggins n'avait aucunement l'intention d'aller se poster à l'entrée de la salle de classe. Lowell et ses camarades étaient d'ailleurs avec leur professeur de français, et Wiggins savait qu'il n'arriverait rien au fils du juge en présence de Sherlock Holmes. Il décida donc d'aller retrouver Sarah, avec qui il ne s'était pas trouvé seul depuis leur dernière entrevue dans la buanderie, la veille au soir. Entre-temps, il avait assisté à la résurrection de Sherlock Holmes, découvert le secret d'Ashley, confondu Stanley Croft, appris que Param était l'arrière-petit-fils d'un empereur, et obtenu que Lowell raconte enfin ce qui s'était réellement passé la nuit de l'éclipse. Il avait hâte d'expliquer à Sarah la raison véritable de sa présence au collège et de partager avec elles certaines de ses découvertes – exception faite de la résurrection du grand détective, qu'il n'était pas question de trahir.

La jeune fille était seule dans la buanderie, penchée sur une lessiveuse. Elle avait les joues roses et l'humidité qui faisait friser ses cheveux nimbait son visage d'une auréole d'or.

— Wiggins ! s'écria-t-elle d'une voix joyeuse. Alors il paraît que tu joues les Sexton Blake ! On m'a dit que tu avais élucidé le meurtre du professeur et réussi à faire avouer le coupable. J'espère que tu vas tout me raconter ! Tu m'as aussi promis de me dire pourquoi tu étais ici. C'est la police qui t'a envoyé ? Elle ne pouvait tout de même pas savoir déjà qu'il y avait un meurtrier dans le collège !

— On ne le savait pas, mais le père d'un élève avait reçu des lettres de menaces et on m'a chargé de m'assurer qu'il n'arrive rien au gamin.

— Et finalement c'est un professeur qui a été assassiné. Incroyable !

— Ce n'est qu'une coïncidence. Je vais tout t'expliquer, mais est-ce qu'on doit vraiment rester dans cette chaleur infernale à surveiller ces monceaux de linge qui bouillent ?

Sarah lui dit malicieusement :

— On peut aller dans la cour, mais tout le monde nous verra !

Wiggins hésita à peine. Il s'approcha d'elle et la prit par la taille.

— Alors tu vas être obligée de m'embrasser pour justifier qu'on se cache ici.

— Obligée ? répéta-t-elle tendrement en lui tendant ses lèvres.

Ils restèrent ensuite un long moment silencieux après quoi, la tenant toujours enlacée, Wiggins lui expliqua sa mission auprès de Lowell et les découvertes qu'il avait faites, y compris la tentative de fugue et la façon dont elle s'était terminée. Il ajouta que, en raison de cette mission qui devait rester confidentielle, il lui avait caché sa principale activité et son ambition : devenir un détective-consultant aussi célèbre que Sher... que Sexton Blake.

– Mais il ne faut répéter cela à personne, dit-il sérieusement. Pas avant qu'on ait retrouvé l'assassin de William Hodson.

– Promis, juré, je ne dirai rien.

Puis elle se tut et plongea son regard dans le sien.

– Eh ben ça va !

Ils sursautèrent. Dans l'embrasure de la porte, Godfrey Gibbs les regardait d'un air furibond.

– T'as pas de travail, Wiggins ? Ou bien est-ce qu'on t'aurait demandé de laver le linge sale du collège ? Parce que pour ça t'es très fort. C'est quand même drôle, tout allait bien jusqu'à ton arrivée et depuis que t'es là on a déjà deux morts. Et je te parle pas de l'ambiance !

– Il n'y est pour rien, rétorqua Sarah. Ce serait même plutôt le contraire.

Wiggins lui étreignit l'épaule pour lui rappeler de ne pas en dire trop.

– Ah je vois ! Vous avez vos petits secrets ! fit Godfrey en avançant dans la pièce. Mais t'y vois donc rien, Sarah ? Il arrête pas de fureter de tous les côtés. T'as pas regardé ses yeux ? Ils sont montés comme des girouettes, et ses oreilles traînent jusque par terre. Qu'est-ce qu'il croit, ce fouinard ? Qu'on a besoin de lui pour régler nos affaires ? Et en plus, ça lui suffit plus d'écouter aux portes, il faut qu'il s'attaque aux filles maintenant, cette espèce de cochon vicieux !

– La jalousie ne te donne pas le droit de m'insulter ! protesta Wiggins.

– Ta gueule, je t'ai pas sonné ! vociféra Godfrey. C'est à Sarah que je cause. Toi, je te conseille de foutre le camp et d'arrêter de la peloter, si tu veux pas que je te dénonce à Baring-Gould !

Wiggins hésitait. Faire taire ce rustre à coups de poing ? Incertain d'avoir le dessus, il ne tenait pas à prendre une raclée devant Sarah. Mieux valait traiter Godfrey par le mépris et le planter là sans lui répondre. Mais cet excité lui bouchait la sortie.

C'est alors que Lowell apparut sur le pas de la porte.

— Qu'est-ce que tu viens faire ici ? demanda Sarah. Tu n'es pas en classe ?

— C'est la récréation, balbutia Lowell.

Godfrey se retourna. Il était dans un tel état d'excitation que Wiggins se demanda s'il n'allait pas passer sa fureur sur le malheureux Lowell. Il fut soulagé de le voir quitter la pièce en bousculant le jeune garçon et sans ajouter un mot.

— Ce type est malade, fit Wiggins.

— Il doit s'imaginer que la violence plaît aux filles. Pauvre gars !

Elle alla se pencher sur Lowell, qui semblait sur le point de s'affaisser sur le sol comme une poupée de chiffon.

— Tu es tout pâle, lui dit-elle gentiment. Qu'est-ce que tu as ? Tu venais pour quoi ?

— Je t'ai vu sortir de chez le directeur, expliqua le jeune garçon en se tournant vers Wiggins. Qu'est-ce qu'il va faire, pour mon père ?

— Ne t'inquiète pas, le rassura Wiggins. Il va arranger les choses à sa façon. C'est ça qui te rend malade à ce point ? Sarah a raison, tu es blanc comme un navet !

Lowell regarda autour de lui et, ayant avisé un tabouret, alla s'y laisser tomber.

— Fermez la porte, dit-il à voix basse.

Sarah lui obéit sans cesser de le considérer avec perplexité.

— J'ai reconnu sa voix, murmura Lowell. Le type de l'autre nuit. C'est lui, le cousin de William !

— Impossible ! protesta Wiggins après être resté un instant stupéfait. D'ailleurs tu n'as pas pu voir à quoi il ressemblait, l'autre soir, puisqu'il avait un loup sur la figure. C'est bien ce que tu m'as dit ?

— Je t'assure que j'ai reconnu sa voix. Et il a dit la même chose que l'autre nuit : « Ta gueule, je t'ai pas sonné ! » Il l'a dit exactement de la même façon, avec le même accent… C'est lui qui a tué William, je te le jure !

— Mais William te l'aurait dit, si son cousin était au collège ! Et puis le cousin s'appelle Jack Pope, pas Godfrey Gibbs.

— Il peut très bien s'être fait engager sous un faux nom. Et William… Finalement, c'était un menteur ! Son cousin avait dû lui faire jurer de ne pas dire qui il était. S'il était là sous un faux nom, il n'avait pas intérêt à ce qu'on se pose des questions. C'est pour ça qu'il avait mis un loup, pour que je ne puisse pas le reconnaître.

— Attends, tais-toi un moment, le supplia Wiggins. Laisse-moi réfléchir. Voyons… La nuit de mercredi, il a bien fallu qu'il quitte le bâtiment des domestiques. Il a une chambre pour lui tout seul ?

— Non, répondit Sarah. Il dort avec un des jardiniers. Mais rappelle-toi, c'est mercredi qu'on a fait une fête pour mon anniversaire. Tout le monde avait trop bu, et son camarade de chambre n'a pas été le dernier. Godfrey pouvait être tranquille qu'il ne s'apercevrait pas de son absence. De toute façon, si j'ai bien compris, Godfrey ne comptait pas rentrer, mais emmener Lowell dans un endroit sûr. Même si le jardinier l'avait entendu et s'était posé des questions le lendemain, qu'est-ce que ça pouvait faire ? Tu te rappelles, Wiggins ? C'est Godfrey qui a eu l'idée d'organiser cette fête, et il avait acheté des quantités de bouteilles. Je croyais que c'était pour me faire plaisir… Tu parles !

Wiggins commençait à se dire que Lowell ne s'était peut-être pas trompé.

— C'est vrai que ça m'a paru bizarre qu'il décampe si vite sans un mot dès qu'il t'a vu, Lowell. Il a dû avoir peur que tu reconnaisses sa voix !

Soudain, il repensa à ce que lui avait dit le prétendu Godfrey le premier soir. Il demanda à Sarah si elle savait quand il était arrivé au collège.

— D'après ma tante, il était là depuis le milieu du mois de janvier. Pourquoi ?

— Moi, il m'a dit qu'il était là depuis le mois de septembre. Il avait peut-être peur que je fasse le rapprochement avec les projets de William et Lowell. C'est sûrement quand il a su que William était ami avec le fils du juge Summerfield qu'il a décidé de se faire embaucher. Oui, tout ça colle parfaitement… Mais il y a quand même un truc bizarre. L'homme à qui il a emprunté la carriole a parlé d'un garçon poli et bien élevé, et d'après sa description j'ai pensé que c'était un des seniors.

— Oh ça ! le rassura Sarah. Un soir où tu n'étais pas là, il m'a fait des imitations à mourir de rire. Je peux t'assurer qu'il sait très bien jouer au garçon de bonne famille.

— D'ailleurs, intervint Lowell, si c'est un cousin de William…

— C'est vrai, approuva Wiggins. D'après son oncle, il a mal tourné, mais ça ne veut pas dire qu'il n'ait jamais fréquenté la bonne société.

– Alors, tu me crois, maintenant ? demanda Lowell.

– Disons que je commence à penser que tu as peut-être raison. Seulement il nous faudrait une preuve. Je me vois mal aller trouver Baring-Gould pour lui dire que Gibbs est le cousin de William et qu'il l'a tué. De quoi j'aurai l'air si on s'est trompés ?

– J'ai une idée, suggéra Sarah. Je vais aller fouiller dans sa chambre. Je choisirai un moment où il sera occupé ailleurs. Ça ne sera pas difficile, on loge dans le même bâtiment. Je ne trouverai peut-être rien d'intéressant, mais ça vaut la peine d'essayer. Sauf si tu as une meilleure idée.

Wiggins soupira.

– Pour l'instant, je ne vois pas. Mais j'ai peur, Sarah. Si Lowell à raison et si Gibbs te surprend en train de fouiller dans ses affaires…

– J'apporterai des draps propres, ça sera une excuse toute trouvée. C'est décidé, c'est la seule chose à faire. Souhaitez-moi bonne chance !

CHAPITRE 29

— Alors, Wiggins, que décidez-vous ? Rentrez-vous
à Londres avec moi pour partager d'autres aventures ?
Ou préférez-vous continuer à récurer les gouttières de
ce collège du Sussex ?

On était le lundi 2 avril. Douze jours avaient passé
depuis la mort de William, dix jours depuis celle de
Charles Bell, neuf depuis l'arrestation de Jack Pope
alias Godfrey Gibbs.

À partir du moment où Lowell avait reconnu la
voix de celui-ci, les choses n'avaient pas traîné. Sarah
avait trouvé dans les affaires de Godfrey une lettre
adressée à Jack Pope. Écrite de la main de William,
elle lui apprenait qu'on cherchait un homme à tout
faire au collège et ajoutait : *Ce sera plus facile si tu es
ici. On fera semblant de ne pas se connaître.*

En apprenant que Lowell avait reconnu sa voix et
qu'on avait percé sa fausse identité et trouvé la preuve
de sa complicité douteuse avec William, Jack Pope
s'était dégonflé comme un ballon crevé. Bien entendu,
il avait chargé le pauvre William qui ne pouvait plus
se défendre. À l'entendre, c'était William qui avait eu
l'idée du plan qui leur permettrait de faire cracher le

juge. Malheureusement, on lui démontra que, si William avait été au courant dès le début de la demande de rançon, il ne se serait pas retourné au dernier moment contre son cousin. Pourquoi, alors, Jack l'avait-il assassiné ? Pas un seul juge, en Angleterre, ne serait disposé à lui accorder la moindre indulgence, et c'était la corde qui l'attendait.

Lowell, quant à lui, avait encore passé quelques nuits blanches à imaginer le châtiment que son père lui infligerait lorsqu'il apprendrait sa tentative de fugue. Mais le directeur et les professeurs s'unirent pour supplier lord Summerfield de se montrer indulgent. Wiggins ajouta sa voix au chœur de ses défenseurs. Tous s'étaient mis d'accord pour parer cette sombre histoire de couleurs susceptibles de flatter l'amour-propre du juge. Selon eux, Lowell n'avait jamais eu l'intention de s'enfuir du collège. William lui avait simplement proposé un pari stupide. Pour lui prouver qu'il était un homme, Lowell devait passer une nuit dans les bois et revenir au collège à l'aube sans se faire prendre. Lowell était tombé dans le panneau, mais il avait prouvé son courage et son habileté. Face au danger, il avait eu le sang-froid de faire le mort et était parvenu à rentrer au collège à l'insu du cousin. Il avait ensuite gardé le silence, pour ne pas ternir l'image d'un ami et parce que le code d'honneur du collège lui tenait à cœur. À demi convaincu, lord Edward Summerfield avait fini par admettre que les moments difficiles traversés par son fils étaient en eux-mêmes une punition suffisante. Il avait cependant annoncé à Lowell, après un sermon bien senti, qu'il serait confiné à Londres tout l'été au lieu de passer les vacances dans leur manoir du Wiltshire[46]. Lowell, qui détestait la campagne, simula une vive déception par peur qu'une autre idée ne vienne à son père.

---

[46] Région située au sud-ouest de l'Angleterre.

Wiggins fut généreusement félicité : chaudement par le directeur et les professeurs, froidement par lord Edward, tendrement par Sarah. Il eut presque les larmes aux yeux lorsque Sherlock Holmes lui exprima son admiration pour la façon dont il avait démêlé les fils embrouillés de ces deux meurtres. Mais sa joie n'était pas parfaite. Sans l'aide du détective, il n'eût peut-être jamais réussi à faire parler Lowell.

— J'étais convaincu que William avait été enlevé, et je n'avais jamais deviné que Lowell aussi était sorti cette nuit-là, dit-il à Sherlock Holmes. Comment est-ce que vous avez compris que les deux garçons avaient préparé une fugue ?

— C'était élémentaire, répliqua le détective. La corde avait été attachée au coffre par un nœud en queue de singe. Seul un marin ou un garçon rêvant de le devenir pouvait l'avoir réalisé.

— Je ne connais rien aux nœuds marins, admit Wiggins.

— Il y avait un autre indice. Vous avez examiné les rayonnages des deux garçons avec assez d'attention pour trouver le journal que William avait certainement fort bien dissimulé, mais vous n'avez pas songé à regarder ce qu'ils lisaient en dehors de leurs manuels scolaires ! Si vous l'aviez fait, vous auriez remarqué qu'ils étaient férus de marine. Si seulement vous aimiez un peu plus les livres, Wiggins… Mais je constate que vous êtes en progrès, puisque vous avez passé de longs moments à la bibliothèque et découvert sur Param Trishna des informations qui m'avaient échappé. Allons, ne faites pas cette tête. Vous n'auriez peut-être pas réussi sans moi, mais je peux en dire autant. C'est vous qui avez innocenté Param, démasqué Stanley Croft, l'assassin de monsieur Bell, retrouvé le cadavre de William ainsi que l'endroit où Pope avait loué la carriole. Il me semble que vous pouvez être fier de vous.

Wiggins n'eût pu recevoir plus beau compliment. Et une autre bonne nouvelle arriva à la fin du mois, lorsque monsieur Baring-Gould lui apprit que lord Edward, après avoir mûrement réfléchi, avait décidé d'octroyer au jeune homme vingt livres de récompense !

— De quoi louer une grande et belle chambre pendant trois mois, suggéra Sherlock Holmes. Vous pourriez la choisir à proximité de Baker Street, cela faciliterait les choses. Qu'en pensez-vous ?

Wiggins n'arrivait plus à penser. C'était là l'occasion de réaliser enfin son rêve. Habiter dans un quartier chic où il pourrait se faire une clientèle aisée. Dormir dans une chambre bien chauffée, tenue par une logeuse qui lui mitonnerait des petits plats. Participer de plus près encore aux enquêtes de son idole. Avec l'espoir de prendre la place de Sherlock Holmes lorsque celui-ci jugerait qu'il était temps de changer de vie et de réaliser son propre rêve : quitter Londres pour vivre en ermite en élevant des abeilles.

— Il faut que je réfléchisse, répondit Wiggins.

— Je ne vois pas ce qui pourrait vous retenir, objecta Sherlock Holmes avec une étincelle moqueuse dans le regard.

Il avait compris, bien sûr, que retourner à Londres signifiait quitter Sarah. Sarah dont Wiggins était amoureux et dont la présence le comblait de bonheur.

— Vous pouvez rester ici si vous le désirez, déclara de son côté monsieur Baring-Gould. Avec le même salaire, bien entendu. Grâce à vous, le collège va pouvoir reprendre une vie normale. Et même paisible, maintenant que nous en avons éliminé les mauvais éléments.

Jamais de sa vie Wiggins n'avait été confronté à pareil dilemme. Il ne voulait pas s'éloigner de Sarah, mais ne pouvait envisager de renoncer à ses aventures avec Sherlock Holmes. Il avait appris à aimer la nature qui entourait le collège, mais songeait à Londres avec une nostalgie croissante. Que faire ? Accepter l'emploi bien rémunéré que lui proposait monsieur Baring-Gould et qui lui assurerait une confortable sécurité ? Ou retrouver une vie aventureuse et souvent périlleuse en se lançant dans une carrière incertaine qui pouvait basculer à tout moment ?

Neuf jours s'étaient écoulés depuis l'arrestation de Jack Pope, et il n'avait toujours pas pris de décision. Il espérait qu'un événement inattendu trancherait pour lui.

Celui-ci se produisit sous la forme d'un article paru dans le *Times* du lundi 2 avril.

L'honorable Ronald Adair vient d'être assassiné dans des circonstances pour le moins étranges. Deuxième fils du comte de Maynooth, gouverneur d'une colonie australienne, le jeune homme vivait avec sa mère et sa sœur Hilda au 427 de Park Lane. Le jeune homme fréquentait la meilleure société et personne ne lui connaissait d'ennemi. La vie de ce jeune aristocrate a pourtant été brutalement interrompue au soir du 30 mars, entre dix heures et onze heures vingt[47].

Suivait un exposé détaillé de ce meurtre mystérieux, puisque la victime avait été tuée dans une pièce dont la porte était fermée de l'intérieur et dont la fenêtre se trouvait au-dessus d'un parterre de crocus ne portant pas la moindre trace de désordre.

— Quelque chose me dit que mon ennemi le colonel Moran est derrière cette affaire, décréta Sherlock Holmes. Je reconnais sa patte à certains éléments particulièrement troublants. Si je ne me trompe pas,

---

[47] Voir *La Maison vide*, de sir Arthur Conan Doyle.

il y a là pour moi une chance extraordinaire d'obtenir l'arrestation et la condamnation de cet homme. Alors, Wiggins, je pourrai regagner mon cher appartement de Baker Street et reprendre la vie passionnante que j'ai menée autrefois à Londres. Et aussi retrouver le docteur Watson, en espérant ne pas déclencher une attaque d'apoplexie ! J'ai déjà averti monsieur Baring-Gould qu'un très grave souci familial me rappelait à Londres. Je pars demain. Viendrez-vous avec moi ?

L'heure de la décision avait sonné, et Wiggins était atterré. Car il avait senti, en écoutant le détective, cette démangeaison dans les paumes des mains et ces picotements à l'arrière du crâne qui traduisaient chez lui l'excitation de l'enquête qui commence. Un jeune homme avait été assassiné dans une pièce fermée de l'intérieur et Sherlock Holmes était peut-être sur le point d'annihiler le diabolique colonel Moran ! Il comprit soudain qu'il ne pouvait résister à pareille tentation. Sa décision était enfin prise. Il allait parler à Sarah, lui expliquer que la chance de sa vie était devant lui, qu'il ne pouvait la laisser lui échapper, mais qu'elle pouvait être certaine qu'il ne l'oublierait pas, qu'il reviendrait à Midhurst ou que, si elle le désirait, il trouverait du travail pour elle à Londres. Qu'il avait besoin de son amour, mais aussi de son estime, et qu'il ne voulait pas qu'elle risque un jour de le considérer comme un récureur de gouttières…

— J'en suis extrêmement heureux, dit Sherlock Holmes en apprenant sa décision. Je n'en attendais pas moins de votre intelligence et de votre courage, mon cher Wiggins.

Ces mots mirent du baume au cœur déchiré de Wiggins. Il avait encore toute la journée et la nuit pour parler à Sarah, rattraper les baisers manqués, faire provision de souvenirs. Et demain, il partirait pour Londres.

— *Acta fabula est*[48] ! ajouta le détective.

Wiggins leva les yeux au ciel.

---

[48] (Latin) La pièce est joué. Dernières paroles d'Auguste qui, dans le théâtre antique, annonçait la fin de la représentation.

ANNEXES

ENSEIGNEMENT
ET COLLÈGES ANGLAIS

En Angleterre, l'école est obligatoire de cinq ans à seize ans.

Jusqu'à cinq ans, les enfants peuvent aller dans une *Nursery School* (privée), mais c'est facultatif. Ils vont dans une école primaire de cinq à onze ans, puis dans une école secondaire jusqu'à seize ans.

Les matières enseignées à l'école primaire sont à peu près les mêmes qu'en France : anglais (une heure par jour), mathématiques (une heure par jour), techniques de l'information et de la communication, technologie, éducation religieuse, E.P.S., art et design, musique, histoire et géographie, éducation sociale, sanitaire et citoyenne.

Tous les élèves déjeunent à l'école (à la cantine ou avec un pique-nique qu'ils apportent). Les cours se terminent à quinze heures de façon à permettre la pratique du sport, de la musique ou encore d'une activité manuelle, organisée au sein de l'établissement.

Il n'y a pas de cours le samedi, mais le mercredi après-midi n'est pas libre.

La plupart des écoles ont un uniforme et un écusson, dont les couleurs varient d'un établissement à l'autre.

Après les années de collège, à seize ans, les élèves peuvent soit accéder au marché du travail, soit rester encore deux ans au collège pour préparer le *Level A*[1], qui est à peu près l'équivalent du bac français,

---

[1] Niveau A.

indispensable pour entrer à l'université. Ils peuvent également entrer dans une école complémentaire pour apprendre un métier.

Les **collèges anglais** portent le nom de *public schools*... mais sont privés ! et les frais de scolarité y sont élevés. Certaines *public schools* ont une réputation internationale. C'est le cas par exemple de Rugby (qui, en 1846, a donné son nom au *rugby-football*, simplifié par la suite en *rugby*), de Harrow (qui compta Winston Churchill parmi ses élèves), d'Eton (où a étudié William de Galles, le futur roi d'Angleterre), ou de Winchester.

Bien qu'imaginaire, le collège de Midhurst est à l'image de la plupart des collèges anglais de l'époque. Ceux d'aujourd'hui leur ressemblent encore beaucoup, même si la discipline s'est considérablement assouplie.

Les traditions y sont fortes : chaque collège a son hymne et sa devise, le plus souvent en latin. L'organisation en « maisons », typiquement britannique, existe toujours pour les pensionnaires, chacune d'entre elles ayant un nom, un surnom, une couleur et un préfet. Le préfet, élu ou choisi parmi les plus grands élèves, est responsable du bon fonctionnement de la maison. Le chef de maison est un des professeurs. À l'intérieur de chaque maison, la solidarité est forte, et toutes rivalisent lors des compétitions sportives, qui tiennent une place importante dans la vie du collège.

Chaque collège a son propre jargon, que les nouveaux ont intérêt à apprendre très rapidement. Au collège de Winchester, par exemple, on ne parle pas du collège mais du *WinColl* (Winchester College), et le *Go Bo*[2] est l'ensemble directeur-enseignants.

---

[2] *Governing body of warden and fellows.*

L'ANGLETERRE VICTORIENNE

C'est la reine Victoria qui a donné son nom à cette époque de prospérité britannique. Née en 1819, elle a accédé au trône en 1837 à l'âge de dix-huit ans et ne l'a plus quitté jusqu'à sa mort, en 1901. Sous son règne, l'empire britannique était le plus puissant du monde. À la fin du XIXe siècle, il représentait le quart de la population mondiale et était si étendu qu'on avait coutume de dire que le soleil ne s'y couchait jamais.

L'Angleterre et son empire étaient la plus grande puissance industrielle du monde. Pourquoi ? En partie parce que la machine à vapeur, qui a révolutionné la production industrielle, a été perfectionnée par un Anglais, James Watt. Or c'est grâce à la machine à vapeur qu'on a pu mécaniser le travail et donc augmenter la production et la rentabilité. En partie également parce que l'Angleterre possédait de très importants gisements de charbon. Enfin parce que ce pays a toujours été davantage tourné vers l'industrie et le commerce que vers l'agriculture. Ajoutons à tous ces facteurs les richesses qu'elle pouvait importer de ses nombreuses colonies. Pour compléter le tout, la religion anglicane, qui est la religion d'État depuis Henri VIII, attribue une grande valeur au travail et à l'esprit d'entreprise.

Financièrement, tout se passait à la City, le quartier financier de la capitale. La livre sterling était la monnaie

ANNEXES

d'échange internationale, comme aujourd'hui la langue anglaise est devenue la langue internationale.

Mais la pauvreté ne reculait pas pour autant. L'industrialisation avait supprimé de nombreux emplois et le chômage ne cessait d'augmenter. Dans certains quartiers sordides de l'est de Londres (l'*East End*), on vivait une existence misérable dans des taudis insalubres et surpeuplés. C'est dans un de ces quartiers, White-chapel, que Jack l'Éventreur, un des premiers tueurs en série de l'histoire du crime, sévit en 1888, assassinant au moins cinq prostituées dans des conditions effroyables.

Si vous avez envie de découvrir la face sombre de l'Angleterre victorienne, plongez-vous dans les romans de Charles Dickens[3], qui décrit de façon bouleversante, mais souvent pleine d'humour, la société de cette époque.

[3] 1812-1870.

L'INDE AU XIXᵉ SIÈCLE

Au XVIIIᵉ siècle, Français, Anglais, Néerlandais et Portugais avaient créé des colonies en Inde. Puis, après la guerre de Sept Ans[4], les colonies françaises avaient été cédées à l'Angleterre de sorte que, au XIXᵉ siècle, une grande partie du pays était administrée et contrôlée par la Compagnie anglaise des Indes orientales.

La révolte qui éclata en 1857 fut le début de la fin pour les Britanniques. Les cipayes[5], des fantassins indiens engagés dans les armées des Compagnies des Indes et placés sous les ordres d'officiers britanniques, se mutinèrent et envahirent Delhi – la capitale – pour y exécuter tous les chrétiens – britanniques ou indiens – en se réclamant de leur empereur, Zafar. Ils conquirent Delhi sans aucune difficulté et un siège terrible commença, une lutte à mort entre Britanniques et insurgés. Pour donner une idée de la violence qui régnait des deux côtés, on peut citer le général britannique John Nicholson qui gardait sur son bureau la tête d'un chef rebelle décapité… ou la coutume, dans l'armée moghole[6], de mettre les mutins dans la gueule d'un canon et de tirer !

Le siège avait commencé le 19 juin 1857. Le 20 septembre, le palais fut pris par les Britanniques, et le 21 une salve de coups de canon annonça que Delhi leur appartenait de nouveau. La répression fut cruelle, la ville fut en partie rasée et l'empereur Zafar exilé en Birmanie.

---

[4] 1756-1763.

[5] *Sipahi* = soldat (en persan).

[6] Dynastie qui avait fondé un empire en Inde en 1526 (l'empire des Grands Moghols), à laquelle appartenait l'empereur Zafar.

Le 1ᵉʳ janvier 1877, la reine Victoria fut proclamée impératrice des Indes. Ce fut le début de ce qu'on appelle le *British Raj*[7] (l'Empire britannique en anglo-hindi).

En 1885, l'Anglais Allan Octavian réunit des Indiens de haut niveau culturel pour créer le *Congrès national indien*. L'objectif de ce parti était de faire participer les Indiens à l'administration du pays, sans pour autant remettre en cause la domination britannique.

Plus tard, en 1930, le mahatma Gandhi et quelques disciples firent une longue marche symbolique à laquelle on donna le nom de *marche du sel* car il l'acheva au bord de la mer en ramassant une poignée de sel, en signe de rébellion contre l'État qui en avait le monopole.

Ce n'est qu'en 1947 que la Grande-Bretagne accorda à l'Inde le statut de dominion indépendant associé au Commonwealth[8], l'ancien empire étant divisé en deux républiques : l'Inde et le Pakistan. Trois ans plus tard, après encore bien des vicissitudes (notamment l'assassinat de Gandhi en 1948 par des extrémistes), le Premier ministre Nehru proclama la République indienne le 26 janvier 1950.

[7] *Raj* = empire (en hindi).
[8] Association regroupant le Royaume-Uni et ses anciennes colonies indépendantes.

Ami, entends-tu…, Béatrice Nicodème
Gulf Stream Éditeur, 2008

NANTES, 1943.
Du haut de ses treize ans, Félix ne supporte pas de voir sa famille se résigner à l'occupation allemande. Il ne rêve que de rejoindre un réseau de résistance. Au lycée, Jacky, de deux ans son aîné, n'a peur de rien et semble bien être l'un de ces héros de l'ombre. Pour l'approcher et rejoindre les rangs de l'armée secrète, Félix est prêt à tout. Une sombre histoire de corbeau dénonçant des Nantais aux autorités allemandes va lui permettre de faire la preuve de son courage. Félix se lance à corps perdu dans une enquête difficile et âpre qui le mènera à regarder d'un autre œil tous ses proches. Et sous les bombardements des forteresses volantes, des hommes et des masques vont tomber.

Les Gentlemen de la nuit, Béatrice Nicodème
Gulf Stream Éditeur, 2010

ÎLE DE WIGHT, 1786.
Alors que des contrebandiers (surnommés les gentlemen de
la nuit) s'efforcent de démasquer le traître dans leurs rangs,
un officier des douanes est retrouvé mort au pied d'une
falaise. On soupçonne Gabriel Howard, le médecin
récemment installé sur l'île avec son fils Thomas. Tout le
monde s'en félicite, sauf Elizabeth, qui ne supporte pas
l'idée que cet homme soit accusé à tort. Le seul moyen
d'innocenter celui qu'elle aime serait de révéler tout ce
qu'elle sait, et donc de trahir les siens. Elle n'a d'autre choix
que de démasquer l'assassin, aidée par le jeune Thomas,
déterminé à sauver son père. Or elle devra faire vite : un
débarquement se prépare et ses compagnons pourraient
bien encore une fois tomber dans un piège.

Attaques nocturnes, Thierry Lefèvre
Gulf Stream Éditeur, 2008

PARIS, 1867.
Les premières nuits de janvier ne sont pas bonnes pour la
santé : les cadavres s'accumulent à la morgue du quai de
l'Archevêché. Vols avec agression ayant mal tourné, meurtres
prémédités, crimes isolés ? Le journaliste Victor Hyvert est
chargé par le patron de *L'Aube de Paris* d'enquêter sur cette
recrudescence des « attaques nocturnes ». Aidé du jeune Jules
Mercœur, le garçon de courses du journal, Victor s'enfonce
dans les marges obscures de la ville. Surineurs, vagabonds et
ajusteurs de coins de rue y prospèrent. C'est dans un Paris
secret, inquiet et souterrain que Victor et Jules vont suivre la
piste de Sang-de-Fer, celui qui sème la terreur dans l'Est
parisien. Pour le démasquer, ils miseront leur vie…

L'Empire invisible, Jérôme Noirez
Gulf Stream Éditeur, 2008

CAROLINE-DU-SUD, 1858.
Dans le comté d'Anderson, près du fleuve Savannah, des esclaves noirs triment dans les champs de coton de la riche famille Wingard, s'éreintant sous le soleil d'un été caniculaire. Parmi eux, une jeune fille, Clara Walker, qui supporte sans rien dire cette vie de labeur et d'humiliations. Jusqu'à cette terrible nuit où de mystérieux cavaliers s'en prennent à son père. Désormais, Clara ne vivra plus que pour la vengeance, quitte à s'allier, pour atteindre son but, à un pyschopathe aussi dangereux qu'incontrôlable. Elle se retrouvera au cœur de l'Empire Invisible, là où, dans la folie et l'ivresse du sang, l'homme redevient un prédateur. Un monde où la mort semble être la seule issue possible.

Reproduit et achevé d'imprimer en février 2012
par Papergraf (Italie),
pour le compte de Gulf Stream Éditeur,
Impasse du Forgeron - CP 910, 44806 Saint-Herblain cedex
www.gulfstream.fr
Dépôt légal 1re édition : mars 2012